모든 것이
돌아오는 곳

모든
것이
돌아오는
곳

존 코리 웨일리 장편소설

이석연 옮김

창비

스승이자 친구인
애니타 쿠퍼에게

어떤 이상주의도 이런 느낌을 떨쳐 버릴 순 없을 거야

나는 열일곱 살 때 처음으로 시체를 보았다. 내 사촌 오슬로 형의 시체는 아니었다. 50대 아니면 적어도 40대 후반은 되어 보이는 여자였다. 얇고 흰 천만 덮은 채 안치소로 옮기려고 대기 중이었는데 총상이나 긁힌 곳, 베인 자국이나 멍든 곳이 전혀 보이지 않아서 그냥 무슨 병에 걸려서 죽었나 보다 생각했다. 태어나서 두 번째로 본 시체가 오슬로 형이었다. 새하얀 가운을 입은 여자가 은색 벽에서 금속 손잡이를 확 잡아당기자 시체가 끌려 나왔다. 지저분한 갈색 신발을 보고 형이라는 걸 금방 알아차렸다.

"맞아요." 나는 여자에게 말했다.

"확실하니?"

"그렇다니까요."

오슬로 형의 눈은 감겨 있었다. 입술은 자주색이었다. 양팔은 마약을 맞느라 생긴 주사 자국과 멍으로 엉망이었다. 그날도 형은 매일같이 입고 다니던 흰색 민소매 티셔츠 차림이어서 팔에 난 상처가 훤히 다 보였다. 입가에는 하얀 게 묻어 있었는데, 나는 뭐냐고 묻지 않았다. 그렇게 그냥 가만 있었다. 여자는 내가 울거나 "됐어요."라고 말하길 기다렸다. 하지만 난 아무것도 안 했다. 그냥 오슬로 형만 내려다봤다. 그땐 아무 생각도 없었다. 형이 죽어서 슬프다거나 불쌍하다는 생각이 들지 않았고 심지어 화도 나지 않았다. 난 거기서 그냥 입을 헤벌리고 병신같이 서서 한곳만 바라보았다. 결국 흰 가운 입은 여자가 정적을 깼다.

"시간 더 필요하니?"

"아뇨. 괜찮아요."

집으로 오는 길에 엄마가 울었다. 내 동생 가브리엘은 불안해 보이기는 했지만 돌아오는 내내 헤드폰을 낀 채 별말을 하지 않았다. 마지못해 운전을 하던 나는 비가 올 것 같은 날씨에 더욱 기분이 상했다. 비 올 때 운전하는 건 왕짜증 나는 일이니까. 왕복 운전에서부터 일행들 식사 챙기기까지, 저녁 시간을 나 혼자 몽땅 떠맡을 생각이 애초에 없었기 때문에 나는 아빠가 함께 가기를 바랐다. 오히려 시체 확인하는 건 그리 개의치 않았다. 어떤 식으로든 닥칠 일이었으니까. 오슬로 형은 내 기억 속에 처음부터 팔에 마약을 하는 형으로 등장했고 마약을 끊은 적도 없었다. 형은 또 날 자주 성가시게 했다. 나를 트럭 수리 공업소나 마약이 거래되는 재개발 건물로 불러내서 자기를 데려가게 하는 식이었다. 내가 거짓말로 형의 지질한 짓거리를 숨겨 준 덕분에 형이 이모와의 말싸움을 모면한 것만도 여러 번이었다. 형이 뭘 사 먹는 데 쓰지 않을 거라는 걸 뻔히 알면서도 그래 주길 바라며 10달러씩 빌려 주기도 했다. 그런 일들을 하나도 마다 않고 했다. 나, 아빠, 우리 모두가 그랬다. 줄리아 이모마저 이틀에 한 번꼴로 집에 들어오는 오슬로 형에게 매번 돈을 주었다. 아들을 잘못 키웠다고 생각하다가도 그걸 잊고 다시 사랑에 눈이 멀기에 이틀이면 충분했던 것이다.

아빠는 그날 오후 5시 반쯤에 석유 시추 장비를 끌고 해리슨으로 오라는 전화를 받아서 함께 가지 못했다. 아빠는 내가 알지도 못할뿐더러 알고 싶은 마음이 손톱만큼도 없는 장비들을 임대해 주는 일을 한다. 나는 아빠가 누군가의 전화를 받은 다음에는 최대한 빨리 석유 펌프질에 쓰이는 그 커다란 금속 덩어리들을 가져다 주어야 한다는 것밖에 모른다. 그래서 아빠는 밤이고 낮이고 아무 때나 집을 나선다. 그러다가도 며칠 내내 집에 앉아 죽은 사람 얘기가 나오는 신문이나 소설만 읽고 지낼 때도 있다. (40대 남자들은 대통령이나 탐험가, 아니면 범죄자들의 인생에만 관심이 있다고들 하던데, 맞는 말인 듯하다.) 우리는 아빠가 새벽 3시에 뒷마당에서 트레일러 교체하는 소리나 자동 응답기 메시지로 엄마한테 처방전대로 약 타 놓고 주택 융자금 제때에 내라고 하는 소리만 듣고 2주 내리 아빠 얼굴을 못 보기도 한다.

리틀록에서 돌아와 마당 진입로에 들어서며 보니 부엌에 등이 켜져 있을 뿐 아빠는 집에 없었다. 돌아오는 차 안에서 가브리엘은 20분쯤 전에, 그리고 엄마는 조금 더 지나 잠이 들었었다. 엄마는 잠에서 깨어 차에서 내리면서 몸을 숙여 내 옆머리에 입을 맞추고는 집으로 걸어갔다. 나는 뒷문을 열고 가브리엘의 신발 밑창을 발로 찼다. 녀석은 벌떡 일어나더니 마치 누군가가 당장에 녀석의 목을 베려고 덤비기라도 하는 듯 양팔을 번쩍 들었다. 나는 짜증이 나면서도 한편으로는 안쓰러운 마음에 녀석이 정신 차리기를 기다렸다가 제대로 바닥을 딛고 일어날 수 있도록 도와주었다. 동생을 따라서 집 안에 들어갔더니 엄마는 그새 동생 방으로 가서 잠이 덜 깬 줄리아 이모와 이야기하며 다시 울고 있었다. 곧이어 우는 소리가 하나 더해졌다. 동생과 나는 내 침대에 앉아 벽 건너편에서 이모가 죽고 싶다며 횡설수설해 대는 소리를 들었다.

동생은 몇 분 만에 다시 잠이 들었다. 옆방의 말소리도 멈추었다. 어쩌면 엄마와 이모가 옆방에 있는 10대 두 명이 다음 날 일어나 학교에 가야 한다는 걸 생각하고 목소리를 낮춘 것일지도 모른다. 나는 눕기 전에 침대용 탁자에서 가죽 제본된 일기장을 집어 비어 있는 첫 장을 펼쳤다. 그러곤 **죽은 후의 오슬로 형**이라고 적었다. 책 제목으로 아주 좋겠다고 생각했다. 나는 가끔 이런다. 언젠가 쓸 작정으로 책 제목을 적어 놓는 것이다.

책 제목: 71. 죽은 후의 오슬로 형

일기장을 덮고, 등을 끄고, 혹시나 잠을 깨우지 않았나 싶어 동생을 바라보았다. 녀석은 어쩜 저렇게 순수할 수 있을까 싶게 미소 지은 채 잠들어 있었다. 녀석은 자신으로부터 세계를 차단해 버리곤 했다. 가령, 학교 복도를 걸을 때는 고개를 푹 숙였다. 그래서 복도에서 늘 사람들에게 부딪히거나 떠밀리기 일쑤였는데, 음수대 옆에서 눈에 불을 켜고 순진해 보이는 신입생을 노리는, 머리에 똥만 가득 찬 놈들의 목표물이 되곤 했는데도 그랬다. 그럴 때 내가 할 수 있는 거라곤 안타깝게도 재치 있게 빈정거려서 겨우 놈들의 주의나 분산시키는 게 다였다. 나는 동생을 보호할 만큼 몸집이 크거나 힘이 세지 못했다. 하지만 루커스 케이더는 가브리엘이나 개 친구들을 건드리기 좋아하는 그 흔한 등신들을 막는 데 효과적이었다. 어떤 점에서 루커스는 아이들을 보호하는 일을 임무로 느끼는 듯했다. 내 부담을 덜게 되니, 나로서는 좋은 일이었다. 사실 루커스는 힘이 있었다. 복도에서도 눈에 확 띄었다. 190센티미터의 키, 수영 선수 같은 몸집이 시선을 끌었고 갈색 머리칼이 헝클어진 외모는 당장 카메라 앞에 서도 좋을 정도였다. 예쁜 여자애에게 웃어 보이거나 그다지 예쁘지 않은 애에게 친절하고 기분 좋은 말을 건넬 때도 눈길을 끌었다. 가브리엘 빼면 내가 옆에 두고도 참아 줄 수 있는 남자애는 루커스뿐이었는데, 그건 오로지 내가 남자라는 족속을 그리 좋아하지 않기 때문이다. 나는 남자로서 계집애든 아줌마든 여자가 좋았고 사내놈들은 대개가 싫었다. 놈들에게는 만사가 오줌 멀리 싸기 경쟁이 되어 버린다. 그런데 루커스와 함께 있으면, 약한 조개껍데기 같은 나도 위협받지 않을 수 있었고 가브리엘은 복도를 걷다가 가방을 빼앗겨 쓰레기통에 버려질까 봐 불안해하지 않아도 되었다. 그리고 뺨에 아주 큰 여드름이 난 여자아이라도 루커스를 만난다면 그 순간만은 아마 스스로를 괜찮다고 생각할 게 분명했다.

나이 열일곱에 소도시에서의 일상에 따분해하던 나는 가끔 염세주의자인 척하는 걸 좋아했다. 사는 건 원래 이런 식이고, 나도 거기서 벗어날 도리가 없어. 인생은 지랄 같을 때가 대부분이지. 세상은 온통 개소리뿐이야. 고등학교도 지랄 같고. 학교나 다니고 50년간 일이나 하고 그러다 저세상 가는 거야. 하지만 이런 태도를 아주 오래 지키지는 못했다. 어느 순간 자연스러운 욕구에 따라 이상주의가 발동했으니까. 나는 상황이 엄청나게 좋아질 수도 있는데 그걸 모른 체할 만큼의 염세주의자는 못 되었다. 하지만 그날 밤, 내 침대에서 잠이 든 동생 옆에 누워 있던 그 순간에는 그 어떤 이상주의적인 생각도 끌어낼 수 없었다. 그날 오후 3시에 울린 전화벨 소리. 리틀록으로 운전. 그리고 확인한 죽음. 모든 것이 명확한 현실이었다. 나의 유일한 사촌이 유령처럼 하얗고 돌처럼 차가운 주검이 되어 누워 있는 장면에 이상적인 것이라곤 없었다. 이모가 옆방에서 울다가 잠이 드는 걸 뻔히 알고도 아무것도 하지 못하면서 이상적이라고 생각할 만한 것은 별로 없었다.

　사내 녀석들이 대개 그렇듯 나, 컬런 위터도 예쁜 여자애 한 명을 좋아했는데, 그 애한테는 덩치가 좋고 날 보자마자 한 대 칠 것 같은 남자 친구가 있었다. 녀석의 이름은 러셀 퀴트먼이었다. 나는 개 형제나 부모도 별로 좋아하지 않았다. 한가족이라고 싸잡아 싫어해서는 안 되지만 솔직히 싫을 때가 있다. 이름이 에이다 테일러였던 그 여자애도 어쩌면 나를 한 대 치고 싶었을지 모른다.(아직 무슨 말인지 모를까 봐 얘기하는데, 나를 알게 되면 누구든 한 방 먹이고 싶어질 것이다.) 아칸소 주 릴리에 살면서 에이다와 아는 사이가 아니거나 에이다에 대한 이야기조차 들어 본 적이 없다면 간첩이었다. 심지어는 인근의 리틀록이나 멤피스 애들도 릴리에 산다는 흑인 과부 이야기는 들어 봤을 거다.

　지금부터 해 줄 이야기는 에이다의 우울한 과거에 대한 것이다. 내가 고등학교 1학년 때 에이다는 2학년이었는데 코너 볼턴이라는 병신 자식하고 사귀었다. 3학년이었던 코너는 화장실이나 사물함, 또는 쓰레기통 근처를 혼자 지나가는 신입생은 단 한 명도 빠뜨리지 않고 붙잡아서 바싹 겁주는 걸 그날의 숙제로 알았다. 그런데 맙소사, 놈은 크리스마스 연휴도 되기 전에 교통사고로 죽었다. 함께 타고 있었던 건 에이다뿐이었다. 걔는 긁힌 상처 하나 없이 걸어 나왔다. 이듬해에 에이다는 무슨 부탁이든 잘 거절하지 못하는 녀석과 사귀었는데, 걔는 어릴 때 나랑 우리 엄마 미장원 바닥에서 함께 헌병 인형 놀이를 하던 사이였다. 이름이 에런 랭커스터였다. 에런은 추수 감사절까지도 못 버티고 천둥이 치던 날 별안간 화이트 강에 빠져 죽었다. 에런의 아빠가 강에서 빈 낚시 보트를 찾아냈다. 수색대는 나흘 후에 시체를 발견했다. 소문에 따르면 에런은 전자레인지로 익힌 것 같아 보였다고 한다.

그런 일이 있고 나서는 에이다 테일러와 데이트를 하거나 심지어 걔 근처에만 가도 팔푼이 취급을 당했다. 하지만 러셀 퀴트먼은 이제 방학까지 한 주밖에 남지 않았는데도 죽지 않고 여전히 살아남은 채, 점심시간이면 학교 식당에 나타나 괴물 같은 이두박근으로 주변 사람들을 숨 막히게 하면서 식탁을 혼자 다 차지하곤 한다. 그전에 나는 러셀이 부활절을 넘길지를 놓고 루커스와 내기를 했다. 나는 넘기지 못한다 쪽에 10달러를 걸었다. 여러분은 내가 열여덟 살짜리 남자애가 죽는다 쪽에 돈을 걸거나 그런 일이 일어나기를 바라는 듯 이야기하면 사디스트인가 의심할지도 모르겠다. 하지만 그건 러셀 퀴트먼을 만나 보지 못해서 하는 얘기다. 세상에는 자동차 사고로 불에 타서, 아니면 한밤중에 강의 급류에 휩쓸려 죽어야만 하는 사람이 있다. 러셀 퀴트먼 같은 족속들 말이다.

웨브 박사님이 그러는데, 사람들은 대부분 착각에 빠져 세상을 바라본다고 한다. 그럼으로써 자기 위치와 다른 사람들의 위치를 편하게 받아들일 수 있게 된다나. 무슨 말인가 하면, 사람들은 대부분 자신이 좋은 사람이라고 믿고 싶고 다른 사람과 비교해서도 그렇다고 생각하고 싶어서 모든 사람을 정형화된 몇 가지 유형으로 나눈다는 것이다. 그래서 사람들은 스포츠를 좋아하지 않고 여자관계가 복잡하지 않은 남자애를 보면 무조건 게이라고 하고, 공부는 하지 않는데 성적이 좋은 학생을 보면 괴짜라고 하고, 만사에 근심이 없고 돈은 좀 있어 보이는 사람은 당연히 귀족일 거라고 생각한다. 나는 축구를 싫어하고 성적표에 1등급밖에 없기 때문에 그중 두 가지 유형에 들어맞는다. 그러다 보니 내 사물함에 "컬런 위터는 호모"라고 적힌 메모지가 붙어 있다거나 해마다 학교에서 제작하는 사진첩 속 내 사진에 크고 검은 안경을 그려 넣지 않는 애가 없다거나 하는 일들이 일어났다. 웨브 박사님은 또, 보수적인 남부 출신 대부분이 지닌 이런 편협함에 대응하려면 무시당해도 상관없다며 그들을 무시해 버려야 한다고 했다. 그러지 않고 그들이 무의식적으로 적용하는 유형별 기준에 놀아나면 영원히 무시당하게 된다고 했다. 간단히 말해서, 애들이 나를 호모라고 부른다고 징징거렸다면 난 더 자주 호모 소리를 들었을 것이다. 또 세라 버치라는 여자애도 5학년 때 남자애들이 책벌레라고 부르는 걸 무시해 버렸다면 지금처럼 남자애들 사이에서 '헤픈 걸'로 이름을 날리는 일은 없었을 것이다.

하지만 이런 착각이라는 전염병에 면역이 된 듯한 사람들도 있다. 아마 내가 아는 가장 흥미로운 인간일 가브리엘 위터가 이런 부류인데, 이건 가브리엘이 내 동생이라서 하는 이야기가 아니다. 가브리엘이 열한 살 때부터 아침마다 맨 먼저 일어나서 현관에 나가 앉아 책 한 장(章)을 읽었기 때문에 하는 얘기다. 아무도 들어본 적 없는 밴드의 음악을 들었기 때문에 하는 얘기다. 그리고 가브리엘은 중학교에 가기 전에 넥타이를 50개 가까이 수집해 놓고는 그걸 하루도 거르지 않고 매고서 등교했다. 내 생각에 가브리엘이 제일 인상적인 점은 자기에 대해 사람들이 어떻게 생각하는지 전혀 신경을 쓰지 않는다는 거다. 가브리엘이 고개를 숙이고 학교 복도를 지나다닌 이유는 다른 애들이 자기를 보거나 사냥감을 찾는 놈들의 표적이 되는 게 싫어서가 아니라 단지 고개를 들어야 할 이유가 없어서였다. 나로 말하자면 고개를 똑바로 들고 복도 한가운데를 지나기까지 시간이 얼마 안 걸렸다. 물론 언제나 루커스 옆이나 뒤에 있었기에 훨씬 더 쉬운 것도 있었다. 나와 루커스 둘 중에 하나를 보라고 하면 누구나 후자를 택할 테니까.

나는 두 가지 이유로 러셀을 '그만 아 씨!'라고 불렀다. 첫번째는 물론 그의 성(姓) 때문이다(퀴트먼(Quitman)은 '그만'(quit)과 '아저씨'(man, 화날 때 감탄사로도 쓰인다)'라는 단어로 되어 있다—옮긴이). 당연하다. 또 다른 이유는 개의 성질머리와 관련이 있다. 러셀 근처에만 있으면, 개가 누군가에게 헤드록을 걸거나 다리를 붙잡아 거꾸

로 들거나 발을 걸어 넘어뜨려서 "제발 그만, 아 씨! 그만!" 하는
비명이 들려오기 일쑤였다. 러셀 퀴트먼, 그 '그만 아 씨!'라는 인
간이 그렇게 거구의 잔인한 깡패같이 굴면서도 우리 마을에서 제
일 예쁜 여자애와 사귀고 다니다니 이게 대체 어찌 된 일일까? 나
는 이걸 예쁜이의 역설이라고 부른다. 예쁜 애들은 자신을 포함해
사람들 대부분을 완전히 똥 취급하는 남자를 원한다. 이건 아마
인류 역사상 가장 불가사의한 현상일 것이다.

72. 나쁜 사람들에게 생기는 좋은 일들.

왜 릴리 같은 곳에서는 '그만 아 씨!'나 그놈을 좋아하는 여자애
들의 존재 따위가 놀랄 일이 되는지 모르겠다. 아칸소 주 릴리에
있으면 가끔, 시간을 잊어버린 땅에서 사는 것 같다. 버거킹과 맥
도널드, 심지어 월마트도 있지만, 그걸로 만족할 수 없다면 이곳을
지나 쭉 더 가야 한다. 아칸소 주 소도시들은 대부분 나무가 많은
데, 릴리도 마찬가지다. 둥글게 굽이도는 길 안쪽으로 나무들이 꽉
들어차 있는 땅이다. 한편으론 사방이 물이기도 하다. 화이트 강이
릴리 가장자리에 바싹 붙어 흐르다가 주를 가로질러 쭉 더 나아가
미시시피 강에 이른다.

나는 여러분이 릴리에 한번도 와 보지 못했을 거라고 확신하는
데, 정말 그렇다면 이곳이 리틀록과 멤피스의 딱 중간임을 알아 두
길 바란다. 차를 몰고 릴리에 들어서다 보면 길가에 세워진 빛바랜
녹색 표지판에 3,947명이 산다고 적어 놓은 것이 보일 텐데, 이 사

람들은 대부분 고향을 떠나려고 시도했다가 실패한, 완벽한 병신들이다. 릴리는 독특하게도 외지고 작은 도시치고는 매우 잘 정돈되어 있고 깨끗해 보인다. 릴리는 죽기 직전에 잠시 머물고 싶은 그런 곳이다. 만약 여러분이 앞날이 창창한데도 아칸소 주 릴리의 평화와 고요를 필요로 한다면, 당장 심리 상담사를 만나 보거나 지금 사는 동네에 한 주 더 머무르면서 좀 더 재미있는 일을 찾아보는 게 좋겠다.

지루하기 그지없는 릴리에 살면서 내 머리로는 놀 거리를 생각해 낼 수 없어 자주 짜증이 나곤 했다. 반면에 내 동생은 전혀 지루해 보이지가 않았다. 그래서 나는 내가 무슨 일을 하건 대부분 불안해하고 불만족스러워한다는 사실에 더 화가 났다. 가브리엘은 책을 읽거나 음악을 듣기만 해도, 또 제일 좋아하는 친구인 리비 트루엣과 마을 산책만 해도 즐거워했다. 그런데 나는 앉아서 음악을 듣거나 책을 읽다가도 딴생각을 했고, 에이다 테일러가 틸먼 잔교에서 물로 풍덩 다이빙하거나 버크 햄버거 가게 앞에서 그만 아씨!와 시시덕거리는 모습이 떠올랐다.

시신 안치소에 다녀온 지 사흘째 되던 날, 나는 루커스에게 전화를 걸어 무슨 좋은 계획이 없는지 묻기로 했다.

"지겨워 죽겠다."

"드라이브 할래?" 루커스가 바로 물었다.

"운전은 네가 하고?"

"5분 있다 데리러 갈게."

여러분이 혹시 정형화된 유형으로 사람들을 재단하고 착각하길 좋아해서 루커스 케이더를 가지고 꼭 그 짓을 해야겠다면, 걔는 귀족 유형에 판박이처럼 꼭 들어맞을 것이다. 미리 말해 두지만 나는 귀족이나 양반처럼 고정 관념이 반영된 말을 싫어하고 싫어하고 또 싫어한다. 하지만 지금은 어쩔 수 없다. '귀족'이나 '양반'은 가령, 옷을 멋지게 입고 다니거나, 규칙적으로 목욕을 하거나, 멋진 차를(사실 릴리에서는 부모님 차만 아니면 멋진 차다) 몰거나, 축구 팀에 소속돼 있는 고등학생을 가리킬 때 우리 고장 사람들이 쓰는 말이다. 여러분이 이곳에 산다면 사용할 것 같은 말 중에 아무거나 써서 그 유형을 지칭해도 좋다. 어쨌든 루커스와 나는 꽤 달랐다. 루커스는 우선, 축구를 했다. 또 하나, 루커스는 여자 친구가 있었다. 이름이 메나 프레스콧인데, 걔를 보고 있으면 「조찬 클럽」이라는 영화에 나왔던 빨강 머리 여자애가 떠올랐다. 메나는 나를 보는 족족 껴안거나 뺨에 입맞춤을 해서 날 불편하게 했는데, 제 딴에는 매력적이거나 섹시해 보이려고 그러는 모양이었지만 정작 나는 그런 짓이 언짢고 당혹스러웠다. 메나의 사투리도 싫었다. 어디에 살건 사투리는 있을 수 있고 특히 여기 남부에 사는 우리는 사투리를 쓰는 게 당연하다고 생각하지만, 솔직히 메나의 말투를 들으면 내가 걔랑 같은 남부 출신인 건 둘째치고 같은 인간이라는 사실마저 창피해질 지경이었다. 예를 들어 이러는 거다.

"야, 이야들아! 나 저지이난 주우에 거어게 갔다 왔어어." 세 번만 빠르게 따라 해 보라. 아마 돌아 버릴 거다.

루커스는 메나가 믿는 만큼 그 애를 정말로 사랑하는 척했다. 하지만 그건 순전히 뻥이었다. 루커스의 차가 우리 집 진입로로 들어오는 걸 보고 현관의 방충문을 밀고 나가자 곧바로 뒤에서 그게 닫히면서 탁 탁 탁 하는 소리를 냈다. 녀석의 차에 타자 향수 냄새에 코가 막힐 지경이었다.

"그 똥물로 아예 목욕을 했나?" 냄새를 쫓아 버리려고 코앞에 손부채를 부치면서 내가 말했다.

"이모는 어떠셔?"

녀석은 늘 이런 식이었다. 진지한 주제건 아니건 간에 내가 질문을 하면 불쑥 다른 중요한 이야기를 꺼내 얼른 주의를 딴 데로 돌려 버리곤 했다. 그러면 마치 우리 차가 집 앞을 출발해 시내로 향하는 순간 먼지에 싸여 뿌예지는 우리 집처럼 내가 직전에 했던 생각도 뿌옇게 흐려지기 마련이었다.

"좀 좋아지셨어. 뭘 좀 드시거든."

"게이브(가브리엘의 애칭―옮긴이)는?"

"내 눈엔 똑같아 보이는데." 이렇게 말하고는 나는 방금 한 말에 대해 생각해 보았다. 어떤 점에서는 틀린 말 같았다.

"착한 애야, 그치?" 루커스가 말했다.

"나도 걔 싫어하진 않아." 나는 농담을 했다.

"무슨 말이냐면, 여기 애들은 모조리 못된 짓들을 하잖아. 문제 일으키고, 학교에서 쫓겨나고, 개판이잖아. 그런데 너한텐 가브리엘이 있어. 걘 눈에 확 띄는 거 알아? 여기 애들하곤 다른 것 같아. 내 말 무슨 뜻인지 알지?"

"알아." 나는 말했다. 실은 무슨 뜻인지 알지 못했지만.

"난 가끔, 걔가 내 동생 같아." 루커스는 이상하게 진지한 투로 말했다.

"너한테 팔게, 50달러 줄래?"

루커스는 형제에 관한 주제가 나오면 곧잘 혼자만의 생각에 빠져드는데, 그럴 땐 겉으로 보기에도 금세 티가 났다. 녀석의 두 눈에서는 앞에 놓인 물체에 초점을 맞추고 있을 때처럼 어떤 힘이 느껴졌다. 입술은 휘파람을 불 때처럼 살짝 오므렸다. 그러면 나는 그저 편히 앉아서 그 모습을 주시하며 녀석의 입 밖으로 뭔가 멋지거나 후련한 말이 나오지 않을까 하고 기다려야 했다. 루커스는 보통 몇 분이면 다시 정신을 차렸는데, 그제야 방금 전까지 자신이 어색한 자세로 있었고 자기 때문에 상대방이 불편했음을 깨닫곤 했다. 녀석에게는 주변 사람을 편하게 해 주려는 습관만 있지 그 반대는 없었다. 이윽고 버크 햄버거 가게에 이르러 차를 세우자마자 메나 프레스콧이 운전석 쪽으로 달려와 상체를 들이밀더니 루커스의 뺨에 입을 맞추었다. 그러고 나서 내 쪽으로 와서 창문을 두드리고는, 내가 손잡이를 돌려 창문 열기를 기다렸다가 내 뺨에도 입맞춤을 했다. 메나가 뒷자리에 올라탈 때 나는 얼굴에 묻은 침과 립스틱 자국을 닦아 냈다.

"정말 그 오빠 시체 봤어, 컬런?"

메나는 루커스가 차창을 닫고 주차장을 빠져나오기도 전에 물어 댔다.

"응, 봤어." 나는 딱딱하게 말했다.

메나 프레스콧의 과거에는 루커스처럼 순진하고 심성이 고운 남자애가 없었다. 그 대신 함부로 마약을 하던 내 사촌 오슬로 형이 들어 있었다. 그들의 관계는 이렇게 요약할 수 있다. 둘은 메나가 1학년이고 오슬로 형이 3학년일 때 파티에서 만났다. 그때 둘은 취한 채로 섹스를 했고 일주일 후에 우연히 식료품점에서 다시 만났다. 그리고 몇 주 동안 불규칙적으로 데이트를 하다가 내 생각에 오슬로 형이 마약 중독자이자 건달에 불과하다는 걸 메나가 깨달으면서 둘의 관계는 끝났다. 메나가 적어도 나와 함께 있을 때 오슬로 포크라는 사람을 언급한 건 그때 루커스의 차 안에서가 마지막이었다.

제일 좋아하는 친구의 차 조수석에 앉아 있는데, 뒷좌석에 앉은 촌뜨기가 몹시 흥분하며 점심시간에 치어리더한테 무시당한 얘기를 큰 소리로 떠들어 대는 통에 딴생각이 나기 시작한다. 바로, 좀비 이야기다. 놈들은 죽어야 한다. 우리가 죽이기만 하면 된다. 좀비들에게 인간을 찾아내서 살코기를 실컷 먹을 의무가 있다면 우리에게는 놈들을 죽여 줄 의무가 있다. 바로 그 이유 때문에 나는 러셀 퀴트먼과 그의 친구 닐이 좀비가 되어 릴리에 대재앙을 몰고 와서 남자, 여자, 아이들을 잔뜩 죽이는 걸 상상했다. 놈들이 완전히 망가진 발목 하나를 대롱대롱 달고 두 다리를 질질 끌면서 중앙 대로를 기어 왔다. 상점 창문에서 여자 한 명이 비명을 질렀다. 승용차 한 대가 돌진하더니 근처의 나무를 들이받았다. 내가 도착할 때까지는 끔찍한 광경이었다. 나는 한 손에는 권총을, 다른 손에는 도끼를 들고 자신감 넘치는 얼굴로 천천히 걸어 그만 아 씨! 와 그의 똘마니들에게 다가갔다. 침을 질질 흘리는 닐의 얼굴을 권총으로 여유 있게 박살 낸 후 총을 내던지고 양손으로 도끼를 잡았다. 마주한 그만 아 씨!는 이빨이 확 도드라져 보였고 토하고 싶을 만큼 역겨운 냄새를 풍겼다. 도끼로 놈의 다리를 찍었다. 놈은 쓰러졌고 내가 다시 한 번 세게 내려찍으려고 뒤로 물러서자 내 바지를 붙잡았다. 나는 갸우뚱하다가 놈의 옆으로 넘어졌다. 놈의 이빨이 내 목을 관통하려던 순간, 검은 장화를 신은 발 하나가 놈의 머리를 강타했다. 올려다보니 바로 루커스 케이더가 웃으며 내게 손을 내밀었다. 사람들이 우리 주변에 모여들어 크게 환호했다. 좀비들을 물리친 것이다. "루커스! 루커스! 루커스!" 그 소리가 우리를 둘러쌌고, 나는 일어서서 동생을 찾으려고 사람들을 둘러봤다. 동생은 인도 가장자리에 혼자 앉아 있었다. 그때까지 울고 있었다. 루커스가 내 어깨에 손을 얹고 귓가에 속삭였다. "게이브도 괜찮아. 이제 우리 모두 괜찮아."

13. 조금 따끔할지도 몰라.

삽을 들고 가는 이상한 아이들

벤턴 세이지는 교회를 대표해 외국에 선교사로 파견 나가게 되었다는 이야기를 듣고서 흥분 반 두려움 반에 어쩔 줄 몰라 했다. 누이들과 휴스 목사와 함께 서서, 교회 신도들이 총출동해 자신을 둘러싸고 박수 치고 기도하는 모습을 지켜볼 때는 배 속이 꾸르륵거리고 토할 것만 같았다. 이제 에티오피아에서 처음으로 내 진실한 믿음을 발휘할 수 있겠구나, 하는 생각이 들었다. 성가대가 뒤에서 아멘과 할렐루야를 외치자 열여덟 살 젊은이 벤턴은 그만 어찔해져서 부드러운 초록색 카펫 위로 쓰러질 것만 같았다. 애틀랜타 주에서 누리던 안락한 삶을 뒤로하고 해발 9,000미터 상공을 날아서 여행해야 한다는 두려움 때문이었다.

"우리 젊은 형제, 벤턴 세이지. 그대가 많은 이들을 주님께 인도
할 것이라 믿습니다!" 설교단에서 휴스 목사가 이렇게 외쳤고 신
도들은 다시 자리에 앉아 성경책을 펼쳤다.

"어디서 빵을 사 먹을 수 있는지 알려 줘요!" 벤턴은 현지인에
게 괜스레 큰 소리로 말했다. 에티오피아의 아와사라는 곳까지 가
서, 자신이 감당하기 힘든 일을 맡았다는 걸 깨달은 어느 날 오후
였다.

"영어, 몬해."

"영어 할 줄 아는 사람 없어요?" 벤턴이 외쳤다. 그가 서 있는 비
좁은 길은 수레들로 가득했는데, 수백 명은 됨 직한 사람들이 죄다
과일이며 채소를 살피고 손으로는 파리를 쫓으면서 그곳을 천천
히 지나갔다.

"못 해도 상관없어요!" 벤턴은 소리치며 한 손을 번쩍 들었지만,
자기한테는 아무도 관심이 없다는 걸 곧 깨달았다. 다행히 어찌어
찌하여 빵을, 아니 그 나라에서 빵이라 부르는 걸 찾아냈다. 그러
고도 할머니에게 빵값으로 어느 화폐를 얼마나 주어야 하는지 알
아내느라 2분 30초가량 고역을 치른 끝에 빵을 사 들고 잰걸음으
로 호텔에 돌아왔다. 말이 호텔이지 자그마한 진료소 건물 위층
에 있는 방 3개가 전부였다. 벤턴은 등불이 희미하게 켜져 있는 습
한 내부의 계단을 올라가 자기 방으로 갔다. 방에 들어서자마자 빵

덩어리를 거의 다 씹어 삼키고는 침대에 등을 기대고 바닥에 앉아 숨죽여 흐느꼈다. 그리고 이틀 후 라밀을 소개받았다. 벤턴 세이지를 '빈톤 소그'라고 부르는 라밀은 5년 전쯤 개종한 사람으로, 가능한 한 많은 사람을 개종시키고자 전국의 작은 마을들을 돌면서 식량과 물, 그리고 부족하나마 의료 서비스를 제공하고 있었고, 이를 위해 벤턴이 다니던 미국 교회와 연락해 지원을 얻어 내는 일을 맡고 있었다.

라밀은 자신이 개종시킨 신도 수를 기억했다. 벤턴이 처음 갔을 때 그가 자랑스럽게 밝힌 총 인원은 1,740명이었다.

"빈톤 소그, 형제께서는 저희 교회 일에 꼭 필요한 등불이 될 거예요!" 첫 대화가 시작되고 딱 5분이 지났을 때 라밀이 큰 소리로 말했다.

"와 보니 좋네요. 얼마든지 돕겠습니다!" 라밀이 더 잘 알아들을 수 있도록 벤턴은 천천히 크게 말했다.

벤턴이 꿈에서 하느님의 환영을 본 것은 라밀과 처음으로 에티오피아 서쪽 지방에 선교를 나갔을 때였다. 환영은 이렇게 나타났다. 벤턴은 드넓고 무서운 바닷가에 혼자 서 있었다. 맨발에 파도가 부딪쳤고 바람에 머리칼이 날려 눈앞을 가렸다. 바다 위 하늘에 먹구름이 짙어지다가 막 천둥소리가 들려오던 순간, 하늘에서 벽 같은 검은 물기둥이 바다로 쏟아져 내렸다. 바람 때문에 실눈을 하고 그 광경을 바라보던 벤턴은 하늘에서 떨어지는 것이 물이 아니

라 피라는 걸 알아차렸다. 자리를 피하려고 몸을 돌리는데 어디선
가 목소리가 들려 멈춰 서고 보니 바로 하느님의 소리였다. 다시
바다 쪽으로 돌아서자 그 혼돈스러우면서도 아름다운 핏물 기둥
한가운데 바다 표면에 한 소년이 왼손을 하늘로 치켜든 채 서 있
었다. 소년의 입은 움직이지 않았지만, 입가에 엷은 미소가 감돌았
다. 그때 하느님의 목소리가 벤턴에게 소년을 소개했다.

"이 아이는 천사 가브리엘이니라." 하느님이 말했다. "두려워하
지 말지어다." 천사가 말을 할 것처럼 막 입을 떼려는 순간, 하늘에
서 커다란 새 한 마리가 날아와 천사의 어깨에 앉더니 아주 큰 소
리를 한 번 냈다. 곧이어 천사가 엄청나게 큰 소리로 힘주어 말했
다. "벤턴, 당신은 세상을 바꾸기 위해 부름받은 사람입니다. 하느
님이 당신을 은총의 눈으로 굽어보고 계십니다."

벤턴은 그날 아침, 그때까지 이름도 들어 본 적 없는 작은 마을
바로 옆의 텐트에서 잠을 깼다. 라밀이 함께 묵으려고 친 텐트였
다. 벤턴의 몸은 식은땀으로 흠뻑 젖어 옷이 살갗에 척척 들러붙었
고 머리칼도 땀범벅이 되어 납작하게 눌려 있었다. 그의 앞에 그림
자만큼 검고 텐트보다 키가 큰 라밀이 서 있었다. 웃고는 있었지만
라밀의 얼굴에는 미안해하는 기색이 있었다. 그는 한 손을 뻗어 벤
턴을 간이침대에서 일으키면서 이렇게 말했다. "하느님이 오늘 우
리에게 선물을 하나 주셨습니다."

선물은 곧 아프고 죽어 가는 사람들, 굶주린 이들이 아우성치는

작은 마을이라는 사실을 벤턴은 알게 되었다. 두 사람은 양손 가득 빵이며 물병, 쌀 같은 곡식이 든 상자를 들고 웃음 띤 얼굴로 오두막을 하나하나 방문했다.

"한 가족당 빵 두 덩어리, 물 두 병, 곡식 한 상자예요. 빈톤, 알겠어요?" 벤턴이 딴짓을 할까 봐 염려되는 듯 라밀이 물었다.

"알아요."

그날 다섯 번째 오두막을 방문하고 나오면서 라밀은 함박웃음을 지으며 팔꿈치로 벤턴의 팔을 쿡쿡 찌르더니 자랑스럽게 말했다. "1,746명." 벤턴은 어색하게 웃어 주었다. 라밀은 20분밖에 안 되는 짧은 시간에 미개 부족을 기독교 같은 복잡한 신앙으로 개종시킬 수 있다고 철석같이 믿는구나, 하고 생각하면서. 그래도 벤턴은 계속 라밀을 따라 오두막을 일곱 채 더 돌고 나서 텐트로 돌아가 밤을 보낼 준비를 했다. 라밀은 간이침대에 앉아서 새 친구 벤턴을 기쁜 눈으로 바라보며 고개를 끄덕였다.

"왜요?" 벤턴이 물었다.

"당신은 내 친구이자 정말 큰 축복이에요."

"왜 그런 소리를 하세요? 제가 오늘 한 일이라고는 고작 물병 들고 당신 옆에 서 있었던 것밖에 없는데요."

"왜냐하면 빈톤, 낙담에 절어 있던 이곳 사람들이 드디어 말씀을 듣기 시작했거든요. 형제님 덕분, 형제님이·내 옆에 서 있고 형제님이 서양 사람이고 형제님이 그 사람들한테 희망을 가질 이유를 준 덕분입니다."

다음 날 아침에 일어나 보니 벤턴은 텐트 안에 혼자였다. 한 줄기뿐이지만 놀랍도록 밝은 햇살이 텐트 입구를 통과해 그의 눈을 정통으로 비췄다. 좁은 비포장길 모퉁이에 세운 텐트에서 밖으로 나가자마자 앞이 보이지 않았다. 두 눈이 빛에 익숙해지자 곧 몇몇 아이들의 말소리가 들려왔다. 몸을 돌려 보니 아이들 다섯 명이 모퉁이의 텐트를 지나며 웃고 떠들고 있었다. 벤턴은 실눈을 뜬 채로 미소 지으며 아이들이 들고 가는 것이 무엇인지 살폈다. 아이들은 저마다 삽을 하나씩 들고 있었는데, 손잡이를 꽉 쥐고 어깨에 걸친 품이 군인이 소총을 들고 가는 모습과 아주 비슷했다.

"빈톤!" 라밀이 소리치며 달려와 벤턴 앞에 섰다.

"안녕하세요?"

"잘 잤어요?" 라밀이 물었다.

"네. 아주요. 고마워요."

"저 애들 만난 거예요?" 라밀이 턱짓으로 삽을 들고 가는 이상한 아이들을 가리키며 물었다.

"아뇨. 걸어가는 거 보기만 했어요. 어딜 가는 거죠?" 벤턴은 햇빛 때문에 그때까지도 눈을 가늘게 뜨고 있었다.

"무덤을 더 파러 가는 거예요."

나를 이 세상 끝까지 데려가 줘

화, 수, 토요일이면 나는 40번 주간(州間) 고속 도로 바로 옆 핸디 스톱 편의점에서 알바를 했다. 주로 담배, 스낵, 탄산음료, 복권, 휘발유, 콘돔을 팔았지만 그게 다가 아니었다. 건물 뒤에 있는 화장실에 가려면 점원(나)한테서 열쇠를 받아 가야 했는데, 그런 이유로 어쩌다 재수 옴 붙은 날에는 내가 화장실 청소까지 해야 했다. 청소를 할 때면 실험용 핵폭탄이 사고로 아칸소 주 릴리 한복판을 강타하는 상상을 하곤 했다. 버섯구름도 함께. 여러분은 그 장엄한 모습을 머릿속에 그릴 수 있는가? 그 고요한 분노를 들을 수 있는가? 나는 두 가지 다 할 수 있는데, 특히 그 어두운 심연 속으로 청소용 솔을 들이미느라 땀이 두 눈으로 줄줄 흘러드는 걸 애써 참을 때 그랬다.

딸랑. 이 소리는 누군가 편의점에 들어오거나 나간다는 신호다.

"뭐 찾으세요?" 키 크고 몸집 좋은 사내 하나가 계산대 앞으로 오자 나는 공손하게 물었다. 그는 내 뒤쪽 벽 진열대에 놓인 담배들을 쳐다보았다.

"팔말 한 갑 줘요."

"2달러 50센트입니다."

땡그랑. 밀어서 닫고. 철커덕.

"안녕히 계세요."

"안녕히 가세요."

딸랑.

토요일에 열두 시간을 외딴 편의점에서 보내다 보면 이런저런 잡생각이 밀려든다. 대통령이 '핵'을 어떻게 잘못 발음하는지(미국의 조지 부시 대통령은 재임 당시 영어 발음을 종종 틀려 지적을 받곤 했는데 그 중 하나가 '핵'을 뜻하는 nuclear를 '누쿨러'라고 잘못 발음하는 것이었다―옮긴이), 루커스의 사촌이 아직도 이라크에 있다는 사실 따위 말이다. 망망대해 같은 모래사막을 상상하고, 바람에 맞서 싸우느라 실눈을 뜬 채로 입을 굳게 닫고 지내면 얼마나 불편할지, 옷을 벗을 때마다 똥구멍에 모래가 끼어 있는 걸 발견하고는 또 얼마나 기분이 더러울지 상상한다. 엄마가 어느 할머니의 앞머리를 다듬으며 양로원에 가 있는 할아버지의 안부를 묻는 모습을 떠올린다. 그리고 동생 방에서 혼자 울고 있는 이모도.

딸랑.

그만 아 씨!가 똘마니를 한 명 거느리고 들어왔다.

러셀과 닐이 가게 안을 둘러보는 사이, 나는 러셀의 지프차에 혼자 남은 에이다 테일러를 지켜보았다. 에이다는 누가 자기를 보고 있는 줄은 꿈에도 모르고 백미러에 제 얼굴을 비춰 보고 있었다. 상의는 비키니를 입고 있었는데, 빌어먹을 차 문이 시야를 가려서 나머지는 보이지 않았다. 에이다가 땅에 닿을 듯 말 듯 살랑거리는 긴 주름치마를 입고 화이트 상륙을 걸어 내려오는 모습을 상상하면서 나는 기분이 좋아졌다.

"말보로 한 갑 살 수 있냐?" 닐이 차갑게 물었다.

"안 돼."

"나 열여덟 살이야 인마."

"열일곱이잖아."

닐의 얼굴이 정상이었다가 좀비가 됐다 하는 것처럼 보였다(상상 속 좀비로 보일 때는 턱만 없을 뿐, 정상일 때도 닐은 좀비와 다를 게 없었다).

"그냥 팔아, 이 (동성)애자야!" 그만 아 씨!는 단어를 요령껏 쓸 줄 알았다.

"안 돼."

"병신 같은 게." 닐이 도리토스(과자 상표─옮긴이) 칩 한 봉지를 계산대에 툭 던지며 중얼거렸다.

러셀이 강간범 아닐까 싶은 걸음걸이로 계산대로 오더니 콜라 두 병을 과자 봉지 옆에 내려놓았다. 그러고는 지갑에서 20달러짜리 한 장을 빼서 내게 주었다. 나와 시선은 마주치지 않았다.

"다 고른 거야?" 내가 물었다.

"휘발윳값도 계산해야지." 러셀이 말했다.

"휘발유 하나도 안 넣었잖아."

러셀은 불만스러운 표정으로 숨을 거칠게 한 번 쉬더니 출입문으로 쿵쾅쿵쾅 걸어가서는 문을 열고 (딸랑) 고함쳤다. "기름 넣어, 이 밥벌레야!"

에이다는 긴 주름치마를 입고 있지 않았다. 맨 위 단추 하나가 풀린 청반바지 차림이었다. 나도 모르게 그 모습을 빤히 보다가 얼른 정신을 차리고 녀석들을 돌아보니, 멀쩡하게 다 자란 두 좀비 놈이 기름이 다 채워지길 제법 참을성 있게 기다리면서 다음엔 어디로 차를 몰고 갈지 설왕설래하고 있었다.

"컬런, 오슬로는 대체 어떻게 된 거냐?" 닐이 뜬금없이 물었다.

"죽었어."

"죽은 거 알아 인마. 왜 죽었냐고. 진짜 마약 하다 죽은 거야?"

"그런 것 같아." 나는 창문으로 에이다를 훔쳐보면서 대답했다.

"멍청한 놈." 러셀이 내뱉었다.

짧은 순간 정적이 흘렀다. 얼마나 조용했던지 가게 뒤쪽에 놓인 냉장고가 윙윙거리거나 에어컨이 웅웅대는 소리처럼 평소에는 의식하지 못하던 소리가 그 순간 아주 분명해져서 귀에 거슬릴 정도였다. 그 주에 내게 오슬로 형이 죽어서 안됐다는 말을 하지 않은 건 러셀과 닐이 처음이었다. 묘하게도 그런 식으로 '현실은 다 잊고 만사 잘돼 가는 척하는' 걔네들의 별난 태도가 멋져 보였다.

"15달러 73센트야."

땡그랑. 밀어서 닫고. 철커덕.

"안녕히 가세요."

딸랑.

가브리엘은 누군가의 이야기를 들을 때면 탁자에 양 팔꿈치를 괴고 양손으로 두 눈을 가린 채 상체를 앞뒤로 흔들곤 했다. 내가 그만 아 씨!와 실랑이를 한 다음 날 엄마의 미장원에서도 그랬다. 엄마가 우체부 남편을 둔 페니 자일스라는 아줌마에게 줄리아 이모가 밤에 악몽을 꾼다는 등의 이야기를 하는 동안 가브리엘은 계산대 테이블에서 그러고 있었다. 내가 이걸 아는 건 그때 나도 페니 아줌마 왼쪽 자리에 앉아서 미용 의자를 천천히 빙그르르 돌려가며 엄지손가락을 빠는 습관이 있는 열여섯 살짜리 아이 이야기를 읽고 있었기 때문이다.

"괜찮아질 거야. 기다려 봐. 금방 좋아질 거야." 헤어스프레이가 머리를 뒤덮자 아줌마가 눈을 감으면서 말했다.

"맞아. 나도 그렇게 생각해, 페니." 엄마의 접대용 말투는 나와 가브리엘만 알 수 있었다.

"지금도 집에서 같이 지내?"

"응. 게이브 방에서. 게이브가 제 형 방에서 지내느라 둘 다 안됐지 뭐."

"넌 괜찮을 거야. 그렇지, 컬런?" 페니 아줌마가 곁눈질로 나를 보며 물었다.

사실 난 가브리엘이 지난 나흘 동안 내 방에서 잤어도 크게 개의치 않았다. 개는 조용한 편이고, 내 물건을 뒤적거리지도 않았고, 밤늦게 내가 구상 중인 기괴한 소설 이야기를 해 주는 것도 좋아했다. 내가 좀비들이 이 마을을 점령하는 이야기를 쓰고 싶다고 하자 녀석은 내가 주인공이 되는 게 좋겠다며 태연하게 말했다. "내가 좀비들한테 물린 다음에 죽는 걸로 하면 어때? 기막힌 전개 아냐?" 녀석한테는 말하지 않았지만 난 어떤 책을 쓰건 녀석을 죽게 할 생각이 없었다.

내 동생에 대해 한 가지 말해 둘 게 있는데, 열다섯 살이지만 겉보기에는 나와 나이가 같아 보인다는 점이다. 나이에 비해 개가 늙어 보이는 건지 내가 어려 보이는 건지 잘 모르겠다. 두 가지가 좋은 쪽으로 섞여 있는 거라고 생각하고 싶다. 상대방에게 잘만 부탁하면 옷을 서로 빌려 입을 수 있는 건 편리했다. 우린 둘 다 자기 물건을 허락 없이 만지는 걸 좋아하지 않는 부류였다. 가브리엘은 똑똑하기도 했는데, 심지어 나보다 더 똑똑했다. 우리 둘은 어릴 때 우리 집 지붕에 등을 대고 누워 있곤 했다. 가브리엘은 가끔 별들을 가리키며 여러 별자리 이름을 댔다. 솔직히 나는 녀석이 대부분 지어낸 소릴 하는 걸로 생각했는데 시립 도서관에서 천문학 책을 찾아보니 그게 아니었다. 내 기억에 가브리엘이 진실이 아닌 걸 말한 적이 단 한 번도 없었던 걸 생각하면, 그 일도 말이 되는 이야기였다. 그렇다고 녀석이 조금이라도 무례하거나 노골적이라거나 무딘 것도 아니었다. 가브리엘이 아무 말도 안 하고 있으면, 하고 싶은 말이 뭐든, 그게 옳은 말이긴 하지만 말로 내뱉기에는 부적절하다는 뜻이었다. 그게 녀석과 내가 정말 크게 다른 점 하나였다. 나는 아무 생각 없이 너무 무신경하게 너무 많은 사람에게 너무 많은 걸 너무 자주 이야기해 버렸다. 로라 피시라는 여자애가 요즘도 식료품점에서 나란히 줄을 서도 나와 말을 섞지 않는 게 다 그런 이유다.

어느 날 오후, 가브리엘을 차에 태워 집에 데리고 오다가 비슷한 상황이 또 한 번 벌어졌다. 진입로로 들어서는데 마침 아빠가 아이스박스에 다이어트 닥터 페퍼(탄산음료의 일종으로, 설탕을 빼고 만든 것—옮긴이) 캔 여러 개를 담고 있었다.

"컬런, 아빤 내일 장례식에 못 가니까 엄마랑 이모 좀 차로 모셔다 드려, 알았지?"

"물론 그래야지. 맨날 나라니까!"

마지막 두 단어를 툭 내뱉은 다음에는 물릴 도리가 없었다. 이미 늦었다. 아빠는 이 행성에서 배은망덕하기로 둘째가라면 서러울 개차반 고딩이라도 된다는 듯 나를 쳐다보았다. 그러고는 아이스박스에 마지막 캔을 던져 넣고 뚜껑을 쾅 닫더니, 담배를 피워 물고 트럭에 올라타 차 문을 요란하게 닫고는 그대로 출발해 버렸다.

아빠와 나 사이에 관해서는 할 얘기가 좀 있다. 우리도 한때는 사이가 좋았다. 내가 열세 살 때 아빠가 술을 끊은 후로는 모든 게 다 좋았다. 그러다가 열여섯 살 때였던가, 나는 그냥 아빠한테 나쁜 놈이 되기로 결심했다. 진짜 이유가 뭔지는 나도 알지 못했다. 지금도 모른다. 열한 살 때 아빠가 가브리엘과 나를 데리고 릴리에서 세 시간쯤 걸리는 박물관에 간 적이 있었다. 그곳에는 실물 크기의 거대한 공룡 뼈와 아칸소 주에 사는 물고기며 악어들이 들어 있는 수족관, 매머드 발자국 화석이 있었다. 기념품 가게에는 보석 원석 모양의 사탕도 있었다. 자기 그림자를 사진으로 찍을 수 있는 방과 몸이 거꾸로 뒤집혀 보이는 거울도 있었다. 그런데 집에 돌아오는 차 안에서 가브리엘이 나와 아빠 사이에 앉아 자고 있는데 아빠가 좀 취한 목소리로 내게 하는 말이, 내가 지구 끝까지 데려가 주길 원한다면 자신은 조금도 망설임 없이 그렇게 하겠다는 것이었다. 나는 어리둥절하면서도 기분이 좋아서 배시시 웃었다.

14. 배은망덕한 개차반 고딩.

다음 날 아침, 평소에는 잘 가지 않던 교회 마당에 서서 얼굴을 가볍게 스치는 바람을 느끼며 웰스 목사님이 유창하면서도 진지하게 설교하는 걸 듣고 있자니, 어쩐지 익숙한 느낌이 들었다.

"이번 일로 우리는 죽음이 우리를 아프게 할 수 있다는 것을 알았습니다.

죽음이 우리를 놀라게 할 수 있습니다.

죽음이 우리를 위협할 수 있습니다.

죽음이 우리를 밤에 잠 못 이루게 할 수 있습니다.

하지만 죽음이 할 수 없는 것들도 우리는 배웠습니다.

죽음은 희망을 짓밟을 수 없습니다.

친구와 가족의 사랑과 지지를 앗아 갈 수 없습니다.

세상과 신에 대한 질긴 믿음을 내려놓게 만들지 못합니다.

죽음은 이제껏 우리를 슬프게 하였지만, 우리를 지배하지는 못할 것입니다."

웨브 박사님 얘기로는, 누군가 젊은 사람이 죽으면 그보다 더 나이 든 사람들은 살아 있다는 사실만으로도 죄책감을 느낀다고 한다. 오슬로 형은 나보다 두 살이 많았기 때문에 나는 형의 죽음에 거의 죄책감을 느끼지 않았다. 내가 느낀 건 역겨움과 안쓰러움이었다. 눈물을 글썽이지 않고는 한마디도 입 밖에 내지 않는 이모 때문에 마음이 아팠다. 또 겉으로 상관없는 척하려고 필사적으로 참고 있는 메나 프레스콧 같은 사람들 때문에 마음이 아렸다. 하지만 제일 슬픈 건 동생 때문이었다. 동생은 슬픈 내색을 하지 않왔지만, 그게 다가 아니었다. 동생에게 드러내지 않는 감정이 있다는 걸 난 알고 있었다. 솔직히 내가 기억하기로 가브리엘과 오슬로 형이 어떻게든 교류했던 적은 한 번도 없었다. 단 한 번도. 그 대신 내가 오슬로 형과 엮여야 했는데, 그건 단지 나는 운전면허가 있고 아빠 성격을 닮았단 사실을 형이 알고 있었기 때문이다. 나는 사람들에게 거절을 잘하지 못한다.

2미터쯤 아래 놓인 사촌 형의 시체를 내려다본다. 이모가 철제 접의자에 앉아 통곡하고 엄마가 이모 귀에 대고 "좋은 데 갈 거야. 괜찮아, 괜찮아." 하고 말하는 소리가 희미하게 들려온다. 문득 떠오르는 것은 리틀록 시립 시신 안치소의 시체가 잔뜩 들어 있는 은색 방뿐이다. 고개를 돌리니 좀비들만 묘지에 가득한데 그중 절반은 무덤에서 기어 나온 듯하다. 좀비들이 넘어지고 몸을 질질 끌며 허겁지겁 다가와 선다. 주변을 에워 싼 좀비 수백 명이 하나뿐인 사촌을 내려다보고 있을 때 할 수 있는 일이라곤 동생의 오디오에서 들은 노랫말을 작게 읊조리는 것뿐이다.

죽는 날엔,
우리 모두 날개가 생겨.
다리가 없어도 설 수 있어.

웰스 목사님은 장례 예배를 빠르게 진행했다. 기도를 끝낸 후 목사님은 진심인지 모르지만 손등으로 왼쪽 눈을 훔쳤고 모여 있던 작은 무리는 흩어지기 시작했다. 루커스가 내게 귀엣말로 "가서 차 가지고 올게." 하고 말했다. 루커스는 이런 부류, 말하자면 누가 청하지 않았는데도 유족을 데리고 장례식을 오가는 기사 노릇을 하는 부류의 인간이었다. 가브리엘은 내 옆에 서 있었다. 내가 장례식에서 누군가를 볼 때의 눈길로 바라보자 가브리엘은 '여기 좀 불편하니까 될 수 있으면 빨리 벗어나고 싶다.'는 듯 어색하게 웃어 보였다.

"이모가 울음을 멈추시기는 할까?" 내가 이모 쪽을 보며 가브리엘에게 물었다.

"쉽지 않을 듯."

"그럼 네 방을 영영 잃는 거지."

"그럼 형 방도 영영 못 돌려받는 거지." 이렇게 말하며 가브리엘은 씩 웃었다.

나는 서로 친한 형제들이 으레 그러듯 동생의 오른팔을 주먹으로 툭 치고는, 우리에게 다가오는 루커스의 차를 향해 걸었다.

우리 집 진입로로 들어서는데 주위에 안개가 자욱해서 기분이 좋지 않았다. 엄마는 차에서 내리는 줄리아 이모를 조심조심 부축해서 집으로 들어갔다.

"불쌍한 줄리아 이모." 루커스가 운전대에 턱을 괴고 말했다.

"우리 할아버지 돌아가셨을 때도 똑같았어."

"그때 나도 있었어."

"어? 미안, 미안. 나, 치매인가 봐."

"그 새 이야기 들었어?" 루커스가 우리 집 쪽에 시선을 고정한 채로 말했다.

루커스는 영리하면서도 특이하기로 내가 아는 사람들 중 최고였기 때문에 나는 녀석이 어떤 화제를 들이대도 놀라지 않았다.

"무슨 새?"

"사람들이 60년 가까이 멸종됐다고 생각한 딱따구리가 있어. 그런데 오리건 사람이라던가, 어떤 남자가 여기서 그 새를 봤다는 거야."

"릴리에서?"

"마을 바로 바깥에서. 강에서 카누 타고 내려오다가 날아가는 걸 봤다던가."

"신기하네."

"음, 가 봐야겠어. 엄만 내가 맛이 가서 이상한 짓 하고 있다고 생각할 거야." 녀석은 큭 하고 웃었다.

루커스는 열두 살 때 하나뿐인 형을 교통사고로 잃었다. 리틀록에서였다. 루커스의 가족은 내가 중학교 3학년이 되고 얼마 안 있어 릴리로 이사 왔다. 루커스는 형 이야기를 별로 하지 않았는데, 어쩌다 이야기를 꺼내도 나 말고는 아무에게도 그 이야기를 하지 않는 듯 보였다. 그리고 개 말로는 아들이 술에 취해 주간 고속 도로에서 역주행하는 걸 막지 못했다며 엄마가 힘들어했으므로, 자신이라도 언제 어디에 있었고 어디로 가고 있는지, 그리고 무슨 일로 그러는 건지 엄마에게 날마다 보고해야만 한다고 했다.

루커스에 대해 사람들은 모르고 나만 아는 게 있는데, 루커스는 겉보기만큼 행복하질 않았다. 학교 복도를 벗어나는 순간 만면에 흐르던 치약 광고 모델 같은 미소는 사라졌고, '세상은 경이로운 곳이니까 밖으로 나가 삶을 사랑하자.'고 생각하는 듯한 반짝임도 두 눈에서 스러졌다. 화장실에서는 눈가가 촉촉해지곤 했고, 아무도 보지 않는 깃 같으면 권태톱고 혼란스러운 얼굴로 변했다. 그리고 가끔 밤에 잠자기 직전에 질끈 눈을 감고 가슴에 성호를 그은 후 속삭이듯 기도했다. 다하고 나면 천장을 물끄러미 보다가 꾸벅 잠이 들었다.

오슬로 형의 친구이자 한때 창녀였던 애가 죽은 형을 발견한 날로부터 딱 일주일이 지나고 줄리아 이모는 집으로 돌아갔다. 만약 여러분이 아직은 세상이 좋은 곳이라고 믿고 싶어 하는 열다섯 살짜리 남동생에게 그 모든 걸 설명해야 한다면 어떻겠는가. 그날 오후에 가브리엘은 내 방에서 자기 물건을 챙기고 있었고 나는 소설 쓸 때 써먹으면 좋겠다 싶은 아이디어가 떠올라 공책에 적고 있었는데, 걔가 하던 일을 멈추고 바싹 굳은 얼굴로 나를 쳐다보았다.

"왜?" 나는 녀석의 오른쪽 눈에 맺힌 눈물을 보고 마음이 안 좋아져서 물었다.

"컬런 형, 형이 죽으면 어떡하지?"

"뭐?"

가브리엘은 내 침대에 걸터앉았다.

"어느 날 갑자기 형이 죽고 엄마하고 아빠하고 나만 남으면, 그리고 저 집에서 이모만 엉엉 울고 계시면 어떡하냐고."

"가브리엘, 내가 죽긴 왜 죽어?"

"안 죽는다는 거 알아. 만약에 죽는다면 내가 어떻게 해야 하나 생각만 해 보는 거지."

"그런 생각 하지 마, 알았어? 이상한 얘기 하니까 너까지 부담스럽게 느껴지잖아."

수줍음을 타지만 때론 재미나고 반전도 있는 남동생이 다가와 꼭 껴안으니, 갑자기 좋은 놈들과 나쁜 놈들이 등장해 서로 총질이나 칼부림 따위 하지 않고 죽을 때까지 포옹만 하는 영화를 만들거나 책을 쓰고 싶어진다. 동생이 아주 작게 흐느끼기 시작하니, 뭘 해야 할지, 무슨 얘길 해야 할지, 이 상황에서 벗어나려면 어떻게 해야 할지 눈곱만큼도 생각나지 않고 머릿속이 그만 하얘진다. 따라 우는 척이라도 할까 생각해 보지만, 동생이 진짜라고 믿게 할 만큼 잘할 자신이 없다. 그냥 교회에서 나이 든 할머니를 안아 주듯이 한 팔로 동생을 감싸 안고 등을 몇 번 토닥이는 수밖에. 동생이 마침내 껴안았던 손을 푼다.

"미안." 가브리엘이 작게 말했다.

"괜찮아." 나는 정말 그런 건지 아닌지도 모르면서 그렇게 대답해 주었다.

다음 날은 여름 방학이 시작되기 전 마지막 등교일이었는데, 월요일이었다. 왜 방학식 날을 금요일이 아닌 월요일로 잡았는지 알 수 없었지만, 불만은 없었다. 루커스와 나의 전통대로라면 학기 마지막 날은 학교를 빠져야 하지만 이번에는 딱히 더 좋은 일이 떠오르지 않아서 그냥 가기로 했다. 솔직히, 에이다 테일러가 졸업하면 나시는 빌리에 놀아오지 않을 테니 그 애를 마지막으로 한 번 보고 싶은 마음도 있었다. 에이다는 반드시 다른 곳, 어딘가 더 좋은 곳에서 홀로 삶을 꾸려 갈 것이란 믿음을 주는 몇 안 되는 사람 중 하나였다.

여러분이 혹시라도 학기 마지막 날에 학교에 간 적이 있다면, 그날은 선생님들도 일할 생각이 전혀 없다는 걸 알 거다. 선생님들은 보통 여러분이 그날 교실에 들어서면 학교에 나온 게 당혹스럽다는 표정까지 지으며 그 즉시 청소 구역을 할당해 줄 것이다. 나와 루커스도 방학 동안 책상을 닦을 수 있게 교실 바깥으로 옮기는 일을 맡게 되었다. 우리는 책상을 문가로 밀고 간 후 그것을 바로 전에 복도로 밀어 놓았던 책상 위에 올려놓고, 같은 일을 다시 처음부터 반복했다. 그렇게 단순한 일을 할 때면 늘 이상하게 편안했다. 그렇게 책상 옮기는 걸 끝내고 나니 그날은 잘 때까지 몸을 수그리고, 붙잡고, 들어 올리고, 내려놓는 움직임을 반복하고 있는 듯한 느낌이 들었다.

그날 에이다 테일러는 나타나지 않았다. 애초에 기대한 게 잘못이었지만, 에이다를 다시는 못 볼지도 모른다는 생각에 울적한 마음이 가시질 않았다. 루커스는 한 손으로 내 어깨를 잡더니 이상한 말투로 말했다. "음, 친구야, 인연이 아닌가 보다. 그리고 이렇게 되는 게 인연이면, 넌 완전히 꼬인 거지!"

"더한 악연일 수도 있었어." 내가 말했다. "개하고 자고 나서 죽는 거지."

"맞아. 정말 그래, 친구야."

"그런 식으로 좀 말하지 마."

"어떤 식?"

"허접스러운 제임스 본드 연기하는 것 같다고."

"나쁜 놈." 루커스는 완벽한 스코틀랜드 말투로 투덜거렸다(영화 '007 시리즈'의 주인공 제임스 본드는 스코틀랜드 출신이다—옮긴이).

학교가 끝난 후 나는 루커스, 가브리엘과 함께 메나 프레스콧을 찾아갔다가 얼결에 개네 집 안까지 들어갔고, 지나치게 호들갑을 떠는 개 아빠한테서 콜라를 한 병씩 받아 들고 개 엄마한테서 잠깐 동안 질문을 받고 나서야 드디어 개를 끄집어내어 함께 차에 타는 데 성공했다. 우리는 루커스가 내게 처음으로 자기 형 이야기를 털어놓은 곳이자 내가 로라 피시와 함께 미성년자 관람 불가

장면을 연출했던 강가로 갔다.

"리비는 어딨어?" 메나가 우리 중 한 명이 빠진 걸 알아채고 물었다.

"가족 여행 갔어." 가브리엘이 슬픈 눈으로 대답했다.

루커스와 메나는 곧 강물에 들어가 놀았고 가브리엘과 나는 강둑에 셔츠를 둘둘 말아 베고 누웠다.

"우리가 한 마리를 목격하면 유명해질까?" 가브리엘이 물었다.

"뭘 한 마리 목격해?" 루커스가 강물에서 얼굴에 튀는 물방울을 맞으면서 소리쳤다.

"여기 이렇게 누워 있다가 그 딱따구리 한 마리를 본다 이거지."

"어, 유명해질지는 모르겠지만 『릴리 일보』에는 분명히 날 거야." 나는 우스갯말을 했다.

"그래 봤자 별 볼 일 없을 거야." 가브리엘이 덧붙였다.

"그렇지." 내가 맞장구쳤다.

"그런데 그 새가 대체 뭐가 그리 대단한지 모르겠어." 자기를 붙잡아 물속에 처박으려는 루커스를 피해 다니면서 메나가 외쳤다.

"게이브, 넌 그 새 이야기가 이해가 돼?" 나는 전날 밤에 이미 그 딱따구리 사태에 대한 동생의 이론을 들은 터였다.

"우리에겐 이런 일이 필요해." 동생이 이야기를 꺼냈다. "무슨 얘기냐면……. 사람들이 이런 일을 필요로 해." 이렇게 말하며 동생은 턱짓으로 마을 쪽을 가리켰다.

"무슨 뜻이야?" 루커스는 가브리엘이 자기 생각을 우리에게 펼쳐 보일 때마다 그러듯 메나와 함께 정신을 바짝 차리고 귀를 기울였다.

"우리 마을을 생각해 봐." 가브리엘이 말했다. "사람들을 봐. 행복한 사람을 하루에 얼마나 봐? 뭔가 성취감을 느끼는 것 같은 사람들은?"

"난 성취감 느끼는데." 메나가 불쑥 끼어들었다.

"누난 여길 벗어날 수 있다고 생각할 만큼 젊지." 가브리엘은 주저 없이 말했다.

"그것도 나랑 같이." 루커스가 말을 보태면서 한 팔로 메나의 어깨를 감싸 안았다.

"계속해, 가브리엘." 행복한 남녀를 곁눈질하면서 내가 말했다.

"바로 그거야. 이 마을에도 처음에는 모두 우리 같은 사람투성이였을 거야. 처음부터 릴리에서만 줄곧 살면서 결혼하고 아이들 키우겠다고 꿈꾼 사람이 있었을 거라고 생각해? 누구든지 내일 당장 떠날 수 있는데도 떠나지 않는 거라고 생각해?"

몇 분 동안 우리 모두 말이 없었다. 그 순간에는 누군가 뭔가 중요한 거나 우스운 말을 해서, 그게 아니라도 어쨌든 **뭐라도** 해서 우리 마음을 옥죄는 슬픈 생각을 떨쳐 내 주었으면 하고 기다렸다. 이곳을 벗어나 살거나 대학에 들어가는 데 필요한 돈을 결코 마련하지 못할 것 같은 생각. 아픈 부모를 돌보려고 어쩔 수 없이 돌아와 빼도 박도 못하고 살 것 같은 생각. 릴리에서 실제 벌어졌던 일들이다. 사람들은 꿈꾸었다. 떠났다. 그리고 한 명도 빠짐없이 돌아왔다. 아무도 빠져나가지 못한 아칸소 판 블랙홀 이야기였다. 나는 동생 옆에 누워 침묵했고, 내 가장 친한 친구와 개 여자 친구는 내 앞에서 강물로 걸어 들어가고 있었다. 우리 모두는 실망이 끝나면 또 실망인 릴리에서의 삶의 서막을 몸소 연기하고 있었다. 우리는 릴리에 대한 농담을 일삼았지만, 우리 역시 그 일부라는 걸 충분히 알고 있었다. 릴리 식료품점 관리인과 우리는 다를 게 하나도 없었다. 맘먹으면 이곳을 떠날 수 있다지만, 결코 떠나지 않을 걸 아는 그 사람 말이다. 고등학교를 졸업하고 릴리를 떠났다가 5년이 채 못 돼 돌아온 우리 엄마 아빠와 우리는 조금도 다르지 않았다.

그래서 내가 좋건 싫건 우리 마을을 위해서는 그 새가 있어야 한다는 가브리엘의 믿음은 아주 그럴듯해 보였다. 이곳 사람들에게는 희망을 안겨 줄 무언가가 필요했다. 미래의 가능성이 조금이나마 열려 있는 열일곱 살짜리 나로서는 그 빌어먹을 놈의 새가 정말 나타난다 해도 달라질 게 전혀 없었다. 나는 어딘가 다른 곳에서 새 삶을 시작할 가능성과 희망을 믿고 있었다. 그래서 내가 다른 사람들과 똑같아질까 봐 걱정했고 그런 나를 싫어하기보다 마을 사람 전체를 싫어하는 편이 더 쉬웠다.

"사람들한테 그게 필요해." 가브리엘이 침묵을 깨고 말했다. "사람들이 여기서 살아야 하는 이유가 되어 줄 무언가가 필요해."

“그래서 사람들이 그걸 찾아낼 것 같아?” 가브리엘이 요다(영화 「스타워즈」에서 주인공 루크 스카이워커의 스승으로 등장하는 캐릭터—옮긴이)라도 된다는 듯 메나가 물었다.

“내 생각에는 찾아내더라도 모두 실망할 것 같아. 어떤 것도 여길 바꿀 순 없거든.” 진지하고 사색적이던 가브리엘의 말투가 어느새 노련한 배우처럼 바뀌었다.

“게이브, 희망을 안겨 주는 이야기 고맙네.” 루커스가 가브리엘에게 물을 튀기며 말했다.

“천만의 말씀!” 가브리엘이 루커스를 향해 물로 뛰어들면서 소리쳤다.

루커스는 순식간에 가브리엘에게 헤드록을 걸어 꼼짝달싹 못하게 해 놓고는 날 바라보았다.

“이제 그만 아 씨! 볼 일도 없어졌네? 그치?” 루커스가 강물 속에서 말했다.

“당연하지!” 가브리엘이 맞받았다. 우리 모두 깔깔대고 웃었다.

“음, 2년제 대학 낙제해서 그만두고 돌아올 때까지만이야!” 내가 말했다.

75. 이칸소 주의 블랙홀.

에녹서

벤턴은 2주 동안 매일같이 여기저기에 식량과 물, 하느님을 전하고 다녔다. 그러다 보니 이제는 빠르고 효과적으로 해낼 수 있을 만큼 그 일에 능숙해졌다. 애틀랜타를 떠나 온 후로 가족에게 한 번밖에 편지를 쓰지 않았는데, 그나마도 하느님이 맡기신 일을 자신이 잘해내고 있다고 믿는다는 내용이 다였다. 그가 난생처음 한 진짜 거짓말이었다. 벤턴은 잠자리에 들어서도 성서를 읽고 또 읽으면서, 그간 수차례 들었고 자신이 설교로 들려주기도 했던 말씀의 의미를 알아내느라 골머리를 앓았다. 어느 날 밤, 라밀이 침대에 앉아 벤턴을 물끄러미 보다가 졸린 목소리로 말했다. "형제는 언제나 하느님 생각을 하십니다, 빈톤."

"이해되지 않는 것이 있어서요." 벤턴이 대답했다.

"뭔데요?"

"히브리서에 있는 말씀인데요. '그들 모두는 구원의 유산을 받을 사람들을 섬기라고 파견된 일꾼들이 아닙니까?', 이렇게 되어 있어요."

"그런데요?" 자세를 똑바로 고쳐 앉으며 라밀이 말했다.

"항상, 이 말이 세상에 나가 사람들을 구하라는 뜻이라고 생각했어요."

"그런데 지금은 회의가 생기나요?" 라밀이 물었다.

"아뇨. 다만, 음식하고 물을 가져다주는 거 말고 내가 하느님이 하시는 일을 돕는 게 뭐가 있나 싶은 거죠. 성경 몇 줄 읽어 주고 또 다음 장소로 이동하는 것 말고 하는 게 없어요."

"있어요, 빈톤, 그 사람들에게 먹을 것을 주고 있어요. 그리고 물을 주고 있어요. 그리고, 맞아요, 하느님을 **팔고** 있는 거죠. 하지만 예수님에 대해서 이야기하는 것보다 사람들을 위해 무언가 해 주는 것이 예수님을 본받는 겁니다."

"하지만 그 사람들이 어떻게 예수님을 믿게 되나요? 어디서 구원을 얻을지 어떻게 아나요?" 벤턴의 말에 낙담한 기색이 묻어났다.

"누군가가 자신들을 돌보고 있다는 걸 알게 되겠죠. 그리고 그 나머지는 하느님 뜻에 달려 있어요."

다음 날 벤턴은 하루 종일 라밀이 한 말에 대해 생각했다. 어린

아이 하나가 햇볕에 갈라진 입술을 축이며 물병째 물을 마시는 모습을 지켜보았다. 한 아낙네가 콧노래를 하다가 노래를 부르기 시작하자 가족 모두가 따라 부르는 모습도 보았다. 라밀의 도움으로 곡물을 심어 놓은 밭 근처에서 축구공을 가지고 노는 아이들이 보였다. 오두막 안에서는 라밀이 그곳에 사는 작은 가족에게 자신의 교회와 가족 사진을 보여 주고 있었다. 라밀이 이야기를 해 주고 노래를 들려주면서 웃는 소리가 들렸다. 벤턴은 오두막 밖에 앉아서 고향에 편지를 썼다.

휴스 목사님께

이곳이 제게 맞는지 잘 모르겠어요. 제 재능은 어딘가 다른 데에, 이를테면 그저 옆에 서 있거나 시키는 일을 하러 다니는 것 말고 이야기를 들려주고 설교를 하는 데에 더 유용하게 쓰일 것 같아요. 하느님께서 저를 이곳으로 부르신 데는 어떤 이유가 있다는 걸 알지만, 제가 그 뜻을 받아들일 준비가 되어 있지 않거나 우리 모두의 실수인 듯해요. 목사님께서 주님은 언제나 믿는 자에게 응답해 주신다고 하셨으니 전 답장을 기다리면서 주님을 위해 여기서 저를 필요로 하는 일을 하겠습니다. 그분이 제 울음소리를 반드시 들어 주실 거라 믿으면서요.

벤턴 에제키엘 세이지 올림

벤턴은 라밀의 교회를 발신 주소로 적어 에티오피아의 수도 아
디스아바바에서 편지를 부쳤다. 미국발 편지는 도착하는 데 3주에
서 5주가 걸린다고 했다. 벤턴은 답장이 오기만을 꾹 참고 기다리
며 라밀과 함께 일했고, 그렇게 몇 주가 흐르면서 라밀과 더 친해
졌다. 라밀이 이사도라라는 영국인 아내와 결혼했고, 둘 사이에 딸
에즈라와 아들 마이카가 있다는 것도 알게 되었다. 런던에 유학 가
서 영어를 배우고 마지막 학기에 문학 수업을 듣다가 이사도라를
만났다는 얘기도 들었다.

"마치 똑바로 쳐다봐도 눈이 멀지 않는 태양을 보는 느낌이었
어." 라밀은 이사도라의 첫인상을 그렇게 표현했다.

"그렇게 예뻤단 얘기죠?"

"빈톤, 우리 가족의 얼굴에서는 하느님의 빛 같은 광채가 나."

두 달 가까이 지나고 어느 날 아침, 전국을 도는 사이사이 머물
던 벤턴의 작은 방에 라밀이 찾아왔다. 라밀이 교회 한쪽에 기도하
는 장소로 마련해 놓은 정원이 내려다보이는 방이었다. 벤턴이 올
려다본 라밀의 얼굴에는 수심이 가득했다. 손에는 교회 주소가 적
힌 편지 봉투가 들려 있었다. 벤턴이 봉투를 받자 친구는 천천히
걸어 방에서 나갔다. 벤턴은 조금도 망설이지 않고 봉투를 뜯었다.
그 안에 집에서 온 편지는 없었다. 지난주에 있었던 그의 생일을
뒤늦게나마 축하한다는 카드도, 휴스 목사의 답장도 없었다. 비행

기 표 한 장만 들어 있었다.

그날 밤 벤턴이 이제 한 주 후면 떠난다고 이야기하자 라밀은 양손을 내려다보다가 벤턴을 쳐다보았다. 그러고는 머리를 가로 젓더니 주위에 아무도 없는데도 목소리를 죽여 이렇게 말했다.

"빈톤 소그. 형제가 가고 없으면 허전할 거야. 이렇게 나와 함께 있게 해 준 주님께 감사해. 형제의 남은 삶에 언제나 주님의 은총이 밝게 빛나기를."

그다음 날 벤턴은 떠나기 전에 라밀의 가족을 소개받기로 했다. 그들은 원래 런던에 살지만, 여름에 몇 달은 아디스아바바에서 지내기로 되어 있었다. 약속된 날에 차를 타고 하얀 2층 건물을 향해 가는데, 들떠서 웃는 라밀의 얼굴이 환하게 빛났다. 마당에 잘 가꾸어 놓은 잔디밭이 어찌나 푸르던지, 거기 반사된 햇빛에 눈이 부실 정도였다.

"이사도라네 친정이 큰 부자거든." 라밀이 겸손하게 말했다.

"여긴 목사님 집 아니에요?" 벤턴이 물었다.

"이 집은 안사람 거야. 난 가끔 묵을 뿐." 차를 세워 놓고 나오면서 라밀이 크게 소리 내어 웃었다.

집 안에 들어가자 아이 둘이 달려오더니 팔짝 뛰어올라 아빠의 팔에 안겼다. 라밀은 두 아이를 머리 위로 높이 들어 올렸다가 휙 하고 다시 바닥에 내려놓았다. 킥킥 소리 내어 웃는 아이들의 얼굴이 불 켜지듯 환해졌다. 이사도라는 백인으로, 키가 크고 늘씬하며 피부가 햇볕에 그을려 있었다. 그녀가 벤턴에게 다가와 한 손을 내밀었다.

"벤턴 세이지 씨군요." 이사도라가 우아하게 말했다.

"그렇습니다. 그럼, 이사도라 씨?" 벤턴이 물었다.

"만나서 반가워요, 벤턴. 이곳 생활은 즐거웠나요?"

"무척 즐거웠죠." 벤턴이 말했다. 그가 한 두 번째 거짓말이었다.

이사도라가 집을 구경시켜 준 다음 아이들에게 벤턴을 소개하자 아이들은 **"빈톤 소그!"**라고 외치는 게 재미난 듯 목이 터져라 계속해 댔다. 벤턴은 라밀의 가족과 만찬장에서 저녁 식사를 함께하기 위해 자리에 앉았다. 벤턴은 요리사가 준비한 음식을 목으로 넘기려고 최선을 다했지만, 애피타이저로 나온 수프는 식어 있었고 스테이크는 너무 덜 익어서 맛있게 먹을 수가 없었다. 후식으로는 벤턴이 정말 좋아하는 초콜릿 무스가 나왔다. 그것을 먹으면서 이사도라는 벤턴과 그의 가족, 선교사 생활 등을 묻기 시작했다.

"선교사 일은 이번이 정말 처음이에요. 언젠가 여름에 뉴올리언스에서 성경을 좀 가르쳐 본 적은 있어요. 뉴올리언스 아세요?" 벤턴이 물었다.

"알죠." 이사도라가 답했다. "저희 아버지께선 그곳을 빅 이지(Big Easy, 뉴올리언스의 애칭—옮긴이)라고 부르세요. 특이한 건가요?"

"아뇨. 사람들이 대부분 그렇게 불러요. 하지만 무슨 뜻으로 그러는지는 모르겠어요." 빅 이지라는 별칭을 떠올리면서 벤턴이 말했다.

"그런데 벤턴, 사람들 돕는 거 말고 다른 취미는 없나요?" 이사도라가 물었다.

"스포츠 같은 거 말씀이세요?" 벤턴이 웃으며 말했다.

"노래하기나 글쓰기 같은 거요. 그림을 그린다거나, 그런 거 하지 않아요? 우리 마이카는 그림을 예쁘게 그리고요, 에즈라는 피아노를 배워요."

"아. 음, 저는 항상, 주님이 만드신 게 아니라면 인간이 따로 만들 필요가 없다는 주의예요. 그래서 그냥 성경 공부만 해요. 예술가 따위가 되는 건 생각해 본 적이 전혀 없죠. 정신만 산란해질 거예요." 벤턴이 말했다.

"음, 그러면 우린 당신을 가브리엘이라고 불러야겠네요. 그렇지, 라밀?" 이사도라가 웃으며 말했다.

"맞아, 가브리엘, 하느님의 왼손." 벤턴 쪽으로 물 잔을 들어 보이고 나서 조금씩 물을 마시며 라밀이 보탰다.

"무슨 말씀이신지." 벤턴은 방금 들은 말이 이해가 안 되는 데다, 혼자 겉도는 느낌이 들었다.

"천사 가브리엘. 알지?" 라밀이 물었다.

"물론이죠." 벤턴이 답했다.

"가브리엘이 그리고리를 지옥에 보냈어요." 이사도라가 말했다.

“그리고리? 타락한 천사들 말이에요?” 벤턴이 자세를 고쳐 앉으며 물었다.

“맞아요. 하지만 에녹서에 보면 가브리엘은 그리고리들이 점성술이나 예술 같은 걸 인간들에게 너무 많이 가르쳤기 때문에 그리고리들을 지옥으로 보냈다고 되어 있어요.” 이사도라가 설명했다.

“에녹서요?” 벤턴이 물었다.

“응. 영어권 성경에는 없어. 이 성경에만 있지.” 라밀은 등 뒤 서가에서 가죽 장정의 두꺼운 에티오피아 정교회 성경을 가리켰다.

“그리고리들은 이 세상 사람들과 계속 안 좋게 얽혔기 때문에 지옥으로 영원히 추방되었어요. 하느님이 가브리엘을 시켜서 소란을 피운 그리고리들을 지옥에 보내고 그 아이들은 죽여 버렸죠.” 이사도라가 무덤덤하게 설명했다.

“그리고리들에게 아이들이 있었나요?” 벤턴이 물었다.

“네피림이라고 해.” 라밀이 조용히 말했다.

“거인들이에요. 가브리엘은 네피림들을 죽이면서 그 부모들이 그걸 지켜보게 했어요.” 이사도라가 이렇게 말하고 물을 한 모금 마셨다.

그 새를 사랑해요

방학이 시작되고 2주가 지나자 릴리에서는 너 나 할 것 없이 그 빌어먹을 딱따구리 이야기를 해 댔다. 존 발링이라는 문제의 사내가 『릴리 일보』 1면에 등장하기 시작했고, 사람들은 식당이나 상점에서 그를 붙들고 자세한 내용을 캐물으며 심지어 사인까지 요구했다. 방학 3주째에는 큰 망치로 한 대 쳐도 흐트러지지 않을 것 같은 머리 스타일에 진부하기만 한 말투의 두 사람이 진행하는 라디오 아침 방송 「리틀록 라이브」에 그 사내가 출연했다. 그는 주로 자기 신상에 관한 것과 왜 1년 전에 아칸소 주에 와서 그 '찾기 힘든 나사로 딱따구리'를 찾아내겠다고 결심을 했는지 이야기했다. 왜 굳이 60년 동안 목격되지 않은 새를 찾으러 오리건 주에서 아칸소 주까지 오는 등 애를 쓰느냐는 질문에, "애초에 죽어 없어진 게 아닌 걸 나는 알고 있었다." 하는 식으로 대답했다. 둘러대기엔 참 편리하지 않은가? "내 열쇠 뭉치가 처음부터 여기에 있었다는 걸 알았다."라거나, "네가 이길 거란 걸 이미 알고 있었다."라고 말하는 것과 뭐가 다른가? 나는 존 발리의 면상을 보자마자 바로 알아봤다. 그 인간은 새에 대해 손톱만큼도 관심이 없을 뿐만 아니라, 그해 여름에 인터뷰를 할 때마다 릴리에 대한 찬사를 잔뜩 늘어놓으려고 갖은 애를 쓰긴 했어도 실은 릴리에 대해서도 털끝만큼도 관심이 없었다. 내가 알아낸 또 다른 사실 하나는 풀턴 듀머스라는 아들과 함께 사는 이웃집 아줌마 셜리 듀머스가 존 발링과 2월부터 동거를 하고 있다는 거였다.

풀턴 듀머스는 마르고 키만 껑충해서 휘청거리며 걷고 차림새가 단정치 못한 열여섯 살짜리였다. 그 애가 말하기를, 이제껏 존 발링만큼 자기중심적이고, 광적이고, 권력에 굶주린 인간은 본 적이 없다고 했다. 나는 풀턴이 존 발링과 비교할 수 있는 유일한 대상인 개 아빠가 좀 계집애 같은 사람이었다는 걸 감안해서, 풀턴이 한 말을 그다지 믿지 않았다. 하지만 존 발링을 직접 보고 그가 나사로 딱따구리 찾는 이야기를 들어 본 후론 풀턴이 아주 정확했다는 걸 깨달았다. 이 사내는 세상의 모든 병신들을 끝장낼 병신 중의 상병신이었다. 위대한 병신들의 결정판이었다. 병신 나라 왕인 그만 아 씨!의 왕관을 빼앗을 유일한 후보이기도 했다.

엄마 차를 타고 시내를 지나친다. 상점들이며 식당 창문들에 '그 새를 사랑해', '릴리, 나사로의 고향', '릴리에서 다시 한 번 기회를' 같은 문구가 나붙어 있다. 그것들 때문에 괜히 기분을 더럽게 잡치기 전에 얼른 천국의 모습과 느낌을 떠올려 본다. 상상 속 천국은 온통 황금빛에 흰 건물들이 들어선 거대한 도시가 아니라 소박한 방이다. 나를 웃게 해 주는 좋은 사람들이 적당히 들어찬 방, 우스갯소리를 하거나 새로 구상한 소설 아이디어를 들려주면서 사람들의 관심을 한 몸에 받을 수 있는 그런 방이 천국 아닐까 상상해 본다. 동생이 5년 전 크리스마스 때처럼 녹색 플란넬 파자마를 입고 한구석에 서 있는 모습도 떠올려 보고, 열두 살 때 엄마와 아빠가 부엌 싱크대 앞에서 손을 잡고 있던 모습도 그려 본다. 루커스 케이더가 방 한쪽에서 자신과 꼭 닮은 형 알렉스에게 축구공을 던지던 모습도 떠올린다. 아홉 살 때쯤 교회에서 들은 찬송가를 줄리아 이모가 부르고 있다고 생각하고 그 목소리를 상상하면서 버크 햄버거 가게 앞을 지나치는데 '나사로 햄버거'라는 신제품 광고가 눈에 들어온다. 조금 전 떠올린 찬송가에서 유일하게 기억나는 후렴구를 소리 내어 불러 본다.

여기 있어요 저인가요
한밤에 주님 말씀 들었네.
주님의 소명 응답하여

주님 백성 위해 일하리.

내가 존 발링을 포함해 그 새와 관련된 거라면 왜 그렇게 싫어
했는지 달리 설명할 도리가 없다. 그저 내가 찰리 브라운(찰스 슐츠
의 만화 '피너츠 시리즈'의 주인공―옮긴이)처럼 늘 까만 옷을 입고 울적
한 얼굴로 돌아다니는 질풍노도의 10대라서 그랬다고 할밖에. 하
지만 이번에는 가브리엘과 루커스도 반응이 똑같았다. 마치 마을
사람 모두 농담을 들었는데 우리만 이해한 것 같았다. 우리는 핵심
을 간파했다. 그러니 릴리 전체가 새로운 희망이나 부활의 가능성
같은 거창한 주문에 사로잡혀 있는 동안 그저 느긋하게 뒷짐 지고
모른 척했다면 훨씬 더 편했을 텐데, 그게 그렇게 되질 않았다. 릴
리 주민들을 그리 좋아하지 않는 나였지만 누군가 큰 사기를 당하
는 건 두고 볼 수 없었다.

주변 사람들은 다 아는 얘기지만, 내 빈정대는 습관은 간혹 문제
를 일으켰다. 나는 특히 친구들과 함께 있을 때 잘 빈정거렸는데,
재치 있는 한마디로 누군가에게 한 방 먹이면 친구들이 날 달리
볼 거라는 생각에 그랬던 것 같다. 하지만 내 의도는 거의 먹혀들
지 않았다. 얼간이 짓도 사람들이 봐줄 때나 하는 것이다. 어느 날
밤 내가 극장을 나서는 남녀 한 쌍을 보고 재미 삼아 이죽거리자
가브리엘이 내 습관을 끝장내 주었다.

"형은 모든 사람들을 싫어하는 것처럼 행동해. 그거 피곤하지

않아?”

난 대꾸할 말이 없었고, 동생이 옳다고 결론 내렸다. 걔가 한결같이 순수했기 때문에, 동생 옆에 있으면 누구나 자신이 틀렸음을 스스로 깨달을 수 있는 기회가 생겼다. 가브리엘은 첫인상 따위는 신경 쓰지 않았다. 가브리엘도 존 발링이나 새 찾기에 혈안이 된 분위기를 싫어하긴 했지만, 그건 걔가 냉소적이어서가 아니라 동물 권리 옹호론자들의 관점을 지지하기 때문이었다.

“그 새를 봐도 아무한테도 이야기하지 않을 거야.” 어느 날 오후 십에 있을 때 동생이 말했나. “도와주러다가 오히려 모든 걸 엉망으로 만들 때가 꽤 많거든.”

나는 오후에 편의점에서 근무하며 네 시간 동안 책 한 권을 다 읽었고, 나와 시시덕거리는 걸 좋아하는 여중생 세 명한테 전문가 수준의 휘파람 솜씨를 자랑했다. 애들 엄마는 그때 밖에서 차에 기름을 넣고 있었다.

근무한 지 다섯 시간째가 되면서 나는 만일 그 새를 보더라도 누구에게도 말하지 않아야겠다는 깨달음에 이르렀다. 단 한 명에게도. 가브리엘이 말했듯이 그냥 내버려 두면 될 일에 사람들은 방해만 되고 있다. 그래서 애초에 그 새가 사라졌던 거다. 새가 사는 곳에 사람들이 죄다 모여드는 게 어떻게 그 새가 살아남는 데 도움이 된단 말인가? 그럴 리가 없다. 존 발링이 없고 탐색 작업도 진행하지 않으면 나사로는 훨씬 더 잘 살 거다.

　매장의 칙칙한 갈색 바닥에 대걸레질을 해야 한다는 현실을 막 받아들이려던 참에 루커스 케이더가 문을 열고 (딸랑) 음악에 맞춰 머리를 좌우로 흔들면서 성큼성큼 들어왔다.

"친절한 점원 친구, 뭔 일인지 맞혀 볼래?"

"뭔데?" 내가 물었다.

"놀랄 소식이지."

"그러니까 뭐냐고오?" 나는 그냥 말해 주면 될 걸 자꾸 말할 게 있다고만 하는 사람을 보면 짜증이 났다.

"너 데이트 상대 생겼어!"

"데이트 상대?"

"응, 여자 같은 호모는 아니고." 루커스는 씨익 웃었다.

"웃기네. 누군데?"

"들을 준비 됐어?" 루커스는 양손으로 날 가리키며 물었다.

"됐다니까! 얼른 말해!"

"애라면 너도 만나 보고 싶을 거다, 컬런."

"너 죽고 나 죽는 꼴 보고 싶냐? 빨리 말 안……."

"앨마 엠버." 루커스가 당당하게 내 말을 끊더니 계산대 위로 몸을 숙여 내 앞에 얼굴을 바싹 들이댔다.

"앨마 엠버?"

"맞아, 걔. 세상에 하나밖에 없는. 잘됐어, 친구. 걘 이제 완전히 네 거야."

“루커스, 걘 스무 살이잖아.”

“틀렸어. 엄밀히 말해서 스무 살 되기 한 달 전이지.”

“그래도. 앨마 엠버랑은 안 돼!”

“왜? 걔 이름 때문에? 알아, 좀……(엠버(Ember)는 ‘불길이 사그라진 불씨’를 뜻함. 미국 인명에 Ember가 등장하는 것은 흔치 않다.—옮긴이).”

“그런 거 아냐, 멍청아. 스무 살짜리가 나랑…….”

“열아홉 살.”

“그래, 그 열아홉 살짜리 여자애가 나랑 국민윤리 수업 들을 때 말 한마디도 안 걸었다니까.”

“컬런. 컬런, 컬런, 컬런. 넌 그때 1학년이었어. 키도 덜 자랐고, 촌스러웠고, 분명히 여드름도 많았어. 근데 다 바뀌었잖아. 앨마는 바깥세상에 다녀왔어. 릴리 밖 세상이 뭘 해 줄 수 있는지 다 겪어 보고 돌아온 거야. 영원히. 그건 앨마가 릴리에서 아직 해 보지 않고 남겨 둔 걸 할 준비가 되어 있다는 뜻이야.”

“안 해 본 거 뭐? 섹스?”

“겪어 보지 않은 거, 사람.” 루커스는 팔짱을 끼면서 말했다.

“걔에 대해서 마지막으로 들은 게, 조지아 주에서 어떤 남자랑 결혼할 거란 얘기였어.” 나는 의아했다.

“맞아, 그리고 이혼 절차가 끝나 가고 있어. 내가 확인했어.”

“아, 주여. 루커스, 너 머리가 좀 이상해진 거 아냐?”

“컬런, 너야말로 머리가 좀 이상해진 거 아냐? 지금 네가 생각할

건 딱 하나야. 예쁘고, 다정하고, 재미있는 여자애가 네가 여친 없
다는 게 믿기지가 않는다고까지 했고, 그래서 내가 걔랑 데이트 약
속을 잡아 왔단 거.”

“걔가 그런 말을 해?”

“당근이지. 너 마지막으로 봤을 때 엄청 멋지고 잘생겼더라는
얘기까지 했어. 맹세해.”

“웃기지 마.”

“진짜라니까, 오늘 저녁이니까 조금만 기다려 봐.”

“오늘 저녁?”

“그래. 오늘 7시에 내 여잔 내 옆자리에, 네 여잔 뒷자리에 태우
고 너희 집으로 갈 거야. 집 앞에서 꽃다발 들고 기다릴 수 있지?”

“너 벌써 약속 잡은 거야?”

“메나하고 내가 6시 50분 정각에 앨마 태우기로 했어.”

“좋아.”

일을 마치고 나사로 햄버거를 베어 물고 집에 오는데 문득, 그
새가 정말 존재하고 이 햄버거에 그 새의 고기가 들어 있다면 어
떨까 하는 생각이 들었다. 물론 햄버거 재료는 딱따구리 고기가 아
니라 소고기 약 120그램과 케첩, 마요네즈, 바비큐 소스였다. 빨간
색, 흰색, 짙은 갈색으로 그 새를 떠올리게 할 생각이었나 본데, 주
문하면서 예전에 있던 똑같은 햄버거가 ‘3번 햄버거’였다는 생각

만 났다.

"가브리엘. 나사로 햄버거 어떻게 생각해?" 집에 돌아온 나는 동생을 찾아가 물었다.

"3번 햄버거에서 치즈만 뺀 거지 뭐."

"맞아. 그러면 그 새가 더 이상 살아 있을 것 같지도 않고 그 새하고 아무 관련도 없을 것 같은 곳에서 그 새하고 아무 관련도 없는 햄버거를 만들어 판다는 이 사실에 대해선 어떻게 생각해?"

"형이 햄버거를 그냥 먹기만 하면 되는데 괜히 너무 많은 생각을 한다고 생각해." 가브리엘은 읽고 있던 책을 한 쪽 넘겼다.

"그럼 이건 어때." 나는 녀석의 침대 모서리에 걸터앉았다. "내가 숲 속에 나사로 햄버거를 하나 던졌는데 나사로 딱따구리가 거기 살아 있다가 날아와서 한 입 먹는다면 어떡하지?"

"헉! 식인종!" 가브리엘이 소리쳤다.

"조류의 동족상잔이지! 그게 더 끔찍해!" 나는 큰 소리로 받아치고는 흔히 형제들 앞에서만 그러듯 어린애처럼 팔짝 뛰어올랐다가 복도를 지나 내 방으로 달려 들어갔다.

7시 5분이 되도록 우리 집 진입로에는 나밖에 없었다. 핸디 스톱 편의점이나 버크 햄버거 가게에서 꽃을 팔지 않았기 때문에 손에 든 것도 없었다. 7시 7분이 되자 루커스의 차가 자갈길로 들어오는 소리가 들렸다. 먼저 메나의 팔이 차창 밖으로 나와 허공을 갈랐고 그사이 차가 내 바로 옆으로 다가와 멈추었다. 메나가 문을 열고 튀어나와 내 볼에 뽀뽀를 했고, 자기 자리를 앞으로 젖혀서 내가 탈 수 있게 해 주었다. 내가 뒷자리에 올라타서는 말없이 어색하게 있자 루커스가 뒤를 돌아보며 말했다.

"컬런, 앨마 알지?"

"안녕." 나는 용기를 내 말했다.

"안녕, 컬런. 너 오늘 멋지다." 앨마가 말했다.

"너도, 앨마."

"고마워."

앨마 엠버는 불편해하는 기색이 전혀 없었다. 세상을 겪다 보면 그렇게 변하나 보다. 아니, 꼭 그건 아니더라도 어른이 되면 그렇게 변하는 것 같다. 내 생각에 앨마는 분명히 이번이 처음이자 마지막이라는 생각으로 우리를 만난 걸 텐데도 조금도 불편한 기색 없이 열일곱 살짜리 애의 차 뒷자리에 앉은 채 고등학생 무리에 섞여 있었다. 반면에 나는 그 어느 때보다 불편했다. 루커스는 백미러로 나를 흘깃 보더니 내 기분을 눈치채고는, 그날 브랜치 씨네 울타리 만드는 걸 돕다가 하마터면 뱀에 물릴 뻔했다고 떠들어 대며 애써 분위기를 띄웠다.

우리는 촌구석에서 그때까지 영업하는 몇 안 되는 자동차 극장에 들어가 먹을 걸 좀 사기 위해 차에서 내렸다.

나는 앨마에게 팝콘 작은 거 하나와 다이어트 콜라를 사 주고 나도 같은 걸 샀다. 다이어트 음료 주문하기가 좀 창피했지만, 그냥 콜라는 너무 달아서 주문할 엄두가 나지 않았다. 앨마는 고맙다는 뜻으로 내 뺨에 입을 맞추었다. 그때 내가 맛본 기분은 가파른 시골길에서 차를 몰고 내려갈 때와 아주 비슷했다. 그 짧은 순간 이후로, 자신감이 점점 더 커지더니 평상시의 나와 달라졌다.

앨마가 팝콘은 옆에 내려놓은 채 내 왼쪽 귓불을 잘근잘근 씹었기 때문에 나는 영화에 오랫동안 집중할 수도, 재미를 느낄 수도 없었다. 짜릿짜릿하면서도 두 손을 어디에 둬야 할지 몰라서 편치가 않았다. 그래서 앨마가 계속해서 식인종처럼 내 왼쪽을 먹는 동안 나는 그냥 팝콘을 먹어 댔다.

셔츠 밑으로 젊은 여자의 손이 불쑥 들어온다. 그 순간, 그 여자가 전남편과 언쟁을 벌이는 모습이 떠오른다. 상상 속 앨마의 전남편은 그보다 훨씬 덩치도 크고 힘도 세다. 앨마와 피자헛에서 저녁을 먹는데 그 몸집 큰 사내가 문을 열고 나타나 한 팔로는 앨마를 들어 안고, 다른 팔로 그를 후려친다. 그때 루커스 케이더가 창문으로 뛰어 들어와 의자를 집어 들고 그 거구의 등을 내리친다. 곧이어 계산대 위에서 메나 프레스콧이 루! 커! 스! 하고 환호한다. 루커스 케이더가 머리칼에서 빨간 핏방울이 뚝뚝 떨어지고 두 눈은 흐리멍덩해진 컬런 위터의 머리를 붙잡는다. 그렇게 컬런 위터는 생을 마감한다. 더러운 진홍색 카펫이 깔린 피자헛 바닥에 쓰러진 채로. 잘못한 게 있다면 가욋돈을 벌려고 주말마다 손톱 관리 아르바이트를 하는 대학 중퇴생 이혼녀랑 특별할 것 없는 섹스 몇 번 한 것뿐인데.

그날 밤 마음만 먹으면 쉽게 앨마의 집에 들어가서 다음 날 아침에 걸어 나올 수 있었지만, 나는 그러지 않았다. 차에서 내리지도 않았다. 앨마는 내 입에 키스한 뒤 실망한 듯 차에서 내렸다. 메나 프레스콧이 참지 못하고 피식 웃었다. 루커스가 앨마에게 잘 자라고 인사했다.

"무안했겠다." 시내를 지나 우리 집으로 돌아오면서 루커스가 말했다.

"무지." 메나가 덧붙였다.

"무슨 뜻이야?" 내가 물었다. 나는 걔가 무슨 말을 하고 싶은지 알고 있었다.

"컬린, 걔가 너 데리고 집에 들어가려고 생각하고 있었단 말이야." 루커스가 말했다.

"그렇게 생각해?" 나는 루커스 얘기가 맞다는 걸 알고 있으면서도 물었다.

"어. 오늘 밤 내내 널 더듬었잖아, 바보야." 메나가 끼어들었다.

"엄청 급했나 보지." 나는 웃었다.

"걔 별로야?" 루커스가 물었다.

"아니, 괜찮아. 근데 너무 들이대, 쫌."

"너무 들이댔다고?"

"응. 난 그냥 같이 영화나 보고 팝콘이나 먹으려던 건데. 그게 다였는데.”

“너란 놈 말고는 세상에 그런 식으로 말할 사람 없을 거야. 알아?”

“어, 루커스. 알아.”

“넌 더 어린애 만나서, 골치 아프게 결혼 같은 거 생각 안 하고 데이트만 하는 게 좋을지도 몰라.” 메나가 자기 생각을 말했다.

“난 1년만 있으면 릴리를 떠날 거고 훨씬 더 좋은 사람 만날 거야!” 내가 소리 질렀다.

“컬런 위터를 보세요, 여러분! 애는 미래에 실아요! 요즘 그런 사람 얘밖에 없어요!” 루커스가 창밖에 대고 외쳤다. 우리 차는 끝없이 계속되는 나무와 풀밭, 공허함 속을 관통했다.

집에 돌아와 동생 방에 가 보니 녀석이 없었다. 나는 방바닥에 앉아 TV에 나오는 옛날 영화를 보았다. 내 TV는 일주일 전에 고장 났다. 나는 15분도 안 되어 쓰러져 잠이 들었다. 나중에 깨어 보니 누구나 흔히 겪는 일이 그사이 벌어졌다. 자다가 몸을 뒤척여서 어쩌다 한쪽 팔이 눌린 채로 밤새 잠들었나 보다. 잠이 깨었을 때는 팔이 아예 없어진 것처럼 몸 한쪽에 아무 감각도 없었다. 거울을 보니 밤새 마룻바닥에 찰싹 붙이고 잔 옆얼굴은 시뻘건 데다 가로로 자국이 두 줄 나 있었다. 나는 이를 닦았다. 오랫동안 샤워를 했다. 물로 씻으면 밤새 난 자국이 없어질까 싶어 그쪽 뺨만 더 열심히 닦았다. 그리고 샤워실에서 나와 욕실 히터 바로 밑에 놓인 깔개를 딛고 섰다. 머리를 치켜들고 눈을 감은 채 얼굴과 온몸을 뜨거운 공기에 맡겼다. 몸을 말리려는 게 아니라, 열기구를 타고 있을 때처럼 따뜻한 공기가 몸을 데우는 걸 느끼면서 감각을 되찾으려는 것이었다. 주방에 들어서자 부모님이 아침을 먹으면서 공과금 이야기를 하고 있었다. 나는 치어리오스(시리얼 상표—옮긴이)를 한 그릇 담아 아빠 옆에 앉았다. 아빠는 나를 보고 환하게 웃었다.

"밤새 바닥에서 잤어?"

"어. 그런데 이렇게 잘 잔 건 처음이야!" 나는 시리얼을 한 숟가락 푹 퍼서 입에 넣었고, 아빠는 "하! 하!" 하고 말하는 대신 가쁘게 숨을 쉬었다.

"네 동생은?" 내 맞은편에서 엄마가 물었다.

"어제 오후부터 못 봤는데."

"어제 데이트는 어땠어, 컬런?" 아빠가 물었다.

"지루했어."

"저런. 언젠가 좋은 사람 만날 거야." 엄마가 말했다.

76. 이 팝콘은 사람 맛이 나.

우리는 세 시간이 더 지나고 아는 사람 모두에게 전화를 걸어보고 차로 마을을 두 번 돌고 나서야 경찰에 전화를 했다. 내 동생, 신의 왼손 가브리엘이 사라진 것은 목요일이었다. 존 발링이 전국 TV 방송에 출연해 나사로 딱따구리가 어떤 새이고 어떻게 죽었다 살아났는지 이야기한 것도 바로 그 목요일이었다. 루커스 케이더는 낮부터 밤까지 종일 나와 소파에 나란히 앉아 전화벨이 울릴 때마다 나와 함께 벌떡 일어서고 나를 따라 발을 흔들거나 바닥을 톡톡 쳐 댔다. 메나는 저녁에 우리 모두가 먹을 음식을 좀 가져와서, 모든 일이 잘될 거고 이런 일이 한번씩 벌어지기 마련이라는 얘기만 하고 금방 갔다. 이유는 알 수 없지만, 나는 그날 내내 경찰 말고는 아무하고도 이야기하고 싶지 않았다. 부모님하고도. 루커스하고도. 이야기할 힘이 나지 않았다. 울지는 않았다. TV 화면에 시선을 고정한 채 주방에서 경찰 두 명이 엄마와 아빠에게 실문하는 걸 들으면서 그저 조용히 앉아 있었다. 결국 루커스가 바닥으로 기어 내려가 곯아떨어졌고, 그제야 자리가 빈 소파에 나도 스르륵 쓰러져 잠이 들었다가 경찰하고 이야기할 차례가 되었을 때 깨었다.

경찰관한테서 언제 마지막으로 동생을 보았는지 질문을 받는다. 곧이어 집 앞에 세워 놓은 엄마의 녹색 토요타 코롤라를 몰고 8킬로미터가량을 달려 화이트 강둑에 도착, 사각팬티만 남기고 옷을 벗어 던진 뒤 물속에 뛰어든다. 물속에서 물이 입 안을 채우고 코가 얼얼해질 때까지 "염병할."이라고 말하고 또 말한다.

나는 흐르는 강물에 발을 담근 채 강둑에 누워, 나사로 딱따구리가 휙 날아와 내 옆 진흙에 내려앉는 걸 상상했다. 그 새는 아주 느리게, 그러나 의도적으로 나에게 바짝 다가왔다. 반짝이는 검은 눈과 길고 하얀 부리에 정신이 팔려 나는 그 새의 키가 족히 60센티미터는 되는 걸 알아차리지 못했다.

"원하는 게 뭐야?" 내가 새에게 물었다.

"널 돕고 싶어, 컬런 위터." TV 애니메이션 「딱따구리」의 주인공과 아주 비슷한 목소리로 새가 대답했다.

"뭘 돕겠단 거야?"

"네 동생 찾는 거." 새가 거대한 양 날개를 폈다가 다시 접으며 말했다.

"어디 있는지 알아?"

"알지. 그래서 난 유명해질 거야. 행방불명된 아이를 찾아낸 최초의 새가 되겠지. TV에 나올 거라고!"

"컬런!" 위에서 부르는 소리가 들렸다. 루커스였다.

"여기 밑에 있어!" 나는 고함쳐 대답했다.

"뭐 하는 거야?" 내가 거의 다 벗은 채로 몸의 반은 진흙에 반은 강물에 담그고 누워 있는 걸 보고 루커스가 물었다.

"열 좀 식히려고."

"이제 기분 좀 괜찮아?" 자그마한 바위투성이 언덕을 타고 길을 찾아 더듬더듬 내려오면서 루커스가 물었다.

"그닥."

"그래도 이제 말은 하네." 반쯤 진흙 속에 묻혀 있는 커다란 바위에 앉으면서 개가 말했다.

“무슨 소식이라도 있어?” 내가 물었다.

“아니.”

“루커스. 걔 죽었어. 죽은 거 난 알아.”

“컬런, 날 봐.” 루커스가 무섭게 말했다.

루커스를 향해 고개를 드는데 햇빛 때문에 눈이 부셨다. 하지만 눈물이 녀석의 얼굴에서 목을 타고 셔츠 깃까지 흘러내리는 건 보였다.

“네 동생 안 죽었어.”

“아니, 죽었어.” 말하면서 나는 몸을 일으켜 앉았다.

“지랄하지 마, 새꺄.” 루커스는 고함치며 주먹으로 내 얼굴을 한대 갈기고는 다시 자기 차 쪽으로 갔다.

웨브 박사님이 말하길, 자식을 잃게 되면 그걸로 결혼 생활이 끝나는 경우가 많다고 한다. 지구 상에서 내 동생이 사라진 후 2주 동안 우리 부모님은 그전보다 더 가까워 보였다. 아빠는 매일 밤 집을 지켰고, 마을 밖에 나가야 할 일이나 한 번에 두 시간 이상 엄마와 떨어져 있어야 하는 일은 죄다 거절했다. 부모님은 나에게도 부쩍 신경을 썼다. 내가 밤늦게까지 집에 들어오지 않거나 교외로 나가거나 심지어는 루커스의 집에서 늦게까지 노는 것도 허락하지 않았다.

루커스 집에서 오래 노는 걸 허락받은 어느 날, 나는 녀석에게 한 대 맞았던 이야기를 끄집어냈는데, 대화는 대충 이런 식이었다.

"루커스, 네가 내 얼굴을 쳤어. 이 미친놈아."

"열받아서 그랬어. 미안."

"어쨌든 아프진 않았어." 내가 웃으면서 말했다.

"컬런, 네 눈 아직도 멍들어서 거무죽죽해."

"너한테 맞아서 그런 거 아냐. 너 가고 나서 바로 미끄러져 넘어졌어. 진짜 황당하더라고!"

"바보." 루커스가 주먹을 뒤로 빼며 나를 또 한 대 치는 시늉을 했다.

그러고 나서 또 2주가 지나도록 별다른 사건은 없었다. 담당 경찰 부서에 요청한 것이 받아들여져 40명의 대규모 수색 팀이 꾸려졌고, 그들이 보트를 타고 화이트 강을 따라 내려가며 근처를 뒤지고 릴리 주변의 숲을 샅샅이 둘러본 것 말고는. 수색은 사흘 연속으로 진행되었지만, 아무것도 발견하지 못했다. 수색 작업이 진행되는 동안 루커스와 나도 주변 지역을 빈틈없이 뒤졌다. 두 번이나 강 전체를 카약을 타고 내려가면서 모래톱이든 뭐든 뭔가 나타날 때마다 내려서 수색했다. 하지만 아무것도 찾을 수 없었다. 가브리엘이 사라진 그다음 주 목요일에는 우리 가족과 루커스가 함께 차를 타고 리틀록까지 가면서 도중에 보이는 마을마다 내려, 동생이 학교에서 찍은 사진이 포함된 '실종' 포스터를 가로등 기둥, 공원 벤치, 공중전화, 상점 창문에 붙였다. 물론 리틀록에서도 여기저기

빠짐없이 붙였다.

열다섯 살짜리가 실종됐을 경우, 문제가 하나 있다. 아무도 개가 유괴당했다고 생각지 않는 것이다. 나랑 같은 나이로 보이는 가브리엘의 경우는 특히 그랬다. 말을 하진 않았지만, 마을 사람들의 생각도 같았다. 가브리엘 위터가 마침내 가족을 버리고 도망친 거라고. 그게 아니라면 숲에 하이킹을 갔다가 길을 잃거나 곰에게 잡아먹힌 거라고. 하지만 내 생각은 달랐다. 누군가 내게서 동생을 빼앗아 갔다. 녀석은 도망갈 생각이 없었으므로 도망간 게 아니다. 그럴 애가 아니다. 결코 그러지 않았을 거나. 그리고 녀석은 살면서 단 한 번도 길을 잃어본 적이 없다.

동생 방의 바닥에서 자고 깨기를 2주째 반복하고 난 어느 날, 나는 앨마 엠버네 현관문을 다급하게 두드렸다. 앨마의 엄마는 아침 7시에 집 앞에 서 있는 나를 보고 놀라서 눈이 동그래졌다.

"컬런 위터!"

"안녕하세요?" 나는 양손을 바지 주머니에 넣은 채 인사했다.

"아니. 넌 어때?"

"예, 괜찮아요."

"아직 찾은 건 없니, 아가?" 아줌마가 한 손으로 내 어깨를 다독이며 물었다.

"예, 아직은 없어요."

"음, 조만간 뭔가 나타날 거야."

"예."

딱 2주 만에 내 생활은 이런 꼴이 되었다. 마을에서 마주치는 사람들마다 백이면 백 똑같은 질문을 했다. 나까지 지겨워서 사라지고 싶을 지경이었다. 앨마의 엄마는 몇 초간 말이 없더니 마침내 한쪽으로 비켜서며 나더러 들어오라고 했다. 그리고 내게 앨마를 만나러 왔냐고 묻더니, 천천히 고개를 돌리고는 한 손을 입가에 대고 마치 축구장 관중석에 서서 소리치는 것처럼 **"앨마, 컬런 위터가 너 보러 왔다!"**라고 외쳤다.

앨마를 보자마자 갑자기 그 집으로 방향을 틀어 문 앞까지 걸어온 이유가 생각났다.

"컬런, 안녕!" 앨마는 내 목을 꽉 끌어안았다. 근래에 나를 안아 주는 사람이 무지 많아졌다.

"안녕. 네가 뭔가 같이 하고 싶어 할 것 같아서. 나도 지루하고."

"어, 좋아. 신발 좀 신고."

앨마의 차 조수석에 타서(나는 더 이상 운전을 할 수 없을 것 같았다) 보니 그녀는 아주 초조하면서도 또 한편으론 아주 차분해 보였다.

"앨마, 미안하지만 오늘은 내 동생 얘기 안 하면 안 될까, 하나도?"

"좋아, 컬런."

"좋다고?"

“이해해.” 이렇게 말하고 앨마는 내 뺨에 입을 맞추었다.

다른 이야깃거리가 없다 보니 앨마와 나는 딱 30분 만에 몸의 절반은 화이트 강에 넣고 나머지 반은 바깥에 걸친 채 누워 있게 되었다. 그곳은 내가 지나치게 자신만만한 딱따구리와 이야기를 나눈 곳이자 로라 피시와 섹스를 한 곳이고 제일 좋아하는 친구한테 한 방 맞고 뻗은 곳이기도 했다. 나는 몸을 돌리다가 뾰족한 바위에 등이 닿는 바람에 소리를 질렀다. 그런데 앨마 엠버는 내가 좋아서 신음하는 줄로 잘못 알고 내 위에서 계속 몸부림을 쳐 댔고, 그 바람에 얄궂게도 삐죽삐죽한 바위가 불쌍한 내 등에 더 깊숙이 박혀 거의 척추에 닿을 지경이 되었다. 나는 그 상황에서 딱 한 가지 생각밖에 떠올릴 수 없었는데, 그건 앨마를 힘껏 밀쳐서 물에 나가떨어지게 하는 거였다. 얼른 일어서서 등을 문지르고 보니 손에 빨간 것이 번들거리고 있었다. 앨마는 “이 나쁜 놈, 대체 뭐 하는 짓이야?” 하다가 내 손에 묻은 피를 발견했고, 나를 돌려 세워 크게 베인 상처를 확인했다.

나는 집에 전화를 걸어 부모님과 정말 민망한 대화를 나누고 병원에 가서 일곱 바늘을 꿰맸다. 그로부터 두 시간 반 후 나는 앨마 엠버의 침대에 앉아 있었다. 발가락 부분이 금색인 양말과 동생 방에서 찾아낸 십자가 목걸이를 빼고는 홀딱 벗은 채였다. 앨마 엠버는 더했다. 앨마가 훌륭한 아내 노릇을 하면서 배운 걸(내 생각이 아니라 앨마가 그렇게 말했다) 내게 보여 준 다음, 나는 족히 한 다

스는 되어 보이는 도자기 인형들의 감시하는 듯한 눈길을 의식하
며 잠이 들었다.

절반은 유부녀인 여자의 친정집 방에서 혼자 잠이 깬다. 여자의
엄마가 진공청소기로 카펫 청소를 하다가 그를 보고 웃어 보인다.
그 순간 액체로 변해서 침대 속으로, 마루 밑으로, 집 밑으로 스며
드는 상상을 한다. 아직도 벌거벗은 그대로에다 달랑 흰 침대보 하
나만 덮고 있다는 걸 깨닫고, 눈을 꾹 감고 하느님에게 기도한다.
토네이도를 내려 주셔서 그 집을 박살 내고 그 여자도 날려 버려
자신이 그곳을 빠져나가게 해 달라고, 그래서 그날 오후 편의점 근
무를 제때에 시작할 수 있게 해 달라고 기도한다. 여자의 엄마는
그가 누워 있는 머리맡을 청소기로 밀면서 휘파람을 불기 시작하
더니, 이윽고 발끝으로 일시 정지 버튼을 누른다. 여자의 엄마는
컬런을 내려다보고 컬런도 불안과 수치심을 느끼며 그녀를 올려
다본다. 그녀는 몸을 숙여 컬런의 이마에 입 맞춘 후 계속 청소기
를 돌리다가 방에서 나간다. 그때까지도 휘파람을 불면서.

"어땠어?" 그날 오후 핸디 스톱 편의점에 루커스가 찾아와 계산
대 쪽으로 풀쩍 뛰어오며 물었다.

"변태냐? 뭘 알려고 해?"

"네가 그 집엘 찾아갔다니 믿기지가 않아. 너, 제정신이야?"

"그게, 좀 지루했었나 봐."

"네가 한 짓을 보면 지루했다기보다……."

"그만해, 루커스." 내가 이렇게 말했는데도 루커스는 제 할 말을 하고는 다시 계산대 바깥쪽으로 풀쩍 뛰어서 도리토스 칩 한 봉지를 집어 들었다.

"오늘 그 주민 모임에 가 봐야 해." 루커스는 입에 과자를 한가득 물고서 말했다.

"왜? 아직 그 빌어먹을 딱따구릴 찾아낸 것도 아닌데."

"왜냐면, 그래도 여기서 뭔가 벌어지고 있거든. 릴리에 이벤트가 생긴 거지. 가 봐야 해."

"너 혼자 가. 나는 그 많은 사람들 근처에도 가기 싫어. 나를 보고 '안됐다'는 얼굴을 하는 사람을 수도 없이 봐야 하잖아."

"야 그러지 마. 그 유명한 존 발링 안 만나고 싶어?" 루커스가 비꼬아 말했다.

"아, 맞다. 그 사람이 사무실에서 그 상상 속 새에 대해서 글을 쓰면서 상상 속 펜으로 내 상상 속 유명인 사인첩에 사인해 줄지 모르겠네." 나도 농담했다.

"그 새 정말로 있을지도 몰라, 그런 생각 안 들어?"

"내 생각? 그 새가 있건 없건 난 상관없어. 내 동생 포스터 붙일 자리에 그 새 포스터 붙은 거 보는 데 질렸어. 내 동생 기사 대신 그 새 기사 난 걸 보는 데 질렸고, 존 발링이 내 동생 이야기 대신 그 새 이야기 떠벌리는 데도 질렸어. 라디오에서 그놈 목소리 듣고 TV에서 그 면상 보는 거 지겨워."

“아, 열받아.” 루커스 케이더가 조용히 말했다.

“아, 진짜 열받아.” 내가 맞장구쳤다.

77. 토네이도 기원하기.

벤턴 세이지

촉촉한 6월 아침에 애틀랜타 공항에 도착한 벤턴은 가족이 자신을 맞는 품이 그다지 따뜻하지 않다는 걸 알아차렸다. 아버지는 아무도 말을 걸지 않았으면 좋겠다는 듯 벽에 기대 팔짱을 낀 채 바닥을 노려봤다. 엄마는 벤턴이 누구라도 한 번은 포옹해 주기를 간절히 바라서 어쩔 수 없다는 듯이 벤턴을 껴안았다. 그리고 쌍둥이 누이들은 벤턴의 양볼에 입을 맞추고 "집에 온 걸 환영해, 오빠." 하고 말하고는 에스컬레이터 쪽으로 가 버렸다.

그날 벤턴은 휴스 목사가 가능하면 빨리 만나고 싶어 한다는 얘길 들었다. 그래서 자신이 벌써 교회에 더 잘 봉사할 수 있는 임무를 맡기로 결정되었나 보다 생각했다. 휴스 목사의 넓은 집무실 내

부는 스테인드글라스를 통과해 들어온 햇볕 때문에 땀이 날 정도로 더웠다. 벤턴이 이마를 훔칠 때 휴스 목사가 이야기를 꺼냈다.

"벤턴." 목사가 말했다. "자넨 영리한 청년이야."

"감사합니다, 목사님."

"나이가, 열아홉인가?"

"열여덟입니다. 조기 졸업했습니다." 벤턴은 자랑스럽게 말했다.

"아, 그렇지. 기억나는 것도 같군. 어쨌든, 내가 하고 싶은 말은 자네가 너무 영리한 젊은이라서 내 생각에는 교회 일을 맡기는 건 다시 생각해 봐야겠다는 거네."

"죄송합니다만, 그게 무슨 말씀이신지요?"

"우리가 너무 급하게 자넬 선교사로 임명했나 봐. 하느님 말씀을 전할 수 있는 큰 잠재력이 있다고 생각했는데 그게 사실은……."

"목사님." 벤턴은 말을 끊었다. "전 이 일을 원합니다. 어디든 가서 사람들을 변화시키고 싶어요. 목사님께서 절 보내신 곳에서는 그게 가능하질 않았던 겁니다. 그런 식으로는 일이 되질 않아요."

"어떤 식으로 해야 일이 되는지는 내가 아네, 벤턴. 내가 직접 선교사로 파견된 것만도 열다섯 번은 돼. 전 세계를 다녔고. 어떻게 돌아가는지는 나도 알아."

"그렇담 라밀이 목사 일을 한다며 예수님보다 쌀이며 곡식 이야기를 더 많이 하는 것도 아시겠네요?" 벤턴은 당황했다.

“라밀은 그 모든 이들을 도우라고 하느님이 선택하신 사람이야.”

“하지만 돕고 있지 않아요. 그곳 사람들의 생명을 연장시킬 뿐이죠. 라밀이 떠나고 나면 다시 지옥이에요. 사람들은 음식을 얻어먹지만, 저주받은 삶은 바뀌지 않는다고요!” 벤턴은 언성을 높이기 시작했다.

“벤턴, 자넨 기독교도로서 맡은 임무가 뭔지를 놓친 거야. 미안하지만, 우리는 그 어디에도 자넬 보내지 않을 거네.”

어릴 때부터 벤턴 세이지의 마음속에는 오직 한 가지 목표 뿐이었다. 바로 아버지에게 자랑스러운 아들이 되는 거였다. 그러기 위해서 때로는 지칠 정도로 엄격하게 종교에 헌신해야 한다는 사실을 벤턴은 어릴 때 깨달았다. 여덟 살 때는 저녁 식탁에서 성경을 읽어 아버지에게 좋은 인상을 남길 수 있었다. 나중에야 그 일 덕분에 그가 두 여동생과 달리 잦은 매질을 면제받은 사실을 알았다. 아홉 살 때는 성경을 머릿속에서 노래로 불러 암기하는 법을 배웠다. 그리고 열 살 때 부활절 예배에서 앞에 나가 성경을 암송했는데, 단어 두 개를 틀리자 아버지는 앉은 자리에서 벤턴을 노려보았다. 벤턴은 그 일로 벌을 받을까 봐 무서워서 집을 나갈 생각까지 했다. 하지만 그럴 수 없었다. 벤턴과 여동생들은 농담 삼아 아버지를 ‘람보 목사’라고 불렀다. 그런 아버지의 공격을 누이들과 엄마만 감당하게 해 놓고 사라질 수는 없었다.

“벤턴.” 부활절이었던 그날, 아버지가 벤턴의 침대에 걸터앉아 말했다.

“예?”

“넌 오늘 엄마와 나를 실망시켰다.” 아버지는 우울한 목소리로 말했다.

“알고 있어요. 죄송해요. 하지만 정말 열심히 했어요.” 벤턴은 자신을 변호했다.

“변명하지 마라. 그럴 가치가 없어. 넌 성경을 외웠다고 했는데 사실은 아니었어. 내일 동생들 나가서 놀 때 넌 여기 앉아서 그 부분을 완전히 욀 때까지 읽고 또 읽어라.”

“하지만 전 벌써 다 외웠어요. 긴장해서 실수한 거예요.” 벤턴은 우는소리를 하기 시작했다.

“너 자신이 부끄러우니까 긴장한 거다. 부끄러운 것도 당연하지. 나도 네가 부끄럽다. 하느님도 그러실 거다.” 아버지는 방을 나가면서 전등을 껐다.

벤턴 세이지는 칠흑 같은 어둠 속에서 마치 상처를 입고 죽음을 기다리는 동물처럼 훌쩍이며 소리 내 울었다. 그러고는 자신만 들을 수 있을 정도로 작은 목소리로 성경을 반복해 읽었다. 읽고 또 읽다가 마침내 잠이 들었다. 다음 날 아침에 일어나자마자 또다시 성경을 암송하기 시작했다. 이를 닦으면서도 웅얼웅얼, 샤워를 하면서는 입을 열 때마다 물이 입에 튀어 들어와도 암송을 멈추지 않았다. 그 바람에 스쿨버스에서는 아이 세 명이 벤턴이 제정신이 아닌 줄 알고 무서워서 다른 자리로 피해 버렸다.

열여섯 살 때 학교 동문 초청 댄스파티를 앞두고 벤턴은 수지라는 여자애에게 고백했다. 둘은 파티에 함께 가기로 했다. 그날 밤 욕실 거울을 보며 넥타이를 고쳐 매고 현관문을 나서려는데 아버지가 벤턴을 멈춰 세웠다. 앉으라고 했다.

"안 좋은 소식이 있다."

"뭔데요? 무슨 일 있어요? 다들 괜찮은 거예요?"

"응. 모두 괜찮다. 네 데이트가 문제지. 가 봤자 별로일 것 같다." 아버지가 아들 맞은편에 앉아 말했다.

"네? 무슨 말씀이세요? 지금 걔 데리러 가려던 참인데요."

"아니. 안 가도 된다. 방금 그 애 엄마하고 통화했는데, 내가 어쩔 수 없어서 그 집 딸에 대해 얘기 좀 했더니 아주 기분 나빠 하더라." 아버지는 고개를 가로저었다.

"어쩔 수 없이 무슨 얘기를요?"

"음, 믿을 만한 사람한테 들으니, 수지 걔가 스탠리 베이커 씨네 그 막돼먹고 한심한 아들놈하고 엉겨 붙어서 키스하고 더듬고 별짓을 다 하고 있더란다."

"칩하고요? 칩 베이커 말이에요? 맞아요, 둘이 예전에 사귀었어요. 근데 지금은 아니에요." 벤턴은 고개를 숙이고 바닥을 내려다보았다. 다가올 일이 예상되었고 그게 조금도 놀랄 일이 아닌데도 조금이나마 놀라고 있는 자신이 이상하게 느껴졌다.

"그래서 넌 그 창녀 같은 계집애하고 나다녀도 좋다고 생각한 거냐? 난 네가 그 정도는 아니라고 생각했다, 벤턴. 아니, 이젠 상관없다. 데이트는 끝났어. 그 넥타이 벗어도 돼."

아버지가 그 말을 끝으로 자리를 뜬 후 벤턴은 그때까지 존재하는 줄도 몰랐던 마음속 어떤 곳에서 분노가 치밀어 오르는 걸 느끼고 주먹을 불끈 쥐었다. 잠시 숨이 턱턱 막혔다. 그는 당장 밖으로 나가 수지의 집에 가서 그 앨 데리고 나와 지난 2주 동안 들떠서 준비해 온 그대로 하고 싶었다. 하지만 그럴 수 없었다. 아버지가 용납하지 않을 것이다. 실망시킬 수 없었다. 그런 혐오스러운 여자애하고 같이 있을 수 없었다. 자신은 그런 애가 아니었다. 그보다 더 좋은 애였다. 벤턴은 눈가에 맺힌 눈물을 훔치며 일어나 목에 맨 넥타이를 풀고 다시 자기 방으로 들어갔다. 다음 날 아침 식사를 할 때 벤턴은 아버지 맞은편에 앉아서 제발 그 데이트 얘기만은 나오지 않았으면 하고 바랐다. 그 모든 일을 그저 잊었으면 했다. 벤턴이 오렌지 주스를 마시려고 하는데, 아버지가 접시를 내려다본 채 천천히 말했다. "아들아, 네가 자랑스럽다. 뭐가 최선인지는 애비가 잘 안다는 걸 믿어 줘서 말이야." 벤턴이 살면서 그렇게 기분이 좋았던 적은 손에 꼽을 정도였다. 스스로도 정확한 이유를 알 수 없었지만, 그때 아버지가 한 몇 마디를 들으니 그분의 모든 걱정과 분노가 다 가치 있어 보였다.

　그런데 열여덟 살의 나이에 또다시 아버지의 기대를 저버리고 만 것이다. 지구의 절반에 해당하는 거리를 날아가 오두막의 흙바닥에서 잠을 자고 가난하게 죽어 가는 사람들에게 물과 먹을 것을 나누어 주었지만, 잭슨 세이지 씨에게 여전히 좋은 인상을 주지 못했다. 벤턴이 예정보다 일찍 집에 돌아온 데다 휴스 목사와 나눴다는 이야기까지 듣고 난 뒤 아버지는 벤턴을 더 이상 아들로 인정하지 않기로 마음을 굳혔다. 그것도 모자라 다른 가족들까지 벤턴을 피하다시피 했고 "안녕?"이나 "거기 소금 좀 줄래?" 따위의 말을 할 때 말고는 벤턴의 존재조차 잊어버린 듯 행동했다. 그들이 원하는 것과 벤턴이 원하는 것은 같았다. 아버지를 즐겁게 하는 것. 세상 어떤 일도 그보다는 중요하지 않아 보였다. 벤턴은 아버지가 누이들과 학교 얘기를 하고 엄마와 요리하는 걸 그저 지켜보았다. 그들이 모두 식당에 모여 성경 공부를 하고 거실에서 함께 TV 쇼를 보고 웃는 모습을 보았다. 그때까지는 자신도 다를 바 없었으므로 엄마나 동생들에게 화가 나지는 않았다. 자신 역시 아버지를 즐겁게 하고 있다고 믿고 안심할 수만 있다면 다른 가족 누구든 희생시켰을 것이다. 벤턴은 지난날 아버지가 자신을 자랑스러워했던 때와 비슷한 순간을 한 번이라도 더 마련하기 위해 몇 년을 노력해 왔다. 하지만 실패했다. 이제 더 이상 견디기 힘들 것 같다고 느낀 벤턴은 이렇게 마지막으로 아버지를 실망시키기 바로 전해, 그러니까 에티오피아에 가기 전해에 지원했던 대학들에 전화를 걸었다. 이제라도 장학금을 받고 입학할 수 있는 학교가 어디든 분명히 있을 것 같았다. 그렇게만 된다면 언제든 떠날 수 있었다.

이웃 사람

가브리엘이 사라지고 난 후 줄리아 이모가 몰라보게 허약해져서 엄마의 스트레스와 걱정은 이만저만이 아니었다. 가브리엘을 찾아 나선 지 3주째 되던 어느 날 오후에 나는 미장원에 앉아 엄마를 지켜보고 있었다. 엄마는 동생이 어딘가 헛간 같은 곳에 죽어 있을지도 모른다는 식의 괜한 걱정도 떨쳐 버릴 겸, 우리 마을을 전국적인 명소로 탈바꿈시키려는 움직임에 편승해 딱따구리 헤어스타일을 선보이기 시작했다. 대상은 주로 어린 남학생들이었는데, 모호크 족(북아메리카 원주민—옮긴이) 스타일로 머리 양옆을 밀고 가운데 머리만 남겨 세운 후 존 발링의 상상 속 친구를 기려 그 끝을 새빨갛게 물들였다. 나는 웃기는 일이라고 생각하면서도 엄마가 가위와 염색약으로 아이의 머리를 완전히 망쳐 놓는 광경을 놓칠 수가 없었다. 첫 번째 희생양은 듀크 리스터였다. 그런데 오래된 도그트로트 오두막(지붕 하나로 연결된 두 오두막 사이의 지붕 밑 야외 공간을 활용하는 건물 구조―옮긴이) 대신에 마을 공원의 명물이 된 거대한 목조 나사로 딱따구리 앞에서 그 애가 폼을 잡고 찍은 사진을 다른 열두 살짜리 남자애들이 죄다 보고 나서는, 손에 10달러짜리 지폐를 들고 나타난 애들이 엄마의 미장원을 바글바글 채웠다.

"그런 새 본 적 있니?" 엄마가 칼레브 쿠퍼라는 일곱 살짜리 아이의 머리칼을 댕강댕강 교수형에 처하면서 내게 물었다.

"당근 못 봤지."

엄마가 언제부터 아무 일 없는 듯이 지내기로 마음먹었는지 추측할 단서는 없었다. 생각건대, 동생이 쉽게 사라진 만큼 쉽게 다시 나타나겠거니 믿으면서 3주 전과 다름없이 정상적인 삶을 살려고 최선을 다하는 것 같았다. 반면에 아빠는 온종일 수화기를 붙들고 지내는 날이 많았다. 아빠는 아칸소 주 전역의 보안관실에 전화를 걸었다. 또 실종 기사를 내보내 달라고 신문사와도 접촉했지만, 가출인지도 모를 사건을 기사화하려는 데는 거의 없었다. 아빠는 아칸소 주의 모든 신문에 가브리엘의 사진을 내보낼 참이었다. 이 밖에도 윌슨 가구점에서 컴퓨터를 수리하는 아이의 도움을 받아 동생의 실종을 알릴 웹사이트를 만들려고 작업하고 있었다.

이유를 설명하긴 힘들지만, 실종된 지 3주밖에 안 되었는데도 내게는 동생을 찾아내리라는 희망이 전혀 없었다. 짧은 시간이었지만 조금씩 조금씩 그렇게 되었다. 어느 날 잠에서 깨며, 그래, 녀석이 오늘 집에 돌아올 거야, 하고 생각하다가도, 다음 날엔 사람들이 오늘 개 시체를 찾아낼 거야, 하고 생각이 바뀌었다. 마음 편히 지낼 수 있는 유일한 길은 동생이 우리랑 사는 게 지긋지긋해서 가출했다고 상상하는 거였다. 그럴 땐 녀석이 대기업에서 우편배달 일부터 시작해서 야간 대학에 다닌 후 경영진으로까지 승진하는 모습을 떠올렸다. 커피숍에서 한 여자에게 청혼을 하고 곧 아빠가 되는 상상도 했다. 우리 둘이 찍은 액자 속 사진을 새로운 가족 사진으로 바꾸는 모습도 그려 보았다. 녀석이 웃고 있었다. 끝없이.

점점, 부모님이 매일 밤 나를 끌어안는 게 지겨워졌다. 루커스 케이더가 내 방에서 자는 것도, 직접 보건 전화로 듣건 단 하루도 빼놓지 않고 울고 있는 줄리아 이모를 지켜보는 것도 지겨웠다. 하지만 나를 정말 지겹고 짜증 나게 하는 건 그 빌어먹을 딱따구리에 관한 쓰레기들을 듣고 읽고 보는 일이었다. 어느 날 밤 루커스가 옆에서 TV 채널을 이리저리 돌려 대는 동안, 나는 책 제목을 적어 넣는 공책에다 이렇게 써넣었다. 총이 있었으면 나사로 딱따구리 얼굴에다 쏴 버렸을 거다.

풀턴 듀머스는 이상하게 사람을 불편하게 했다. 야릇하게 나를 쳐다본 게 한두 번이 아니었을 뿐 아니라 똑같은 말 한 마디를 작은 소리로 웅얼웅얼 되풀이하곤 했다. 루커스도 마찬가지 느낌을 받았는지, 가브리엘의 실종과 관련해 풀턴을 조사해 봐야 한다고까지 했다.

"경찰이 우리에게 했던 것처럼 걔하고 걔 엄마한테 한번 질문해 봐, 루커스."

"소용없을 거야. 그런 사람들은 진실을 숨기는 법을 알아. 그래서 난 걔 안 믿어." 루커스는 내 방 창문을 통해 우리 집 바로 옆의 풀턴네 집을 물끄러미 바라보았다.

"내 눈엔 네가 지금 쓸데없는 데 집착하는 걸로 보여. 걔가 그렇게 멍청하겠어? 대체 누가 바로 옆집 애를 유괴하겠어?"

"바로 그거야. 완전 범죄를 노린 거지. 바로 옆집 아이를 유괴하라, 범죄 현장 바로 옆에 버젓이 있을 만큼 멍청한 범인은 없다, 모두들 그렇게 생각하고 아무도 그 이웃 사람을 의심하지 않을 거다. 걔가 그런 생각으로 일을 벌인 거야. 하느님만 아실 일을 저질러 놓고 지금쯤 자기 방에 앉아 있겠지." 루커스는 부르르 몸을 떨었다.

"진정해야겠다, 너."

"아니, 안 되겠어. 가 보자, 거기."

"뭐? 안 돼."

루커스 케이더는 복도를 내달아 앞문을 통해 밖으로 나갔다. 성큼성큼 심각하게 걷는 품이 정말 풀턴네 집에 가고야 말겠다는 심

사인 듯했다. 나는 녀석의 뒤를 쫓아갔다.

"루커스, 웃긴 짓이야."

"아니, 가야 돼."

루커스가 초인종을 눌렀다.

딩동.

다시 눌렀다.

딩동.

그리고 연속으로.

딩동.

천천히 문이 열렸다. 공포 영화에서처럼. 셜리 아줌마가 우리 앞에 나타났다.

"무슨 일이니, 얘들아?"

"아줌마, 가브리엘 위터 보신 적 있어요?" 루커스가 한 치의 망설임도 없이 물었다.

"아니. 집에 돌아온 거니?"

"아뇨. 여기 있어요?" 루커스의 기세는 여전했다.

"얘가, 무슨 소릴 하는 거야?" 아줌마가 당혹스러워하며 물었다.

"아줌마 아들은 집에 있죠?" 루커스가 그렇게 묻고는 아줌마 옆을 지나쳐 집 안으로 들어섰다. 나는 휘둥그레진 눈에 입을 떡 벌린 채 현관에 서 있었다.

"알았다, 루커스. 뭘 어떻게 해 줄까?" 아줌마는 흥분해 있었다.

나는 현관에 그대로 서 있었다.

"풀턴!" 루커스가 소리치며 복도를 지나 풀턴의 방 쪽으로 갔다.

"그래, 너도 같이 가 보는 게 좋겠네." 셜리 아줌마가 내게 손짓했다. 풀턴의 방에 들어서자 내가 왜 지금껏 그 집에 감히 발을 들여놓을 생각조차 하지 않았는지 제대로 깨달았다. 풀턴의 침대에는 지아이조(할리우드 블록버스터 액션 영화의 제목이자 주인공—옮긴이)가 프린트된 담요가 덮여 있었고, 그 위에 어림잡아도 40~50개는 됨 직한 솜 넣은 동물 인형들이 앉아 있었다. 벽은 압정, 비닐 테이프, 풀 등으로 붙인 포스터 천지여서 빈 곳이 안 보일 정도였다. 고양이, 원숭이, 곰 따위가 등장하는 포스터였다. 우리가 들어섰을 때 풀턴은 헤드폰을 끼고 컴퓨터 앞에 앉아 80년대 노래를 부르고 있었다.

"풀턴!" 루커스가 풀턴의 어깨를 툭툭 치며 소리쳤다. 풀턴은 휙 돌아보고 헤드폰을 벗었다. 루커스와 나를 올려다보았다. 다시 루커스를 쳐다보고 또 나를 쳐다보았다. 두 번을 더 그렇게 했을 때 루커스가 말을 꺼냈다.

"풀턴 듀머스, 가브리엘 위터 어디 있는지 알아?"

"아니." 놀랍고 당혹스럽던 풀턴의 표정이 금세 슬픈 얼굴로 바뀌었다.

"정말?" 루커스가 물었다.

"그걸 내가 어떻게 알겠어?"

“나야 모르지, 풀턴. 그런데 1,000개는 될 것 같은 이 솜 넣은 곰 인형은 다 얻다 쓸 건데? 너 정말 가브리엘 위터 본 적 없어?”

“못 봤다니까!” 풀턴은 벌떡 일어섰다. 루커스가 계속 캐묻자 화가 나 있었다. 나는 루커스를 말리고 싶었지만 할 말이 떠오르지 않았다. 또 한편으로는 그 방을 보고 나니 루커스에게 내가 틀렸다는 걸 증명할 기회를 줘야겠단 생각이 들었다. 하지만 그 둘을 그냥 보고만 있을 수가 없어서 벽에 붙은 포스터를 보며 딴청을 피웠다.

“너, 가브리엘 위터 짝사랑했지?”

“루커스, 제발.” 나는 듣고 있자니 너무 불안해서 끼어들지 않을 수 없었다.

“컬런, 넌 아무 말 마. 풀턴, 짝사랑한 거 맞지?”

“아니야!”

갑자기 실내가 조용해지더니 누군가가 뒤에서 내 어깨를 붙잡았다. 풀턴이었다. 걔는 나를 돌려세우고 내 눈을 똑바로 마주 보았다.

“형.” 풀턴이 입을 열었다. “형 동생이 사라져서 정말, 정말 마음이 아파. 좋은 애였잖아. 아주 따뜻하고 마음이 넓은 게 형하고 똑같았어.” 그러고는 이번에도 들리지 않는 작은 소리로 뭐라고 중얼거리더니 두 팔로 나를 꼭 껴안았다. 풀턴은 머리를 내 어깨에 파묻은 채 흐느끼기 시작했다. 루커스를 힐끗 보니 그때까지 걔 얼굴에 서려 있던 분노가 양심의 가책으로 바뀌어 있었다.

"알았어, 풀턴." 루커스가 말했다.

"그래, 모든 게 잘될 거야. 우리 가브리엘, 돌아올 거야." 내가 덧붙였다.

"내가 팔푼이 짓을 한 거야." 루커스가 말했다.

풀턴이 내게서 떨어져 방에서 나갔다. 우리는 조용히 복도를 걸어 그 집에서 나왔다. 앞마당에서 슬쩍 루커스를 보니 아랫입술을 깨물고 있었다. 생각이 너무 많을 때 짓는 표정이었다.

"풀턴이 아니었어. 내가 헛다리 짚었어."

"정말 그렇게 생각해?" 나는 농담 삼아 비꼬아 말했다.

"범인은 존 발링이었어." 집으로 들어가면서 루커스가 확신 어린 목소리로 말했다.

나사로 딱따구리는 루이지애나 주 북부의 이른바 싱어 지대에서 마지막으로 목격되었다고 한다. 그곳의 독점 벌채권을 가지고 있던 시카고 목재라는 회사는 전국 오듀본 협회(조류학자 존 J. 오듀본이 1905년에 설립한 비영리 조류·생태계 보호 단체─옮긴이)와 남부 주지사 상당수가 이의를 제기했음에도 불구하고 1944년에 싱어 지대의 숲을 완전히 쓸어 버렸다. 바로 이때 '거트루드'라 불리던 암컷 나사로 딱따구리가 사라지면서 이 종은 공식적으로 '발견되지 않음' 상태가 되었다. 나사로 딱따구리는 세계 최대 딱따구리 종으로, 황제 딱따구리보다 몸길이가 2.54센티미터 컸다. 존 발링은 본능적인 느낌으로 알았다고 주장했다. 오리건 대학교의 일자리를 버리고 아칸소 주 릴리로 오면 나사로를 다시 발견해서 그 새가 절대 멸종하지 않았음을 입증할 수 있을 거라고. 직감을 행동으로 옮기기 위해 그는 두 아이와 대학교 학위나 일해 본 경험이 전무한 부인, 주택 담보 대출을 남기고 떠났다. 이상이 풀턴 듀머스가 존 발링에 대해 알아낸 사실들이다. 릴리에 와서 풀턴의 엄마와 살림을 차리고 몇 달이 지난 어느 날, 그는 카누를 타고 시 외곽에 맞닿이 흐르는 화이트 강 지류를 여러 번 오르내렸다. 그러고는 주장하기를, 역사적인 그날 오후에 나사로 딱따구리 한 마리가 머리 위를 획 날아가더니 아주 큰 참나무 위에 앉았다고 했다. 얼른 카메라를 꺼냈지만, 찰칵 하는 소리에 새가 놀라 날아갈 거라는 생각에 관두었다. 그 대신 나사로 딱따구리가 긴 부리로 따다닥 나무를 쪼면 그 소리를 녹음하기로 마음먹었다. 그리고 그때 원하는 걸 얻었다. 전국 조류학회가 나사로 딱따구리 종만이 낸다고 밝힌 독특한 울음소리가 그 순간 커다랗게 터져 나왔던 것이다. 존 발링은 소형 디지털 녹음기를 들고 전국 조류학회와 접촉했고 우리 고향 마을은 곧 조류 연구 및 관찰에 평생을 바쳐 온 이들로 북적이게 되었다.

실종된 지 4주째가 되어서도 동생을 찾을 조짐은 여전히 보이지 않았다. 그때까지 그 빌어먹을 딱따구리 사진은 단 한 장도 나타나지 않았지만, 우리 마을은 적정 수용 인원보다 많은 사람들로 들끓었다. 조식 제공 숙박 시설들이 근 10년 만에 처음으로 하나도 남김없이 다 찼고, 릴리 모텔은 나사로 모텔로 상호가 바뀌었다. 어느 날 오후 일하러 가는 길에 그 바뀐 간판을 보니 절로 화가 났다.

뜨내기 관광객이나 탐조객을 제외하면 편의점 손님은 트럭 기사들이 대부분이었다. 그 사람들은 대개 강장 음료를 박스째 사러 왔는데, 그때마다 나로 하여금 대체 인간이 무슨 일로 저렇게 오랫동안 화장실을 써야 하나 하고 생각하게 만들었다. 내가 화장실 열쇠를 항균 청소액으로 닦고 있는데 머리끝에서 발끝까지 카키색으로 차려입은 키 큰 사내 하나가 편의점에 들어왔다. (딸랑) 그 빌어먹을 딱따구리광, 존 발링이었다. 커다랗고 퉁퉁한 머리에 멍청해 보이는 사파리 모자를 쓴 채 양손은 주머니에 넣고 매장 안을 왔다 갔다 했는데, 저런 사람한테 대학교 수업을 들으면 어떨까 생각하니 기분이 이상했다. 그는 초콜릿 바를 하나 집어 들더니 도로 내려놓았다. 그걸 다시 집어 들고는 뒤에 적힌 내용을 읽어 보고 도로 내려놓았다. 다른 초콜릿 바 세 개를 가지고도 들었다 놨다를 반복하더니 결국에는 아무거나 하나 들고 와서 계산대에 놓았다.

"이거면 내 손실이 얼마지?" 이렇게 물으면서도 어떻게든 그런 식의 남부 사람 티를 떨쳐 버렸으면 좋겠다는 듯 슬픈 목소리였다.

"87센트요." 나는 힘없이 말했다.

“너, 우리 옆집 살지 않아?” 그 작자가 물었다.

“아닌 것 같은데요.” 나는 존 발링과 더 이상 말을 섞고 싶지 않았다.

“아냐, 맞아. 얘, 동생은 찾았니?”

“아뇨. 혹시 보셨어요?” 나는 냉소적이면서도 진지하게 물었다.

“못 봤지. 안타깝게도. 하지만 곧 나타날 거야. 어쨌든 그렇게 되길 바란다.”

“저도 그 새가 곧 나타나길 바라요.” 나도 어쩔 수 없이 그렇게 말했다.

존 발링은 더 이상 아무 말 없이 뭔가 개운치 않은 표정으로 매장 문을 나섰다. (딸랑)

78. 딱따구리 한 마리 죽인다고 죄 될 것 없어.

대지 위의 종탑

그해 8월, 벤턴은 애틀랜타 대학 기숙사 방에 들어와 크게 심호흡을 하고 눈을 감은 채 새 침대에 털썩 드러누웠다. 곧 화장실에서 변기 물 내리는 소리가 들리고 문이 열렸다. 누가 나오는지 보려고 일어나 앉으니 동년배로 보이는 청년이 벤턴 앞에 나타났다. 그는 키가 크고 말랐지만 근육질이었고, 단정하게 빗어 내린 갈색 머리 아래로 날카로운 눈매와 굳은 표정을 하고 있었다.

"벤턴 세이지, 맞지?" 그 애가 말했다.

"응." 벤턴은 일어서서 손을 내밀었다. "반갑다."

"난 캐벗 시어시야. 나도 반갑다, 벤턴." 어느새 캐벗의 얼굴에서는 굳은 표정이 가셨다.

"여기서 오래 지냈어?" 벤턴이 물었다.

"응, 예전보단 길 잃는 횟수가 줄었으니까." 캐벗은 우스갯소릴 하고 자기 침대에 털썩 앉았다. 둘은 소리 내 웃고 잠시 이야기를 나누다가 그곳에 사는 다른 학생들을 볼 요량으로 복도를 어슬렁거리기로 했다. 10분 만에 불문학 전공의 루시라는 학생, 언론학 전공 토머스, 전공은 밝히지 않은 여학생회 소속 학생 두 명을 만났다. 다시 방에 돌아온 둘은 짐을 풀고 어느덧 침대에 누워 잘 준비를 마쳤다.

"내일은 바쁠 거야." 캐벗이 침대에 누운 채 불빛 하나 없는 어둠 속에서 말했다.

"그렇겠지. 신입생 교육이 한도 끝도 없다던데." 벤턴이 덧붙였다.

"야, 그러고 보니 너 영문과 나와서 뭐 할 건지는 아직 얘기 안 했어."

"아, 난 작가가 되려고." 벤턴은 난생처음으로 그렇게 말했다.

"멋지다. 난, 음, 철학 공부해서 세상을 바꿀 생각인데."

벤턴 세이지가 와서 보니 대학교는 고등학교보다 더 재미없었다. 별다른 이유는 없었다. 고등학교 때보다 여자애들은 훨씬 더 멍청하고 술도 더 잘 마셨다. 남자애들은 역사 수업 중에 별안간 자기 이두박근이나 바라보거나 맨날 역기 들고 몸 만드는 얘기나

하는 등 몸에 너무 관심이 많은 것 같았다.

"난 근육 필요 없어." 벤턴은 어느 날 점심을 먹으며 캐벗 시어시에게 말했다.

"왜?"

"작가는 누구를 두들겨 패거나 무거운 걸 들 필요가 전혀 없잖아. 적어도 내 생각엔 그래." 벤턴이 농을 했다.

"네 말이 맞아. 그러니까 네 책으로 사람 열받게만 하지 마." 캐벗이 웃으며 말했다.

캐벗 시어시는 아주 자신만만했다. 캐벗이 나타나면 그 외에는 누구도 관심을 끌지 못했다. 캐벗이 입을 열면 그곳에 있는 모두가 집중했다. 그가 소리 내 웃으면 모두가 소리 내 웃기 시작했다. 그가 화나 보이면 주변 모두가 째려보면서 인상을 찡그렸다. 그리고 여자애들은 캐벗의 위대함을 느껴 보고 싶어서 캐벗과 벤턴의 방밖에 줄을 서서 차례를 기다렸다. 반면에 벤턴은 여자애한테 단 한 번도 데이트 신청을 하지 않았고 늘 학교 도서관이나 커피 가게에서 책을 읽으며 시간을 보냈다. 어느 날 밤, 데이트를 마치고 늦게 들어온 캐벗은 벤턴이 두꺼운 소설을 읽고 있는 걸 보고 이야기를 꺼냈다. 벤턴 역시 캐벗의 말에 귀 기울이지 않을 수 없었다.

"넌 여자애들 안 좋아하나 봐." 캐벗은 진지했다.

"뭐?"

"네가 게이여도 상관없어. 내 사촌도 게이거든. 난 아무렇지 않아."

"나 게이 아냐." 벤턴이 침대에서 일어나 앉으며 말했다.

"그러지 마, 괜찮아. 벌써 자백한 셈이니까."

"캐벗, 그만해."

"좋아. 알았어. 그러면 넌 왜 밤마다 방에 틀어박혀 책만 보는 건데?"

"어디 가고 싶은 생각이 없으니까. 그냥 여기 앉아서 공부하는 게 좋아."

"그러다 늙어 죽겠다." 캐벗은 고개를 절레절레 저으면서 진짜 걱정스러운 듯 말했다.

"그렇지 않아. 너야말로 공부 좀 더 해야 할 거야." 벤턴이 침대 등을 끄고 다시 드러누우며 말했다.

그날 밤 대화로 괴로워한 쪽은 벤턴 세이지가 아니었다. 캐벗 시어시는 잠을 청하며 천장을 보다가 그 학기에 수업 중에 잠을 푹 잔 게 몇 번이고 돈 주고 맡긴 리포트가 몇 건인지 생각지 않을 수 없었다. 외면하려고 해도 벌써 중도에 포기한 과목 두 개와 낙제 점수를 받은 지질학 중간고사가 자꾸만 떠올랐다. 그래서 그다음 주 영어 수업에서는 자세를 똑바로 하고 칠판에 눈을 고정한 채 강의에 귀 기울였고 자세한 사항은 손가락으로 책 내용을 짚어 가며 확인했다.

캐벗 시어시는 책을 보며 중요한 문장마다 밑줄을 그었다. 참고 한 쪽에도 모두 책갈피를 꽂아 두었다. 책의 여백에는 메모를 했다. 점수를 잘 받고 싶어서가 아니었다. 세상을 바꾸고 싶었기 때문에 캐벗은 학업에 신경을 썼다.

"나, 통과했어. 이거 믿어져?" 학기 마지막 날 캐벗이 말했다.
"정말?"
"응. 부모님이 좋아서 미치실 거야. 넌 공부한 보람 있어?"
"아니. 두 과목 재수강해야 해." 벤턴이 대답했다.
"아." 캐벗은 다른 할 말이 생각나지 않아 그렇게만 말했다.
다른 사람들은 모두 크리스마스 휴가 기간을 맞아 가족이 있는 고향에 갔지만, 벤턴은 기숙사에 남아 첫 번째 소설 작업을 하기로 했다. 캐벗이 짐을 싸면서 그 주에 함께 비데일리아에 가면 어떻겠느냐고 했지만, 벤턴은 조용히 머릿속도 정리하고 할 일도 있다며 거절했다. 그 후 나흘 만에 소설 한 쪽을 쓴 벤턴은 초콜릿 바를 먹으며 드라마 「캐빈은 열두 살」 재방송을 보면서 크리스마스 아침을 맞았다. 엄마 목소리 좀 들으려고 집에 전화를 했지만, 아무도 받지 않았다. 여동생들이 크리스마스 이브에 부르던 「오 거룩한 밤」이 떠올라서 눈물이 났다. 하느님이 자신을 잘못 인도했다고 믿고 있었으므로 크리스마스는 벤턴에게 더 이상 의미가 없었다. 세상에 도움이 되려고 노력했지만, 세상은 그걸 허락하지 않았다. 그날 밤 워싱턴 가(街)에 있는 제일 침례 교회에서 자정 종소

리가 울리기 시작할 때 벤턴은 종탑의 계단을 올랐다. 그리고 열
두 번째 종이 울릴 때 양팔을 쫙 벌리고 얼굴에 거칠게 와 닿는 바
람을 느꼈다. 조용히 부르는 크리스마스 캐럴 소리가 들려왔다. 두
개의 폐가 마지막 찬 공기를 들이마실 때 벤턴의 몸은 대지와 하
나가 되었다.

비이성적으로 구는 거 옹호하기

"난 그 사람이 그냥 싫어."

가브리엘이 캐스퍼 게임(영화 「꼬마 유령 캐스퍼」의 설정을 바탕으로 한 비디오 게임. 주인공 캐스퍼가 악당에 유괴될 수 있다—옮긴이)을 시작한 지 5주째 되던 어느 날 오후, 나는 루커스에게 존 발링 이야기를 했다.

"그럼 가서 죽여 버리면 되지." 루커스가 한쪽 눈썹을 올리고 확신에 차서 말했다.

루커스의 눈빛을 보고서야 나는 그게 농담이란 걸 알았다. 그 무렵, 루커스는 웨브 박사님이 봤다면 일종의 신경쇠약이나 스트레스성 정신 질환이라고 진단할 만하게 말하고 행동했다. 내 방 바닥이 아닌 다른 곳에서는 잠을 자지 않았고, 나를 알바 장소에 차로 데려다 주고는 내가 일하는 내내 함께 있었고, 노트북 컴퓨터로 아칸소 주 전역에서 일어난 사건 중 유괴로 의심되는 것들을 연구하기 시작했다.

"애가 3년 동안 행방불명이었는데 그동안 쭉 그 애 삼촌이 데리고 있었다는 거지!" 어느 날 아침 내가 이를 닦고 있는데 루커스가 외쳤다.

"그래서?" 세면대 위에 치약 물을 흘리면서 내가 물었다.

"그래서, 넌 미친 삼촌 없지?"

"없어!" 루커스가 정말 진지하게 하는 말인 걸 알면서도 나는 키득키득 웃었다.

주방에 들어가 보니 엄마와 아빠, 제일 친한 친구가 팬케이크를 눈앞에 잔뜩 쌓아 둔 채 먹지도 않고 있다. 무언가 심상치 않은 일이 벌어진 거다. 그 순간 거기 마지막으로 온 가족이 모여 있던 때가 떠오른다. 너무 높아서 귀에 거슬리던 아빠의 웃음소리를 동생이 흉내 내던 소리가 아련하게 들려온다. 또 자리에서 일어나 엄마가 며칠 전 집 안 먼지 청소를 하면서 춤추던 걸 흉내 내던 동생과, 그걸 보고 웃음을 참느라 얼굴이 벌게졌던 아빠가 떠오른다. 아빠 새뮤얼 위터는 더 이상 웃음을 참지 못하고 눈물까지 줄줄 흘리며 웃어 댄다. 엄마 세라 위터도 쑥스러우면서도 재미있는지 배꼽을 쥐고 웃어 대는 품이 아빠 못지않다. 식탁 끝에 앉은 컬런 위터는 눈물을 글썽이며 배가 아플 정도로 웃다가 '내가 졌다' 하는 눈빛으로 동생을 바라본다.

　나는 루커스와 아빠 사이에 앉으면서 아빠 얼굴을 가리고 있던 신문의 머리기사 제목을 힐끔 보았다. '릴리, 전국 유명 인사를 맞이하다'였다. 이어서 또 온통 그 새에 미쳐 버린 릴리 사람들 기사가 실려 있었다. 누군가 인터뷰에 응해 전국에서 마을을 방문한 사람들에 대해 다 얘기해 주었고, 방문객들이 "믿기지가 않아요!"라거나 "혹시 평생 동안 그걸 한 번이라도 본 적 있어요?"라고 말했다는 걸 옮겨 놓은 기사도 있었다. 목구멍으로 욕지기가 올라오는 걸 참으며 루커스를 봤더니 녀석은 눈을 감은 채 두 손을 꼭 모아 쥐고 있었다. 나는 식탁 맞은편에서 눈물을 흘리며 앉아 있는 엄마에게 무슨 일이냐고 속삭여 물었다.

　"그 러셀 퀴트먼이라는 애가 플로리다에서 자동차 사고로 목이 부러졌단다." 엄마가 조용조용 말했다. "끔찍하지 않니?"

　그만 아 씨!가 도로 위에 피 칠갑을 하고 누워 있는 모습을 머릿속에서 지우기까지 1분은 걸렸다.

　"그래서, 괜찮대?"

　"마비됐대." 루커스가 눈을 감은 채 말했다. "허리 아래로 다."

　"큰일 났네. 안됐다." 말하고 보니 진심이어서 나도 놀랐다.

　"몇 분 전에 우리 엄마가 전화해서 알려 줬어. 엄마도 퀴트먼 엄마한테 전화 받고 알았대." 루커스가 덧붙였다. "앞으로도 몇 주 더 거기 병원에 있어야 한대."

“아.” 난 아무 말도 생각나지 않았다.

“불쌍한 자넷.” 엄마가 러셀의 엄마를 걱정했다.

“불쌍한 단. 그 병원비 다 어쩌나.” 아빠가 신문 뒤에서 말했다.

“불쌍한 에이다.” 끝으로 내가 말했다. “이젠 세 명 다 그렇게 돼 버렸네.”

“아냐.” 루커스가 끼어들었다. “걔네 두 주 전에 헤어졌는데. 내가 말 안 했나?”

“어? 안 했어.”

“헤어졌어. 에이다가 쿼트먼한테 대학 다닐 때는 혼자이고 싶다고 했대.” 루커스가 큭큭 웃더니 갑자기 정색을 했다.

“헤어지지 않았다면 지금 아예 저세상에 있었을지도 몰라.” 내가 말했다.

“그러게.” 루커스가 동의했다.

앨마 엠버는 점점 유쾌한 기분 전환 상대에서 불편한 존재가 되어 가고 있었다. 열일곱 살짜리가 열아홉 살 여자의 대학물 먹은 남편을 제대로 대신하기란 애초에 기대하기 힘든 일이었다. 그래서 나는 거친 카펫이 깔린 앨마네 집 거실에서 최대한 어른스럽고 정중하게 이제 우린 더 이상 만나선 안 될 것 같다고 말했다. 걘 울기 시작했고 초조해진 나는 무언가 힘이 되고 마음을 진정시킬 현명한 말을 하려고 머리를 쥐어짜 보았다. 그런데 아무 말도 하지 못했다. 가브리엘 위터었다면 그곳을 떠날 때쯤 앨마를 웃게 할 수 있었을 거다. 집 마당을 나서는데 창문으로 아직도 우는 앨마의 모습이 보였다.

그때까지 여자애를 울린 건 딱 한 번밖에 없었다. 상대는 물론 로라 피시였다. 열여섯 살짜리였던 우리 둘은 데이트 세 번 만인 어느 여름날 오후, 앞서 얘기한 화이트 강가의 그곳에서 서로에 대해 더 알아보기로 했다. 옷을 다 입고 다시 로라의 차에 타자 나는 웃음이 나왔다. 로라가 왜 웃느냐고 물었다. 나는 대답하지 않았다. 로라가 길옆에 차를 세웠다. 그리고 왜 웃었느냐고 다시 물었다. 내가 손으로 입을 막고 고개를 저으며 말 못 하겠다고 했다. 개가 울기 시작했다.

"대체 왜 울어?"

"그러는 넌 대체 왜 날 비웃은 건데?"

"비웃은 거 아냐. 정말 아냐. 그냥 간지러워서, 그래서 그런 것 같아. 아무것도 아냐." 나는 상대가 비이성적으로 굴 때 쓰는 말투로 말했다.

"넌 병신이야." 로라가 대꾸했다.

"로라, 나 너 비웃은 거 아냐. 우리가 홀딱 벗고 한 시간 동안 나란히 진흙탕에 누워 있다가 집에 가고 있다고 생각하니까 그냥 웃음이 나왔던 거야."

"내려." 로라는 차 문을 열면서 차분하게 말했다.

"로라, 나 아무 짓도 안 했어!"

"컬런, 미안하지만 난 네가 찾는 창녀가 아냐. 이제 내려."

"로라." 나는 차 밖에 서서 열린 창문에 대고 말했다. "우리가 한 일 때문에 웃은 거지, 널 비웃은 게 아냐. 나, 창녀 찾고 있는 것도 아니야. 그런 거 좋아하지도 않아. 한번도 만나 본 적도 없고!"

"어련하겠어. 잘 지내, 병신아."

로라가 차 문을 쾅 닫고 급하게 출발하는 바람에 흙먼지 구름이 일었다. 나는 흙먼지에 휩싸여서 콜록콜록 기침을 했다. 흙길을 걸으며, 나답지 않게 용기를 내서 지나가는 차를 얻어 타고 집까지 5킬로미터 가까운 거리를 달리는 상상을 했다. 또 이가 달랑 한 개뿐인 트럭 기사가 나를 태우고 친구나 취미 등 이것저것 묻는 상상도 했다. 그랬더니 불안해졌다. 다시 로라 피시가 옷을 홀딱 벗고 강으로 뛰어들던 걸 떠올리곤 빙그레 웃음을 짓는 순간, 트럭 한 대가 속도를 높여 다가오더니 내 옆에 멈춰 섰다. 나는 또 흙먼지 때문에 콜록거렸다. 겨우 앞을 보니 로라의 열다섯 살짜리 남동생 조 에디 피시였다. 녀석은 열세 살 때부터 불법으로 운전을 하고 다녔다.

"누나가 그러는데, 형 정말 재수 없는 놈이래." 개가 큰 소리로 말했다.

"네 누나가 미친 거야." 나는 참지 못하고 대꾸했다.

"그 말 한 번 더 해 볼래?" 녀석이 말했다.

“딱 1분만 얘기 좀 하자, 응?” 그 우스운 상황에 웃음이 나오려는 걸 참으며 내가 말했다.

“그 주둥아리로 그럴싸하게 둘러대겠지.”

“조 에디, 너 정말! 그렇게 말하면 마음이 편하냐?”

“조용히 해, 컬런. 이 씨, 지금 너 겁주는 거야!” 녀석이 짜증 냈다.

“조 에디, 넌 우리 집 마당에서 스프링클러 틀어 놓고 좋아라 뛰어놀던 녀석이야. 그러니 겁내기가 힘들지.” 내가 웃으면서 말했다.

“에이 씨, 컬런 형. 한 대 때려 주기로 했단 말이야.” 녀석도 웃었다.

“정말 그럴 생각이었냐, 조 에디?” 나는 물었다.

“그럴 수 있을 것 같았는데.”

“그러지 말고, 나 집에 좀 데려다 주라.”

“빨리 타.”

집에 오는 길에 모든 걸 털어놓으며 나도 녀석도 웃었다. 녀석은 자기 누나가 누군가 무슨 말만 하면 과민하게 반응하는 게 엄마랑 똑 닮았다고 했다. 내가 녀석과 가브리엘이 이제 같이 노는 사이가 아니어서 아쉽다고 하자, 녀석은 자기하고 놀기에는 가브리엘이 너무 똑똑하다고 했다.

“같이 있으면 내가 돌머리란 생각이 들어. 근데 그건 개 잘못이 아니잖아. 우리는 그냥 수준이 다른 거야, 그치?” 조 에디와 그렇게 어른스러운 대화를 나눈 건 처음이란 생각이 들었다. 그리고 사람들 때문에 녀석도 자기가 멍청하다고 느끼지만, 실제로는 그렇게 멍청한 애가 아니라는 생각도 들었다.

"태워 줘서 고맙다." 안전벨트를 풀며 내가 말했다.

"컬런 형, 미안해."

"뭐가?"

그 말이 입에서 떨어지자마자 오른쪽 눈에 조 에디의 주먹이 날아왔다. 순간 눈앞이 번쩍했다. 몇 초 동안 별들이 반짝거렸다. 트럭에서 내리는데 맞은 부위가 점점 더 쑤시고 머리가 지끈지끈 아프기 시작했다. 그래도 비틀비틀 집으로 걸어갔다. 조 에디 피시는 자기 딴에는 누나의 명예를 지킨 것이다. 누나가 제정신이 아니라고 생각하면서도 말이다. 그래서 걔한테 화가 나지 않았다. 원칙이 있는 녀석이었다. 내가 이런 말을 아무한테나 하는 건 아니다. 다음 날 로라 피시는 복도에서 헤죽거리며 내 옆을 지나갔다. 내 눈가는 자줏빛이었다. 루커스가 능글맞게 웃으면서 팔꿈치로 내 팔을 쿡쿡 찔렀다. 가브리엘은 휘파람으로 영화 「록키」의 주제곡을 불었다.

러셀 퀴트먼의 운명이 결정되고 나니 그동안 좀비 판타지를 꿈꾸면서 러셀의 머리를 산산조각 냈던 것에 크게 죄책감이 들었다. 그건 그렇고, 주름치마를 비롯해 그동안 에이다 테일러를 떠올리며 부풀려 왔던 환상에 대해서는 죄책감이 점점 줄어들었다. 7월의 어느 토요일 아침 편의점에서 일하면서도 나는 에이다에 대한 몽상에 빠져 담배 진열대를 정리하고 있었다. 내 몽상은 누군가 가게에 들어서면서 멈췄다. 딸랑.

"어서 오세요." 나는 담배 진열대에 시선을 고정한 채 말했다.

"머리 잘라야겠네." 누군가 내 뒤에서 말을 걸었다. 여자애였는데, 내가 모르는 목소리였다.

"머리를 왜 잘……." 그렇게 말하면서 돌아보는데 에이다 테일러가 내 앞에 서 있었다. 우리 사이에는 나무로 만든 녹색 계산대와 버거운 어색함이 자리 잡고 있었다.

"너무 길었잖아. 파도타기 선수 같아 보이고 싶거나, 뭐 그런 거야?" 에이다가 농담을 했다.

"아니." 나와 태연하게 대화하는 에이다를 보고 도무지 할 말이 떠오르지 않았다.

"너 지금 이상해, 컬런 위터." 에이다는 환하게 미소 지으면서 말했다.

"아, 이렇게 보게 될 줄 몰랐거든. 그뿐이야." 나는 떨면서 말했다.

"음, 너 만나러 왔어. 괜찮다면." 에이다는 갑자기 불안해 보였다.

"좋아. 어떻게 지냈어?" 나는 근무 중에 찾아온 사람이 지금껏 안녕 말고는 한 마디도 건네 보지 못한 어여쁜 여자애란 사실을 애써 외면하며 있는 용기 없는 용기 다 짜내서 말했다.

"네 동생 얘기를 오래전에 들었는데 널 만날 기회가 안 생겨서 여기 온 거야." 장난스럽던 에이다의 말투가 사뭇 진지해졌다.

"아, 괜찮아. 그렇다고 이렇게까지 할……."

"필요가 있지." 에이다는 말을 잘랐다. "그 얘기 듣고 몇 주 동안 그 생각 했고, 너희 가족 모두 그 애 찾는데 도와주지 못해서 너무 미안했어. 전화라도 걸어서 안부를 묻거나 만나러 와야 했는데, 그러진 못하고 생각만 해서 마음이 안 좋아."

"에이다." 나는 말했다. "우린 서로 아는 게 별로 없잖아. 괜찮아." 나는 이때도 비이성적인 사람에게 이야기할 때 쓰는 말투를 썼다.

"우리가 친구 사이도 아니고, 이게 멍청한 짓이란 것도 알아. 하지만 이렇게 해야겠단 생각이 들어서 어쩔 수가 없었어. 방금 릴리에 도착하자마자 바로 여기로 온 거야."

에이다의 눈에는 지난 몇 주 동안 "안타깝다."라거나 "너희 가족을 위해 기도하고 있어."라고 말했던 그 누구보다 더 진실함이 어려 있었다. 이 예쁘고, 재능 있고, 영리한 여자애가 그동안 정말 나와 내 가족, 내 동생을 걱정했다. 에이다는 **진짜** 마음을 썼던 것이다. 갑자기 나는 서 있기조차 힘들었다. 서서히 뒷걸음쳐 뒤에 놓인 금속 의자에 앉았다. 눈을 감았다. 두 손이 떨렸다.

"컬런?" 에이다가 작게 말했다. "괜찮아?"

대답하려고 하니까 토하고도 싶고 소리 내 울고도 싶어졌다. 하

지만 에이다 테일러 앞에서 그러고 싶지는 않아서 대답하지 않았
다. 그저 머리를 숙여 무릎 위에 포갰다. 몸이 흔들릴 정도로 떨리
기 시작했다. 에이다가 팔 하나로 내 어깨를 감싸는 게 느껴졌다.
에이다는 내 옆 바닥에 무릎을 꿇고 앉았다. 내가 세상에서 제일
좋아하는 사람이 죽었을 거라는 생각에 울음을 터뜨린 건 그때가
처음이었다.

79. 여자애들을 울리는 일.

캐벗 시어시

에녹서에는 하느님의 권좌를 지키는 아사셸과 그가 이끄는 천사 200명이 인간 여자들을 내려다보다가 사랑에 빠져 이 세상에 내려왔다고 되어 있다. 타락한 천사들은 이 세상 여자들과 관계를 맺어 자식을 낳는데, 이 자식들은 네피림이라는 엄청난 거인으로 자라 인간의 재산을 모두 써 없애고 급기야 그걸 막지 못한 인간마저 먹어 치운다. 네피림은 새, 짐승, 파충류, 물고기들을 파괴한 후 자신들끼리 살육하여 그 살과 피를 먹는다. 그리고 타락한 천사 그리고리(또는 파수꾼)들은 남은 인간들에게 전쟁, 점성술 같은 기술과 허영 등을 가르치기 시작한다. 바로 그때 무법천지가 된 세상에서 죽은 이들의 울부짖음이 하늘까지 닿았다. 하느님은 자신의 왼손인 가브리엘에게 세상으로 내려가서 그 난장판을 끝내라고 명한다. 그래서 가브리엘은 천사 미카엘, 우리엘, 라파엘과 함께 네피림들끼리 전쟁을 벌이도록 유도한다. 이때 네피림들의 아버지인 그리고리들은 지상에서 저지른 죄에 대한 대가로 영원히 지옥에 묶여 있게 된다.

이제 하느님은 에녹의 증손자인 노아에게 지상에서 거대한 홍수가 타락한 인간들을 쓸어 버릴 터이니 가족과 동물들을 구하라고 지시한다. 그리고 에녹은 죽지 않고 하느님의 부름을 받아 천사 메타트론으로 바뀐 후 하느님의 권좌를 지키고 글쓰기 기술을 발명하며 하느님 말씀을 지상에 전한다.

캐벗 시어시는 룸메이트가 자살했다는 소식을 듣자마자 부모님 집 욕실에 들어가 얼굴에 물을 끼얹었다. 거울에 비친 뺨에 눈물이 흘러내리는 걸 바라보았다. 벤턴은 크리스마스 날 종탑에서 뛰어내릴 애가 아니라고 생각했다. 하지만 그 일은 실제로 일어났고 이제 그는 대학교 1학년 2학기를 친구 없이 혼자 다니게 되었다. 캐벗은 얼굴을 닦은 후 눈과 어깨에 힘을 주고 욕실에서 나왔다. 여동생 메건이 캐벗을 멈춰 세우고 사자처럼 으르렁거리더니 발톱으로 그의 가슴을 할퀴는 시늉을 했다.

자신이 상관할 바가 아닌데도 캐벗은 벤턴 세이지의 가족이 벤턴의 물건을 가지러 오길 2주나 기다렸다. 하지만 아무도 오지 않았다. 그래서 자신 몫이 아닌 방 나머지 반쪽에 있던 짐을 상자에 담기 시작했다. 짐을 정리해 버리면 친구의 죽음으로 심란한 마음이 어느 정도 정리될 것 같았다. 정리를 시작하고 이튿째 되던 날 천천히 벤턴의 물건을 살피던 캐벗에게 종이테이프와 검은 매직펜으로 표시된 사진첩 하나가 눈에 띄었다. 겉에 '가족'이라고 쓰여 있었다.

거기에는 여느 사진첩과 비슷하게 마당이나 풀장 같은 데서 놀던 어릴 적 사진이 몇 장 들어 있었다. 10대 벤턴이 소파에서 여동생들과 나란히 앉아 있거나 숙제를 하다가 카메라를 보고 우스꽝스러운 표정을 짓는 사진도 몇 장 있었다. 벤턴이 그네에 거꾸로 매달려 있고 벤턴의 엄마가 그 곁에서 무표정한 얼굴로 벤턴을 바라보는 사진도 있었다. 벤턴의 아버지가 등장하는 사진은 딱 한 장밖에 없었다. 넓고 힘 좋아 보이는 어깨에 정장을 입고 넥타이를 하고 콧수염을 말끔하게 다듬은 모습이었다. 벤턴은 아버지 옆에 살짝 거리를 두고 서 있었는데 두 사람의 표정에는 불편한 미소 같은 것이 감돌았다. 사진첩 맨 뒤에는 벤턴이 키가 아주 크고 바싹 마른 흑인 남자와 함께 서서 찍은 사진이 있었다. 남자는 마치 벤턴의 몫까지 다하려는 듯 환하게 미소 지으며 벤턴의 어깨를 꼭 감싸고 있었고, 벤턴은 실눈을 뜨고 가볍게 히죽 웃고 있었다.

상자 세 개에 벤턴의 물건을 모두 담고 나니 공간이 남았다. 그래서 마지막으로 벤턴의 침대에서 시트와 침대보를 벗겨내기 시작했다. 전부 정리되면 아래층에 가지고 가서 혹여 누군가 벤턴의 부모님에게 부쳐 줄 사람이 있는지 찾아볼 생각이었다. 그런데 맨 밑에 깔린 시트를 잡아 빼다가 매트리스 밑에 일기장 같은 것이 끼어 있는 걸 발견했다. 판지로 표지를 만들어 제본한 길쭉하고 작은 공책이었는데 겉이 고무 밴드로 묶여 있었다. 캐벗은 공책을 침대 옆에 내려놓고 시트를 마저 정리해서 마지막 상자에 차곡차곡 집어넣었다. 그러고는 침대에 앉아 물끄러미 공책을 내려다보다가 마침내 공책을 집어 들어 자신의 침대 옆에 내려놓았다. 다시 집어 들었다가, 또 내려놓았다. 그러고는 주로 책과 CD가 담긴 첫 번째 상자를 1층으로 옮겼다. 캐벗은 방으로 돌아오자마자 공책이 놓인 곳으로 다가갔다. 고무 밴드를 벗겨 내고 첫 장을 펼쳤다. 검은색 잉크로 쓴 굵은 글씨가 나타났다.

경고: 다음 장부터는 일기가 됐건 단상이 됐건 아주 우울하고 냉소적이고 비통한 내용이 담겨 있을 게 확실함.

캐벗은 공책을 몇 장 훑어보다가 여기저기 벤턴이 사색한 내용이 적힌 것을 보곤 웃음 지었다. 여기저기서 주워들은 짤막짤막한 문구에서부터 시청한 TV 프로그램과 만난 사람들 얘기까지 대중없이 적혀 있었다. 첫 번째 기록이 대학 입학 3개월 전 것이어서 앞쪽은 대충 넘기며 지나갔다. 그러다 캐벗이 벤턴과 처음으로 만났을 때의 기록을 찾아냈다. 47쪽의 상단 구석에 이렇게 적혀 있었다.

오늘 새 룸메이트를 만났다. 어지간히 좋은 애 같아 보였다. 절대 화나게 해서는 안 되겠단 생각이 들기는 했지만.
걔가 나를 좋아하는 것 같은데, 잘된 일이다. 걘 벌써 옆방 여자애들한테 수작을 걸기 시작했다.

캐벗은 소리 내 웃었다. 공책을 덮고 두 번째 상자를 들고 낑낑대며 복도를 지나 다시 1층까지 계단을 걸어 내려갔다. 마지막 상자를 들어 올리기 전에 벤턴의 공책을 상자 속 침대 시트 위에 던져 넣고, 상자째 계단 아래로 옮겼다. 앞서 상자 두 개를 갖다 놓은 1층 사무실 바깥 자리에 마지막 상자를 내려놓고 나서, 캐벗은 공책을 얼른 집어 뒷주머니에 찔러 넣고 자리를 떴다. 방에 돌아와서는 침대 옆 탁자 서랍에 공책을 넣고 잠자리에 들었다.

1773년, 스코틀랜드 탐험가 제임스 브루스는 에녹서 사본 하나가 소실되지 않고 에티오피아에 전해 내려온다는 소문을 듣는다. 브루스는 에티오피아에서 고대 에녹서 세 권을 발견해서 유럽으로 가져오고, 이것을 옥스퍼드 대학 교수 리처드 로런스 박사가 영어로 번역한다. 에녹서는 그때까지 거의 천 년 동안 사라지고 없다고 알려져 있었다. 힘 있는 신학자들이 그 책이 이단이라고 주장

하고 모두 갈가리 찢거나 태워 없애라고 명했고 교회에서도 금서로 지정했기 때문이다. 나중에 에녹서는 사해 문서(사해 서북쪽 연안의 동굴 등지에서 발견된 히브리 어로 된 구약 성경 —옮긴이)에서 발견되었는데, 예수가 태어나기 전에 쓰인 것으로 확인되었다. 예수도 인류의 파멸과 최후의 심판에 대해 설명하면서 그 책을 언급했다고 한다. 에녹서는 한때 신약 성서에 딸린 책으로, 출처가 불분명하거나 애초에 비밀리에 기록된 것으로 생각되었고 대부분의 기독교도와 유대교 신학자들이 신뢰성에 의문을 제기하거나 완전히 부인하기까지 했다. 하지만 이 책을 기독교 성경에 포함시키는 교파가 하나 있다. 바로 에티오피아 정교회이다. 에티오피아 정교회는 정통파 유대교와 함께 엄격한 기독교식 수행을 따르는데, 아디스아바바의 라밀이나 이사도라 데스타처럼 이를 믿는 신도들이 약 4,000만 명에 이른다.

캐벗 시어시는 가벼운 마음으로 책장을 휙휙 넘겨 가며 겨우 이틀 밤 만에 벤턴 세이지가 남긴 아주 재미난 기록을 다 읽었다. 캐벗을 두고 "실제보다 훨씬 똑똑해 보인다."라고 묘사한 부분을 읽을 때는 큰 소리로 웃었다. 공책이 채 반도 차 있지 않아서, 캐벗은 잠시 망설인 끝에 비어 있는 부분의 첫 장에 무언가 써넣기로 결심했다. 캐벗은 한참 책가방 바닥을 더듬어 마침내 펜 하나를 찾아내 입으로 뚜껑을 열고 글을 쓰기 시작했다.

벤턴 세이지는 크리스마스 날 종탑에서 뛰어내려 죽었다. 그 애가 가슴 아프게 그리울 거다.

캐벗은 그러고 나서 공책을 어떻게든 처리해야겠다고 마음먹었다. 죽은 사람의 물건을 소지하고 있다고 생각하니 자못 불편했고, 그 때문에 연달아 이틀 밤잠을 설친 것 같았기 때문이다. 캐벗은 공책을 원래대로 고무 밴드로 묶어 두려다가 다시 공책 오른쪽 모서리에 엄지손가락을 댄 채 빠르게 넘겨 보았다. 몇 년 전에 교회에서 할아버지 한 분이 내던 것 같은 소리가 났다. 한데 끝부분에서 뭔가 얼핏 보인 것 같아서 또 한 번 빠르게 넘겨 보았다. 그러다 손을 멈추고 뒷부분을 한 장 한 장 넘기자 검은색 잉크로 쓴 글이 나타났다.

천사들이 타락시킨 지상을 치유하라. 그리고 인간 세상을 치유했노라 선언하라. 질병을 치료할 수 있다고, 파수꾼들이 누설하여 제 아들들에게 가르친 모든 비밀 지식 때문에 인간의 자식들이 모두 파멸하는 일을 이제 피할 수 있게 되었다고 선언하라. 아사셀이 가르친 짓들로 온 세계가 타락하였으니 아사셀이 모든 죄악의 뿌리일지어다. —에녹서 10장 7~8절

빌로니아 클라인

아빠가 일손을 놓는 바람에 집에 돈이 말라 버려서, 우리 가족은 1년에 두 번씩 나가던 릴리 제일 연합 감리 교회가 모금해 지역 은행 계좌로 넣어 준 기부금을 받기로 했다. 아빠가 만든 웹사이트는 결국 몇몇 병신들이 내 동생을 헛본 소식을 올리거나 인근의 다른 주에서 살림하는 아줌마 몇 명이 '깊은 유감' 따위나 전하는 게시판 노릇밖에 하지 못했다. 루커스는 탐정 노릇 끝에 이제껏 내가 본 중에 가장 편집증적인 사람이 되어 버렸다. 그리고 엄마는 마침내 깨달았다. 엄마가 머리를 형편없이 잘라도 안쓰러운 마음에 눈 감아 주는 손님이 더 이상 없으리라는 사실을 말이다.

반면에 나는 에이다 테일러와 함께 지내면서 이상하게도 안식을 얻었다. 에이다가 단추 풀린 청반바지에 비키니 상의를 입은 예쁜 애인 줄로만 알았는데, 알고 보니 아주 다른 면이 많았다.

"가브리엘은 아마 자다 깨서 그냥 '될 대로 되라지.' 이러고 아무 열차나 집어 탄 거야. 모르긴 해도 뉴멕시코나 그런 데 가 있는 거고." 자기 무릎을 베고 누운 내 머리를 손가락으로 빗질하듯 쓸어내리면서 에이다가 말했다.

"그럴 애가 아니야."

"그게 아니면." 에이다는 계속했다. "처음부터 정부 스파이였고, 러시아 같은 데 포로로 잡혀 있는 거야. 네 동생이 아마 이 별에서 제일 위험한 사람일 거야!" 그러고는 킥킥 웃었다.

"그럴지도."

"가출한 거면 좋겠어, 컬런?" 에이다는 여전히 명랑한 목소리로 말했다.

"하늘이 열려서 개가 그 안으로 날아 들어간 거였으면 좋겠어."

"그럼 나도 그랬길 빌게." 이렇게 말하곤 내 이마에 입맞춤했다.

그다음 주 어느 순간엔가 나는 깨달았다. 에이다 테일러가 내게 관심과 애정을 보이는 이유가 오로지 동정심 때문이라 할지라도 나는 에이다를 미친 듯 사랑하고 있다는 걸. 루커스는 나에게 에이다를 계속 만났다간 어떻게든 결국 사달이 날 거라고 했다. 어차피 살아갈 이유가 딱히 없으니 상관없다고 하자 녀석은 꼬박 이틀을 나와 말도 않고 지냈다. 하지만 얼마 안 가서 푸시시 웃는 얼굴로 메나 프레스콧과 함께 우리 집에 다시 나타났다.

"미안해, 컬런, 그땐 화가 나서 그랬어." 루커스가 바닥을 내려다보고 말했다.

"괜찮아 루커스. 넌 가끔씩 화내도 돼."

"어휴, 니들 뽀뽀하고 커밍아웃 해야겠다!" 메나가 팔짱을 끼고 머리를 갸우뚱하면서 소리쳤다.

"음, 너 보는 데선 안 되지." 루커스가 농담을 했다.

"맞아. 너 극장에서 잠들었을 때 하려고 아끼는 거야." 내가 이렇게 말하고 윙크를 했다.

"알았어, 그만해. 닭살 돋아." 메나가 말했다.

그해 여름 언제부터인가 나는 메나 프레스콧에게 진정으로 감사하게 되었다. 난 어지간해선 그런 마음을 먹지 않는다. 가브리엘이 사라진 후 메나는 일주일에 못해도 한 번은 밤에 종이 가방 가득 식료품을 싸 들고 우리 집에 나타나서 후식을 포함한 저녁 식사 전체를 차려 냈다. 엄마 미장원에서 수고비도 마다하고 일을 도왔고, 『릴리 일보』편집자를 들볶아서 가브리엘이 발견될 때까지 1면에 사진을 싣게 만들었다. 얼마나 들볶았기에 일이 성사되었나 싶었지만, 우리는 묻기가 망설여지기도 했고 또 그저 고마울 뿐 크게 궁금하지도 않아서 그냥 있기로 했다. 우리 가족을 위한 메나의 행동이 고마울수록 개의 사투리나 과장된 행동이 점점 덜 눈에 거슬렸다. 메나를 정말로 사랑하는지는 잘 모르겠지만, 루커스도 내가 편의점에서 진열대에 담배를 정리하거나 바닥을 대걸레로 닦을 때 계산대에 앉아 노닥거리는 대신 메나와 점점 더 많은 시간을 보내는 듯했다.

도로는 전혀 도로답지 않게 외롭고 황량했다. 여자 친구 집을 떠나 밤 12시 5분 전에 차로 그곳을 달리면서 개가 실제 인간이 아닐지도 모른다는 생각이 들어서 더 그렇게 느껴졌을 것이다. 내 상상의 산물, 즉 힘든 상황에 맞선 나의 생각과 행동을 지배하게 된 심리저 수단에 불과하다는 생각이었다 나는 동생 생각을 하기 시작했다. 녀석이 밤에 차 안에 있을 때마다 창문을 내리고 창가에 머리를 옆으로 기대고는 하늘을 보며 좋아하는 노래를 흥얼거리던 모습이 떠올랐다. 동생은 종종 노래에 푹 빠져들곤 했다. 책도 마찬가지라는 건 손때가 묻은 채 늘 그 애 뒷주머니에 꽂혀 있던『호밀밭의 파수꾼』을 봐도 알 수 있었다. 그건 녀석이 열두 살 때 내가 큰 소리로 읽어 줬던 책이다. 떠나기 바로 전주에 가브리엘은 그 책을 열한 번 읽었다고 했다.

집에 돌아와서 나는 그 책을 찾아보려고 가브리엘의 방에 들어갔다. 책은 서랍장 맨 위 서랍 속, 빈 지갑과 잡지 한 권 옆에 놓여 있었다. 잡지에는, 나는 전혀 들어 본 적이 없지만 가브리엘은 아마 통달했을 밴드나 음악가들 관련한 기사들이 실려 있었다. 책에는 녀석이 마지막으로 읽다 만 부분이 종이를 접어 만든 책갈피로 표시되어 있었는데, 거기를 펼치자 책갈피가 바닥에 떨어졌다. 나는 동생 사생활 따위는 안중에도 없이 책갈피를 집어 접힌 데를 펼쳐 보았다. 그러자 휘갈겨 쓴 글이 나타났다. 겨우 알아볼 수 있을 정도로 글씨를 못 쓰는 건 나와 동생의 또 다른 공통점이었다. 책갈피에 적힌 내용은 이랬다.

우리를 데리러 오셨군요. 모든 게 가네, 모든 게 가네. 우릴 재창조하려고. 모든 게 자라네, 모든 게 자라네. 우리에겐 우리 사고방식이 있지요. 모든 게 알고 있네, 모든 게 알고 있네. 우리를 찾으셔야 했군요. 모든 게 가네, 모든 게 가네.

동생은 다른 할 일이 없을 때면 그때그때 머릿속에 맴도는 노랫말을 글로 적곤 했다. 대개는 내가 한 번도 들어 보지 못한 노래였다. 책갈피에 적힌 노랫말은 한 남자가 친구와 차를 타고 시카고에 가다가 어느 주차장에서 자는 이야기였다. 1년 반쯤 전에 노랫말이 가득 적힌 공책을 본 적도 있다. 동생의 머릿속에 맴도는 노래들이었다. 녀석은 절대 소리 내어 부르지 않았고 의무라도 되는 양 열심히 적기만 했다. 나도 녀석이 하는 것처럼 누군가와 아주 재미나거나 깨달은 바가 많은 대화를 나누고 나면 책 제목을 적는 공책에 기록해 두곤 했다. 동생이 실종된 다음 날, 릴리 경찰서에서 경찰관 랜싱 아저씨와 나눈 대화도 그랬다.

"어제 오후에 동생을 봤다고 했는데, 맞아?"

"예. 동생 방에 앉아 있었어요." 난 로봇처럼 대답했다.

"무슨 얘기 했니?"

"새요."

"새?" 랜싱 아저씨가 얼른 되물었다.

"예, 실은 햄버거 얘기하고 있었어요."

"햄버거? 새가 아니고? 무슨 얘기였는데?"

"나사로 햄버거 얘기요. 그게 왜 3번 햄버거에서 치즈만 뺀 건지 도요." 나는 힘없이 웃었다.

"대단한 메뉴는 아니야, 그렇지?" 랜싱 아저씨는 심각한 표정을 걷어내고 농담하듯 말했다.

"그냥 3번 메뉴죠." 나는 고개를 끄덕이며 말했다.

웨브 박사님에 따르면, 행방불명된 형제를 둔 애들은 이상한 분노를 경험하기도 한다고 한다. 사라진 형제가 모든 관심을 독차지하고 있다는 이유만으로 그 아이에게 아픈 분노를 느낀다는 것이다. 아이가 어른들 눈에 띄고 싶어서 몸이 아픈 척하는 뮌하우젠 증후군처럼 이상한 현상이다. 그런데 이 말은 꼭 해 둬야겠다. 가브리엘이 사라졌던 그때, 나는 누구한테도 관심받기를 원하지 않았다. 오히려 관심을 너무 많이 받아서 언짢았다. 상점이나 식당 같은 곳에서 낯선 사람들이 나를 보던 시선이야말로 그해 여름에 내가 가장 싫어한 것이었다. 내가 어디 들어가거나 사람들 옆을 지나가면 그들은 미리 연습해 두고 기다렸다는 듯이 고개를 폭 숙이거나 옆 사람에게 고개를 돌리고 "쟤가 걔 형이래.", "쟤 동생 아직 못 찾았대. 불쌍하지.", "쟤는 잘 견디는 것 같은데 쟤 엄마는 제정신이 아니래." 따위의 말을 했다.

그해 여름 제정신이 아닌 사람은 엄마가 아니었다. 아빠였다. 큰돈을 들여 개설한 사이트로 건진 건 하나도 없이 시간만 낭비하고 나서, 아빠는 행방불명된 아동 및 청소년을 다룬 서적을 한 권 한 권 읽어 나가기 시작했다. 반면에 엄마는 겉보기에 만사 오케이였다. 제정신이 아닌 건 아빠와 마찬가지였지만, 그걸 대놓고 드러내지는 않아서 주변 사람들이 덜 불편했고 그만큼 본인도 참아 내기가 수월했을 가능성이 컸다.

동생이 사라진 지 6주하고도 하루째 되던 날, 아빠는 빌로니아 클라인이라는 여자를 데리고 와 거실 한쪽에 앉혔다. 나, 엄마, 루커스와 메나는 모두 거실 반대편에 서서 여자를 바라보았다. 아빠는 누가 봐도 어색하게 "내 생각에 가브리엘 찾는 일을 도와줄 수 있는 사람"이라고 여자를 소개했다.

"뭐라고요?" 엄마가 물었다.

"세라, 클라인 씨는 영성가셔."

"여보, 제발." 엄마가 끼어들었다.

"엄마." 나는 엄마의 팔을 쿡쿡 찔렀다.

"우릴 도와주시겠다고 했어. 몇 가지 질문을 하신다니까 우리 모두 믿고 따라 보자, 알았지?" 아빠 목소리는 차분하고 확고했다.

"좋아요." 엄마가 말했다.

"물론이죠." 나도 말했다.

루커스 케이더와 메나 프레스콧은 아무 말 없이 나만 봤는데, 금방이라도 웃음을 터뜨릴 것도 같고 집 밖으로 뛰쳐나갈 것도 같은 표정이었다. 하지만 둘은 아무것도 하지 않았다.

"우선 가브리엘의 셔츠가 있어야 해요. 제일 좋아하는 티셔츠나, 뭐든 자주 입던 걸로요." 클라인 씨의 말투는 내 예상보다는 정상인에 가까웠다.

아빠는 가슴팍에 크게 '핑크 플로이드'라고 적힌 티셔츠를 건네주었다. 가브리엘이 가장 좋아한 티셔츠였다.

"좋아요. 아주 좋아하는 취미나 스포츠, 뭐 그런 거 있었나요?" 우리 모두를 애써 한눈에 올려다보며 클라인 씨가 말했다.

"책을 많이 읽었어요." 자신이 이 일에 가담하는 걸 조용히 허락해 줬으면 한다는 눈으로 엄마를 보면서 루커스가 편치 않은 목소리로 말했다.

"맞아요. 음악도 많이 들었어요." 아빠가 덧붙였다.

"자, 봅시다……." 클라인 씨는 눈을 감고 잠시 생각했다. "아이가 제일 좋아했던 책 아무거나 가져와 봐요. 마지막으로 읽었던 책도 좋고요. 그럼 여기서 시작할게요. 상관없죠?"

아빠의 말대로라면 네 건의 실종 사건을 해결하는 데 기여했다는 빌로니아 클라인은 동생의 티셔츠와 『호밀밭의 파수꾼』, 지난해에 학교에서 찍은 사진을 양손에 쥐었다. 그러고 나서 눈을 감았다. 우리 모두는 각자의 자리에 불편하게 선 채 앞뒤로 건들대면서 치켜뜬 눈으로 서로를 흘끔흘끔 바라보았다. 나는 입술을 깨문 채 엄지손가락에 나머지 손가락을 하나씩 갖다 대기를 하고, 또 했다.

"영리한 애였군요." 클라인 씨가 고통스러운 정적을 깼다.

"그랬죠." 아빠가 대답했다.

"재밌는 애이기도 했고요. 그렇죠?"

"맞아요." 루커스가 말했다.

"아이를 마지막으로 본 곳이 어디인가요?"

"걔 방이요." 내가 말했다.

"좀 볼 수 있을까요?" 가브리엘의 물건들을 손에 쥔 채 일어서면서 클라인 씨가 말했다.

클라인 씨는 가브리엘의 침대에 걸터앉아 오른손을 벌레처럼 꿈틀거리며 침대 위 베개를 살짝 매만졌다. 엄마와 아빠만 몸을 반쯤 방 안에 들이민 채 서 있었고 나머지 우리는 복도에 서 있었다. 클라인 씨는 침대에 몸을 눕히고 내가 마지막으로 동생을 보았을 때 동생 머리가 놓여 있던 곳에 머리를 내려놓았다. 이때 우리는 모두 슬며시 조금 앞으로 나아갔다가 다시 제자리로 돌아와 그 모습을 지켜보았다. 그 여자가 눈을 감고 아주 느리게 흥얼거리기 시작했다. 「천국으로 가는 계단」(영국의 록 밴드 레드 제플린의 대표곡으로,

원제는 ‘Stairway To Heaven’이다—옮긴이)을 부르고 있는 것이 분명했다. 나는 루커스를 보았다. 루커스는 화가 나 있었다. 메나는 조바심이 나는 듯, 한 손으로는 루커스의 손을 잡고 다른 한 손으로는 자기 머리카락을 배배 꼬고 있었다. 엄마는 기가 막히면서도 한편으로는 안쓰럽다는 표정으로 아빠를 보았다. 빌로니아 클라인이 일어서서 다시 한 번 정적을 깼다.

“이 아인 종교가 있었어요, 맞죠?” 클라인 씨가 큰 소리로 물었다.

“왜 그렇게 생각하시는데요?” 엄마가 물었다.

“여기서 여러 번 기도를 했거든요.”

아빠 볼에 눈물 한 방울이 주르륵 흘러내렸다. 엄마가 더 가까이 다가서서 아빠의 어깨 위에 한 손을 올렸다. 루커스 케이더는 뒤에서 내 어깨에 이마를 갖다 대고 있다가 훌쩍거리더니 복도를 성큼성큼 걸어 밖으로 나가 버렸다. 메나가 그 뒤를 쫓았다. 나는 그대로 서 있었다. 빌로니아 클라인의 연푸른색 눈동자를 들여다보면서 조금 더 가까이 다가갔다.

“찾을 수 있겠어요?” 내가 부드럽게 물었다.

“물 근처엔 없단다.” 클라인 씨가 분명하게 말했다.

“그거예요? 알아낸 게 그게 다예요?” 나는 더 가까이 다가갔다.

“여기다 기운을 많이 남겨 놓았네. 기가 센 아이였나 봐.”

나는 혼자 복도를 걸었다. 그때는 아무런 소리도 들은 기억이 없다. 귀가 너무 웅웅거려서 아무 소리도 안 들렸던 것도 같다. 그때 현관문이 벌컥 열리며 바깥벽에 부딪혔다. 나는 현관 앞 계단을 거칠게 걸어 내려갔다. 루커스와 메나는 바닥에 앉아 땅바닥을 내려다보고 있었다. 나는 둘을 그냥 지나쳤다. 두 손으로 머리 양옆을 움켜쥐고 머리칼을 쥐어뜯듯이 뒤로 당겼다가 다시 얼굴을 감쌌다.

“뭐래, 컬런?” 루커스가 조용히 물었다.

나는 아무 말도 하지 않았다.

“컬런, 앉을래?” 메나가 말했다.

나는 앉지 않았다.

“컬런!” 루커스가 일어서서 내 두 팔을 잡고 나를 살짝 흔들었다.

“그 여자가, 가브리엘이 기가 센 애**였**대!” 눈물은 이제 그렇게 외치는 내 입 안까지 흘러 들어왔다.

“뭐?” 내 두 팔을 잡은 채 루커스가 물었다.

“가브리엘이 기가 센 애였대.” 나는 흐느꼈다. “센 애였다고.” 나는 바닥으로 쓰러졌고 루커스도 나를 놓지 않고 함께 쓰러졌다. 우리는 잔디밭에 앉았다. 메나가 서서 우릴 내려다보았다.

“컬런, 그 여자가 아는 게 뭐 있겠어?” 루커스가 속삭이듯 말했다. “그 여잔 몰라. 그 여잔 모른다니까.”

“근데 아는 거면 어떡해?” 내가 물었다.

“아냐, 몰라.”

루커스는 희미하게 웃으며 나를 바라보았다. 나는 셔츠 깃으로 눈가를 닦고 일어섰다. 내가 현관 아래 마지막 계단에 가 앉으니 루커스와 메나도 따라와 앉았다. 나는 소리 내 웃기 시작했다. 그 때까지도 입에서는 눈물 맛이 났고 콧물도 그대로 흐르고 있었다.

"뭐가 우스워?" 메나가 물었다.

"점쟁이가 집 안에 있고 난 현관에서 울고 있는 꼴이라니."

"그래서?" 루커스가 말했다.

"대체 이 황당한 일들이 어느 지경까지 가나 싶어서."

"음." 루커스가 말하기 시작했다. "어제 두 사람이 나사로를 봤다고 했대. 트럭 앞에 날아와 앉았고, 디젤 차 뒤로도 날아갔고, 19번 고속도로 위로도 날아가는 걸 봤대. 이 정도면 황당한 것도 갈 데까지 간 거지?"

"응. 적어도 난 남들처럼 있지도 않은 새를 보지는 않아." 불과 6주 전에 그 새와 가짜 대화를 나눈 걸 기억하면서도 난 그렇게 말했다.

엄마 아빠가 쿵쾅거리며 집 밖으로 나오고 그 뒤를 따라 점쟁이가 행방불명된 동생의 티셔츠와 책을 든 채 따라 나온다. 얼른 일어서서 엄마의 눈을 살피며 세 사람이 어딜 가는지 의아해한다. 가장 친한 친구를 보니 녀석마저 그 끔찍한 연기를 사실로 믿는지 울음을 참느라 안간힘을 쓰는 티가 난다. 그는 엄마 뒤를 따라간다. 엄마는 돌아서서 말한다. "네 동생 찾으러 간다." 그러고는 아빠 트럭 뒤칸에 올라탄다.

제일 친한 친구와 메나 프레스콧을 손짓해 불러서 둘을 트럭 뒷
좌석에 먼저 태우고 벌써 꽉 차 버린 자리를 비집고 앉아 힘겹게
차 문을 닫는다. 마을을 지나갈 때 창밖을 내다본다. 차창 유리에
이마가 짓눌려 납작하게 붙어 있다.

80. 상점에서 본 낯선 이들의 표정.

파수꾼들

　도서관 여자 사서는 캐벗 시어시에게 운 좋게도 셴텔 교수가 세 학기 전에 신학 수업에서 에녹서를 강의한 덕분에 7층 신학 분야 서가에 가면 그 책을 볼 수 있다고 말해 주었다. 캐벗은 웃으며 고개 숙여 고마움을 표시한 후 엘리베이터 앞에 서서 문이 열리기를 기다렸다. 그는 엘리베이터에 타서는 손에 들고 있던 작은 종잇장을 다시 읽어 보았다. 에티오피아 정교회 성경에만 에녹서가 들어 있다. 에녹서는 비밀 저술이다.

　그날 아침, 인간 해부학 수업을 포기하고 한 시간은 족히 연구해서 알아낸 내용이었다. 이윽고 엘리베이터 문이 열렸다. 조용하지만 당당한 걸음걸이로 열람실 뒤쪽 구석을 향해 가면서 캐벗은 말

없이 그를 쳐다보는 몇몇 눈들과 마주쳤다. 캐벗은 서가 앞에 쭈그리고 앉아, 서가에 꽂힌 책들을 손가락으로 하나하나 짚어 가며 제목을 빠르게 훑어 내렸다. 마침내 찾던 책을 발견한 캐벗은 그 두껍고 무거운 걸 힘껏 들고 근처 탁자에 가 앉았다. 그리고 남의 눈에 띄면 안 되거나 해서는 안 될 일을 하는 사람처럼 두리번두리번 주변을 살피다가, 마침내 책을 펼쳤다.

에티오피아 정교회 성경은 출간된 현대 성경 중 포함하는 정전(正典)의 규모가 가장 크다. 캐벗 시어시는 조지아 주에서 자라며 남부 침례 교회를 다녔기 때문에 그때까지 에티오피아 정교회 성경에 대해 들은 바가 거의 없었다. 캐벗은 목차에서 '제1에녹서'의 쪽수를 확인한 후 해당 쪽을 펼쳤다. '제1에녹서'보다 '에녹서(The Book of Enoch)'로 더 많이 불리는 그 책은 크게 다섯 부분으로 나뉘어 있었는데, 바로 파수꾼 편, 우화 편, 천국의 달인 편, 꿈과 환영 편, 에녹 서한 편이었다. 캐벗은 자신도 모르게 벤턴이 남긴 인용문을 찾기 위해 10장을 펼쳤다. 10장은 파수꾼 편에 들어 있었기 때문에 주로 그 부분을 집중해서 보았다.

책은 군데군데 노란색 형광펜으로 표시되어 있었다. 그래서 그날 아침 자신을 도서관까지 오게 한 문장들을 찾아 한 단어 한 단어 읽을 때는 한쪽 눈을 찡그리고 봐야 했다. 그런데 '천사들이 타락시킨'이라고 된 부분은 형광펜 위에 검은 펜으로 동그라미까지 쳐져 있었다. 또 그 문장 한참 아래에 적힌 문장 하나도 형광펜으로 동그라미 쳐져 있었다.

타락자들과 파수꾼 자식들의 영혼을 모두 파괴하여라. 인간을 더럽힌 자들이다.

그리고 같은 쪽의 더 아랫부분에도 똑같이 표시된 문장들이 있었다.

너희 세상에서 모든 압제를, 모든 부당함을, 모든 죄악과 신에 대한 불경을 일소하라. 세상에 더럽혀진 모든 것을 파괴하여 지상에서 사라지게 하라.

그 아래쪽에 무언가 적혀 있었는데 글씨가 너무 작아 실눈을 뜬 채 얼굴을 책에 바싹 갖다 붙이고 봐야 했다. 그렇게 해서 필기체로 갈겨쓰기까지 한 검은색 글씨를 간신히 읽을 수 있었다. 천사들이 인간에게 너무 많은 걸 가르쳤다고 한다. 그런데 가르치는 걸 멈추지 않았으면 어땠을까?

문득, 에녹서에 적힌 글씨와 벤턴 세이지의 일기에 적힌 글씨를 비교해 봐야겠다는 생각이 들었다. 그리고 실제 비교해 보니 둘이 매우 닮은 걸 알고 캐벗은 기뻐했다. 벤턴이 죽으면서 남긴 과업을 자신이 물려받은 느낌이었다. 정당한 이유가 있는 임무였다. 그것은 존재의 배후에 놓인 진실 찾아 나서기였다. 캐벗은 문득 스스로 중요한 인간이라도 된 듯, 어떻게 하면 인류를 구해 낼 수 있을지에 골몰하는 자신을 깨달았다.

'파수꾼 편'을 읽은 후 캐벗은 자신이 벤턴이 휘갈겨 쓴 메모에 숨겨진 의미를 이해한다고 믿기 시작했다. 캐벗은 천사들의 타락에 대해, 그리고 노아에게 명하는 하느님과 대홍수에 대해 읽었다. 이미 가지고 있던 성경에 더해 에티오피아 성경까지 다 읽었다. 창세기를 읽다가 에녹서를 읽었고, 다시 에녹서를 읽다가 창세기를 읽기도 했다. 천사들이 인간에게 전쟁 기술을 가르쳤으며 점성술과 해부학을 가르쳤다는 이야기를 읽었다. 천사의 아이들이 제멋대로에다 야만스러운 짐승처럼 변해 갔다는 이야기도 읽었다. 그리고 마음속으로 벤턴의 퍼즐을 짜 맞추기 시작했다. 벤턴의 일기에서 퍼즐의 전체 그림과 잘 맞아 떨어지지 않는 게 한 가지 있었는데, 그건 벤턴에게 환영으로 나타난 하느님과 천사 가브리엘, 커다란 새 한 마리였다. 캐벗이 확실히 아는 거라곤 벤턴의 환영에서 하느님이 벤턴에게 맡긴 일을 이제 자신이 수행해야 한다는 것뿐이었다. 자신이 어떻게든 세상을 바꾸어야 했다.

"노아가 왜 방주를 만들어야 했는지 얘기해 줄게." 다음 학기가 시작되고 어느 날, 캐벗이 새 룸메이트에게 말했다.

"뭐라고?" 침대에 누워 비디오 게임을 하던 척 스토파드가 물었다.

"대홍수 말이야. 왜 하느님이 대홍수를 일으키고 노아는 방주를 만들어야만 했는지 말해 준다고."

"해 봐." 척 스토파드는 비디오 게임에서 눈을 떼지 않은 채 말했다.

"인간들이 너무 영리해졌기 때문이야. 그 타락한 천사들이……."

"타락한 천사들?" 척이 끼어들었다.

"맞아. 그 타락한 천사들이 지상에 내려와서 이 세상 여자들하고 같이 자기 시작했어. 그리고 인간에게 싸우는 법이나 과학과 천체, 인체 지식 같은 걸 죄다 가르쳤고. 하느님이 그걸 내려다보고 생각한 거야. '인간들이 천사한테서 너무 많은 걸 배우고 있어. 힘이 너무 세지기 전에 중단시켜야겠어.' 그래서 천사들을 없애 버리라고 가브리엘을 보내고, 좀 있다가 노아하고도 이야기하고 홍수를 일으켜서, 너무 영리해진 인간들을 모조리 죽여 버린 거야."

"아." 척은 귀찮은 듯 대꾸했다.

"맞아, 미친 짓이야. 내 생각도 그래."

"엄청 미친 짓이네." 척이 비웃듯 말했다.

"생각해 봐. 가브리엘이 멈추지 않았으면 인간은 지금보다 훨씬 영리했을 거야. 모르는 게 없는 거지. 전쟁 끝내고, 질병 치료하고, 그런 것 모두." 침대에 누워 있던 캐벗은 가슴팍에 올려놓은 성경을 휘리릭 넘겼다.

“캐벗.” 척 스토파드가 침대에서 말했다.

“왜?”

“난 무신론자야.” 인류의 잠재력에 대한 캐벗 시어시의 이론을
더 이상 듣고 싶지 않았던 척은 그렇게 둘러댔다.

세상에서 제일 단순한 진리

우리는 나무들을 깨끗이 베어 내어 고대의 쓸쓸한 전쟁터처럼 변해 버린 들판에 서 있었다. 잔디는 대부분 말라 있었고, 갈색이던 흙도 잿빛으로 변해 있었다. 살아남은 한 그루 나무는 앙상하기 그지없어서, 마치 악몽을 꾸는 어린아이를 위에서 내려다보는 괴물처럼 굽어 있었다. 빌로니아 클라인은 우리 앞에 서서 양팔을 한껏 벌린 채 두 눈을 감고 입술을 바르르 떨면서 엄청 중요한 내용인지 완벽한 허풍인지 모를 얘기를 웅얼거렸다. 루커스는 들판에서 점쟁이가 땅과 대화하는 걸 바로 코앞에서 들을 때 지을 법한 표정으로 나를 보았다. 메나 프레스콧은 엄마 손을 붙잡고 있었고 아빠는 트럭에 기댄 채 중얼거리는 여자에게 시선을 고정하고 있었다. 빌로니아 클라인은 100미터 가까이 걸어 나가더니 우리 쪽으로 방향을 틀었다. 그리고 갑자기 눈을 떴다. 양 어깨를 뒤로 확 젖히고는 양손을 옆구리에 갖다 붙였다.

"그 애가 여기 있어요." 여자는 자기 발밑의 땅을 가리키면서 우리에게 겨우 들릴 만한 목소리로 말했다.

"여기요?" 엄마가 양팔로 주변 땅 전체를 가리키며 물었다. "아니면 거기요?" 이번에는 빌로니아 클라인 밑을 가리켰다.

"여기요." 빌로니아가 자기 밑을 가리키며 다시 말했다.

놀랍게도 그때까지는 아무도 울지 않았다. 아무 말도 하지 않았다. 루커스가 아빠를 바라보았고 아빠는 나를 흘끔 보더니 트럭 뒤로 가서 삽을 한 자루 꺼내 내 앞에 툭 던졌다. 그리고 삽을 한 자루 더 꺼내서 오른쪽 어깨에 걸머메고 여자를 향해 갔다. 루커스 케이더가 내 쪽으로 와서 삽을 집어 들더니 말했다. "트럭에 가 있어." 나는 시키는 대로 했고 메나 프레스콧도 내 뒤를 따랐다. 엄마는 트럭 보닛에 걸터앉아 아빠와 루커스가 죽은 땅을 파는 걸 바라보았다. 빌로니아 클라인은 땅 파는 곳 가까운 흙바닥에 앉아서 두 사람이 한 삽 한 삽 땅을 파낼 때마다 점점 넓고 깊어지는 구멍을 지켜보았다.

아빠의 트럭 뒷좌석에 앉아 제일 친한 친구의 여자 친구가 기댈 수 있게 어깨를 내준 채, 친구와 아빠가 동생을 찾기 위해 지구에 서서히 구멍을 내는 걸 지켜본다. 그러면서 빌로니아 클라인이 자리에서 일어서고, 긴 치마에서 흙을 떨어내고, 구멍 안으로 들어가는 모습을 머릿속에 그려 본다. 상상 속에서 그 여자가 지저분하고 피가 묻은 티셔츠를 들고 나온다. 여자는 옷가게에서 엄마가 아이에게 하듯 티셔츠를 펼쳐 가슴팍에 대어 본다. 검은색에 한가운데 흰색으로 크게 그려 넣은 천사 그림이 있는 티셔츠다. 마지막으로 보았을 때 가브리엘 위터가 입고 있던 거다. 빌로니아 클라인은 땅 위에 티셔츠를 살포시 내려놓고 두 남자가 삽질을 하는 사이로 다시 구멍에 들어간다. 이윽고 다시 걸어 나온 여자의 손에는 청바지가 들려 있는데, 무릎엔 풀과 흙이, 발목 부분에는 피딱지가 붙어 있고, 구멍이 난 주머니는 실밥이 풀려 너덜너덜하다. 그 바지 역시 마지막으로 보았을 때 가브리엘 위터가 입고 있던 거다. 여자는 바지를 티셔츠 밑에 가만히 내려놓은 후 허공으로 두 손을 치켜들고 옷 주위를 천천히 돌면서 주문을 왼다. 그러자 여자 뒤로 벌거 벗고 더럽혀지고 머리칼은 피와 더께로 엉겨 붙은 가브리엘 위터가 나타난다. 군데군데 희고 말끔한 부분을 빼고는 피부가 온통 시 커멓다. 가브리엘은 트럭 쪽으로 몸을 돌리더니 이쪽을 똑바로 바라보고 보일 듯 말 듯 미소 짓는다.

"이럴 수가!" 집에 돌아오는 차 안에서 빌로니아 클라인이 낙담한 목소리로 말했다.

"뭐가요?" 엄마가 물었다.

"땅을 덜 판 거예요. 다시 돌아가야 해요." 빌로니아는 팔짱을 꼈다.

"클라인 씨, 부탁인데 도착할 때까지 제발 아무 말씀 말아 주시겠습니까?" 이마 한가운데 길게 난 뗏자국도 지우지 않은 아빠가 대놓고 말했다.

"3미터도 넘게 팠을걸요." 조용히 말하는 루커스의 코에서는 그때까지도 땀이 뚝뚝 떨어졌다.

엄마는 여느 아내처럼 아빠를 노려보더니 이윽고 고개를 돌려 나를 바라보았다. 그리고 한 손을 뒤로 뻗어 내 손등을 빠르게 두 번 토닥거리고 다시 앞쪽을 향했다. 메나 프레스콧은 차창에 머리를 기대고 자고 있었다. 루커스 케이더는 자신의 청바지 무릎에서 마른 흙을 떨어냈다. 빌로니아 클라인은 입술을 앙다물고 창밖을 내다보았다. 그 여자는 꼭 바비큐 파티에 가는 어린아이처럼 엄마 아빠 사이에 앉아 있었다. 그 모습을 보고 있자니 왠지 슬퍼졌다.

내가 상상한 게 동생의 좀비건 뭐건 간에 그 일로 나는 러셀 퀴트먼을 연상하게 되었고 다시는 러셀을 보지 못할 거라고 생각했다. 러셀은 여전히 플로리다의 병상에 누워 있었고 나도 여전히 러셀의 전 여자 친구와 엄마 차 뒷자리에서 키스하고 더듬고 했다. 사귀기 시작한 직후에 에이다가 내게 딱 한 번 말하기를, 러셀 퀴트먼이 무지 멍청하기는 해도 실은 자기가 아는 사람 중에서 가장 예민한 축에 든다고 했다.

“걘 이상한 것 때문에 울곤 했어.” 에이다는 이렇게 말했다. “길가에 죽어 있는 개나 자기 할머니랑 비슷한 냄새 같은 거에.”

“둘이 헤어질 때 러셀이 울었어?” 내가 에이다에게 물었다.

“아기처럼 울었지.”

“그랬겠지.” 내가 농담을 했다.

“너라면 안 그러겠어?”

“그때 가 봐야지.” 나는 분명하게 말했다.

“뭐! 무슨 뜻이야, 그건?”

“두고 봐야 안단 말이지.”

에이다 테일러는 오직 루커스 케이더와의 우정만이 나로 하여금 그 미쳐 버릴 것 같은 여름날들을 견디게 해 주는 것 같다고 말했다. 그것 말고도 루커스 케이더에 대해 이야기할 게 더 있다.

녀석의 아빠는 녀석과 형에게 앞마당에서 싸워 보라며 돈을 쥐여 주는 술주정뱅이였다. 걔 엄마는 말을 거의 하지 않는데 어쩌다 입을 열면 뜻하지 않게 아주 슬픈 이야기로 빠지는 부류였다. 남편이 어린 두 아이를 때려도 그냥 내버려 두는 여자였기 때문에 나는 개네 엄마와 굳이 시간을 들여 알고 지내는 사이가 되려고 하지 않았다. 자기 엄마에 대해서라면 루커스도 나와 비슷했다. 루커스의 아빠는 루커스가 아홉 살 때 한밤중에 가족을 떠났다. 그리고 3년 후, 루커스의 형도 아빠와 똑같은 알코올 의존증 환자가 되어 가던 중에 자동차 사고로 불에 타 죽었다. 고등학교 2학년이 될 때까지 루커스는 같은 학년 여자아이들 전부, 그리고 학교 여자애들 대부분과 사귀어 보았다. 그렇지만 대개는 나와 함께 시간을 보냈고 일주일에 못해도 나흘 밤은 내 방 바닥에서 잤다. 루커스는 모든 면에서 나와 아주 잘 맞았고 나는 전혀 성적인 사심 없이 루커스를 사랑했다. 루커스는 가브리엘 일로 나보다 더하지는 않았어도 나 못지않게 상심했다.

루커스가 또 한 번 나를 구해 주고 있는 것 같다는 에이다의 이야기를 듣고, 내가 녀석을 위해 한 일은 대체 뭘까 생각해 보았다. 녀석을 도와준 일이 단 하나도 기억나지 않았다. 차로 어딘가 데려다 준 적도, 멍청한 양아치로부터 보호해 준 적도, 심지어 녀석이 사촌을 잃었을 때나 녀석의 형이 사라졌을 때 제대로 위로해 준 적도 없었다. 한 가지 일이 해결되면 또 다른 일로 도움을 청하는 내 독특한 능력 말고는 녀석이 다른 이유로 나를 필요로 했던 때가 기억나지 않았다.

"루커스." 어느 날 밤 내가 침대에서 방바닥을 향해 말했다.

"어?"

"넌 왜 내 친구냐?"

"질문이 멍청하네."

"왜? 정답이 없어서?"

"없지. 사람이 왜 잠자고 일어나면 기지개를 펴냐, 아니면 왜 무서우면 깜짝 놀라냐고 묻는 거나 마찬가지거든." 루커스는 잘라 말했다.

“뭐?”

“그냥 당연한 거야, 컬런. 넌 그냥 내 친구야. 그게 다야. 설명이 필요 없어.”

“그러니까, 네가 내 친구인 이유는 그냥 네가 내 친구이기 때문이란 거야?” 나는 웃었다.

“맞아. 난 그냥 그래. 그게 세상에서 제일 단순한 진리야.”

81. 악몽의 잠자리.

“가브리엘이 이젠 더 이상 장난감이 좋지 않다고 했던 때 기억 나니?” 어느 날 아침, 엄마가 내게 ‘이상하게 향수에 빠져들고 지난날이 생각난다.’ 하는 표정으로 말했다.

“응.”

“그 액션 영화 캐릭터 인형들을 가방에 다 주워 담는데, 모르긴 해도 100개는 됐을 거다.”

“최소한 100개지.” 내가 덧붙였다.

“내 기억에, 중고 시장 열렸을 때 종이 가방 한 개에다 스무 개쯤 넣어서 50센트 받고 팔았어. 그런데 가브리엘은 눈 하나 깜짝 안 하더라. 그때 벌써 마음의 준비를 단단히 했던 거야.”

“무슨 준비?”

“어른이 될 준비.” 엄마가 대답했다.

"그런 것 같네."

"넌 어릴 때도 장난감을 가지고 놀질 않았어. 맨날 마당에 나가서 이상한 이야길 꾸며내고 상상으로 해적이나 괴물하고 싸우면서 놀았지. 정말 귀여웠는데."

"내가?" 나는 물었다.

"다중 인격자 보는 것 같았어." 엄마가 웃으며 말했다.

"고마워, 엄마."

루커스가 릴리로 이사 와서 내 친구가 되기 전까지 나는 대개 동생하고 놀거나 혼자 시간을 보냈다. 가브리엘은 밖에 나가거나 수영하는 일 따위를 별로 좋아하지 않았다. 그냥 집 안에 틀어박혀서 책 읽고 TV 보고 다 자란 척하는 걸 좋아했다. 반대로, 나는 다 자라서 어른이 된 것 같은 느낌이 싫었다. 하루 종일 목이 쉬도록 크게 소리 지르는 걸 좋아했고, 이웃집 마당에서 스프링클러가 뿜어 대는 물줄기 사이를 뛰어다니다가 집까지 흙을 묻혀 와서는 거실 한가운데서 개처럼 젖은 머리를 털어 대는 걸 좋아했다. 교회에서는 동생을 꼬드겨 게시판에다 '틱택토 놀이'(가로세로 3칸짜리 표에 두 명이 번갈아 가며 O나 X를 써서, 둘 중 하나를 가로, 세로, 대각선상에 빠짐없이 놓이게 하는 놀이—옮긴이)를 하려고 했지만, 갠 늘 내 말은 안 듣고 설교 중인 목사님을 가리켰다. 한번은 동생이 내게, 하느님은 이 세상 최고의 음악가 같다고 말했다. 하느님이 자연의 모든 소리를 조합하고 지미 핸드릭스(미국 출신의 전설적인 기타리스트—옮긴이) 같

은 사람에게는 그만의 손가락을, 존 레넌(가수이자 작곡가로, 영국의 록
밴드 '비틀즈'의 멤버―옮긴이) 같은 사람에게는 그만의 두뇌를 주기
때문이라고 했다.

"그리고 하느님은 최고의 작가이기도 해." 가브리엘이 내게 말
했다.

"그건 왜?"

"훌륭한 작가들에게 저마다 직접 부딪치고 글로 써서 해결해야
하는 문제를 주잖아. 천재성을 주는 거지."

동생은 키가 180센티미터 정도였다. 빗을 절대 쓰지 않아 머리
는 늘 덥수룩했다. 머리를 감고 그냥 수건으로 미친 듯 털어 말리
다가 머리칼이 대충 자리 잡으면 그걸로 끝이었다. 녀석은 보통 음
악 밴드가 그려진 티셔츠나 중고품 가게 같은 곳에서 찾아낸 셔츠
를 입었다. 색이 바랜 청바지나 작업복 같은 갈색 디키스 브랜드
바지 말고는 다른 걸 입는 걸 본 기억이 없다. 동생은 단 한 번도
스케이트보드를 타지 않았고 기타도 배우려고 하지 않았다. 동생
의 눈동자는 나랑 닮은 파란색이었는데, 하늘같이 연한 색이 아
니라 추수 감사절에 나눠 주는 플라스틱 달걀같이 짙은 파란색이
었다. 동생은 나와 보조개가 들어가는 것도 닮았다. 나보다 눈썹이
짙고 코가 작은 것만 빼면 나와 쌍둥이라고 해도 믿을 만했다. 내
가 녀석보다 1.5센티미터가량 작았고 키가 큰 조지프 삼촌은 이미
돌아가셨기 때문에 가브리엘이 우리 집안에서 가장 키가 컸다.

동생이 사라진 후부터 나는 거의 매일 개가 입던 티셔츠를 입었다. 정확히 무엇 때문에 그랬는지 모르겠다. 솔직히 그것 말고도 그때 내가 했던 행동이나 말 중에서 대체 무엇 때문에 그래야 했는지 제대로 설명할 수 있는 건 한 가지도 없다. 동생은 리비 트루엣 말고는 친구가 한 명도 없었기 때문에 실종된 지 7주가 지난 어느 날 오후에 나는 리비를 찾아가기로 했다. 그로부터 2주 전에 개를 보기는 했다. 그때 리비는 교회에서 내 앞자리에 앉아 있다가 천천히 고개를 돌리고는 안부를 물어 왔다. 목사님 설교 시간에는 땅돼지 그림을 그려서 내게 건네주기도 했다.

똑똑.

현관문이 열리고 머리를 뒤로 묶은 리비가 내 앞에 나타났다. 푸른 눈으로 나를 빤히 쳐다보는 게 놀란 듯 보였지만, 내가 찾아온 게 전혀 뜻밖이라는 얼굴은 아니었다. 그보다는 **컬런 오빠 제발, 나쁜 소식만은 아니길**, 하는 얼굴이었다.

"컬런 오빠!" 리비는 힘주어 말했다.

"잘 지내니, 우리 아기?" 나는 리비 트루엣을 늘 우리 아기라고 불렀다.

"응, 그냥." 리비는 웃으며 말했다. "들어와, 얼른." 리비는 내가 들어설 때까지 문을 붙잡고 있다가 거실로 들어가는 나를 뒤따라왔다. 나는 연두색 소파에 앉았다. 리비가 나를 마주하고 흔들의자에 앉자, 그것은 원래 멈추지 않는 의자처럼 앞뒤로 계속 흔들렸다. 그때마다 삐걱거리는 소리가 났는데, 우리가 서로를 바라보며 상대방이 무언가 말하기를 기다릴 때 그 소리는 귀에 좀 거슬렸다.

“지금도 편의점에서 알바해?” 리비가 물었다.

“아, 하지. 앞으로도 한 40년은 더 거기서 그러고 있을 게 분명해.” 나는 우스갯소리를 했다.

“대학교는 정했어? 루커스 오빠는 아칸소 대학교에 간다던데, 오빠도 같이 가는 거야?”

“아직은 잘 모르겠어. 갈 수도 있고, 안 갈 수도 있고. 좀 오래 생각하면 꼭 머리가 아파 와서.” 나는 대답했다.

“그래. 힘든 결정이지.”

“맞아. 근데 난 그런 거 잘 못 하잖아.”

나는 리비에게 정확히 언제 동생 이야길 꺼내야 할지 몰라 망설였다. 아마 리비도 똑같은 생각을 했던 듯하다. 우리는 내가 글쓰기를 배울지, 아니면 작가가 되기를 원했던 다른 많은 사람들처럼 작가 대신 교사가 될지에 대해 좀 더 이야기했다. 난 선생님이 될 만큼 참을성이 없다고 했고, 리비는 얼마간 간호 학교에 갈 생각을 하다가 피 보는 걸 못 참겠다는 생각이 들어서 그만뒀다는 이야기를 했다. 우리는 슬프게도 다른 이야기도 아니고 그 피 이야기를 하다가 가브리엘 이야기로 접어들었다.

“울고 싶어도 참을 수 있지?” 나는 최대한 자상하게 물었다.

“애써 볼게.” 리비가 살짝 웃음기 있는 얼굴로 대답했다.

“좋아, 고마워.”

“오빠도 안 울 거지?”

“난 원래 잘 안 울어.”

“근데, 나하고 무슨 얘길 하고 싶은데?”

“내 동생, 행복했어?” 나는 단도직입적으로 물었다.

“그게 무슨 말이야?”

“걔가 행복했냐고.” 난 다시 물었다.

“그런 것 같았어.”

“내가 보기에도 그런 것 같았는데, **진짜로** 행복했느냔 말이지.”

“릴리에 사는 다른 열다섯 살짜리들 만큼은 행복했다고 생각해. 적어도 불행하진 않았던 것 같고, 그냥 만족해하고, 오빠도 알잖아?” 리비는 손톱을 물어뜯으며 말했다.

“넌 행복해?”

“그랬었지.” 리비의 얼굴에서 핏기가 가셨다. 눈에선 생기가 사라졌다. 새어 나오는 울음을 억누르려고 애쓰는 여자애 목소리가 되었다.

바로 그 순간, 나는 여느 때와는 정반대로 내 동생이 가장 좋아하는 친구를 껴안을 수밖에 없었다. 미리 말해 두지만 나는 연애 감정을 느끼지 않는 상대를 껴안는 걸 좋아하지 않는다. 또, 사람들과 악수하는 것, 몸이 닿을 정도로 가까이 앉는 것, 다른 이의 숨결이 내 피부에 느껴지거나 하는 걸 정말 좋아하지 않는다. 여러분이 이 중에 한 가지라도 좋아하는 부류라면 나는 굳이 그걸 이해하는 척하지 않을 거다. 리비는 내 예상보다 더 강인해서 허물어질 듯한 기색을 전혀 보이지 않았고 눈물 한 방울도 흘리지 않았다. 얼굴을 내 목에 바싹 갖다 붙이고 나를 꼭 끌어안은 채 그 자리에서 움직이지 않고 조용히 있다가, 남자애들이 누군가를 껴안았던 손길을 풀 때 그러듯 내가 등을 두어 번 토닥이자 그때서야 몸을 움직였다.

리비 트루엣을 만나고 돌아오는 차 안에서 라디오를 켜지만, 들을 만한 게 하나도 없다. 조용한 차 안에서 동생이 리비의 방 바닥에 앉아 리비에게 키스하자고 졸라 대는 모습을 상상한다. 동생이 리비의 무릎에 가만히 손을 얹고 눈을 감은 채 윗몸을 수그리며 리비의 입술이 제 입술에 닿기를 기다리는 모습을 그려 본다. 아무 일도 없자 동생은 발개진 얼굴로 일어서서는 가능한 한 리비와 멀리 떨어져서 그쪽을 보지 않으려고 한다. 리비가 방을 가로질러 가 양팔로 동생의 목을 감싸 안더니 꼭 껴안는다. 그리고 동생에게 사랑한다고 말한다. 동생도 리비에게 사랑한다고 말한다. 동생은 리비뿐만 아니라 아는 사람 모두를 사랑한다.

엄마는 누군가의 머리를 자를 때면 혀를 반쯤 내밀고 혀끝을 입술 안쪽으로 말아 올려 깨물면서 접힌 부분을 힘주어 밖으로 내미는 시늉을 했다. 내가 그날 오후 미장원에 앉아서 엄마가 그러는 걸 지켜보고 있을 때 옆에 가브리엘이 있었다면 녀석은 얼른 "엄마, 혀." 하고 말했을 거고, 그러면 엄마는 좀 당황한 얼굴로 혀를 집어넣은 후 다시 엘모어 아줌마 머리에 스프레이를 뿌렸을 거다.

그와 비슷하게, 아빠도 무언가에 집중할 때면 무슨 일이 됐건 무지 복잡한 일이라는 인상을 주려는 듯 아랫입술을 깨물고 실눈을 떴다. 팬케이크를 만들 때, 엄마 차의 엔진 오일을 교환할 때, 조간 신문을 읽을 때 그랬다. 페리 형사가 소파에서 우리를 마주하고 앉아 조사 결과를 이야기하던 날도 마찬가지였다.

"몇 가지 단서를 바탕으로 수사를 하고는 있습니다만, 솔직히 말씀드려서 모두 별다른 진전이 없습니다."

"진전이 없다고요?" 아빠가 페리 형사의 말을 받아 똑같이 되물었다. 이것도 아빠가 무언가에 집중할 때 하는 행동이었다.

"네. 그동안 저희가 할 수 있는 건 다 해 봤어요, 샘(새뮤얼의 애칭—옮긴이). 전화 한 통화, 편지 한 장 안 빠뜨리고 실마리는 전부 추적했죠. 이번 건은 정말 어렵네요." 페리 형사는 진짜 실망한 얼굴이었다.

"페리 씨, 모두들 아주 수고 많으셨습니다. 저희가 희망을 버리지 않으려고 애쓰는 거 아시죠? 저흰 여전히 낙관합니다." 아빠가 말했다.

"샘." 엄마가 아빠한테 뺨을 한 대 맞은 것 같은 표정으로 말했다. "저 사람들이 한 일, 손톱만큼도 없어요."

“세라, 제발. 할 수 있는 일은 다 한 거지. 노력에 대해선 감사해야 해.” 아빠는 형사에게 고개를 끄덕이고 엄마를 팔로 감싸 안았다.

“저, 사모님, 이번 건은 절대 종결된 게 아닙니다. 제일 유능한 형사들을 몇 명 배정해 두었고요, 믿으실지 모르지만 저희도 희망적입니다. 하지만 지금으로서는 제가 할 수 있는 일을 다 했다는 거지요.”

“저희도 압니다. 알고말고요.” 아빠가 이렇게 말할 때 엄마 눈에는 눈물이 그렁그렁했다. 나는 엄마 옆에 조용히 서 있었다.

“모두들 저희 형사들한테 친절하게 해 주셔서 감사드립니다. 다른 일로 왔다면 릴리에 머무는 게 아주 즐거웠을 겁니다.” 페리 형사는 일어나 아빠와 악수했다.

부모님과 나는 함께 나가서 차에 타는 페리 형사를 배웅했다. 차가 마당 진입로를 나설 때 우리 가족의 표정에서 같은 감정이 읽혔다. 부서진 희망과 예민함. 그건 살갗에 닿는 공기나 발이 땅에 닿는 소리가 하나하나 느껴질 때의 기분과 비슷했다. 내가 현관으로 걸음을 옮길 때 엄마가 내 뒷목에 손을 갖다 대자 움찔했던 것도 그런 느낌 때문이었다. 마음의 상태라기보다는 어떤 일에 대한 신체의 반응이라고 해야겠다. 동생 문제가 해결될 가능성이 전혀 없다는 현실에 우리의 신체는 그렇게 반응했다.

편의점에서 페리 형사의 방문에 대해 이야기하자 루커스 케이더는 우선 냉장고로 가더니 문을 열고 안으로 머리를 들이밀었다.

그러고는 내가 서 있던 계산대로 되돌아와 그 일은 별거 아니라고 했다. 우린 서로 껴안지도 않았고 아침 드라마에서나 봄 직한 그 기묘한 상황에서 시청자로서 예상할 만한 다른 어떤 이야기도 나누지 않았다. 우리는 웃으면서 아침밥을 먹으며 나눴던 이야기, 그러니까 에이다 테일러가 왜 나를 만나는지에 대한 이야기를 더 자세하게 이어 나갔다.

"그래서, 걔가 널 정말 좋아한다는 거야, 아님 그게 다 동정심 때문이라는 거야?"

"날 진짜 좋아하는 것 같아. 하지만 어쩌면 그걸 내가 진짜 바라기 때문에 그래 보이는 건지도 몰라. 그래서 잘 모르겠어."

"진짜일 거야. 걔, 장난칠 부류는 아닌 것 같아."

"맞아. 꽤 솔직해." 나는 동의했다.

"컬런, 난 그저 네가 아직 죽지 않고 살아 있다는 게 고마울 따름이다." 녀석이 웃으며 말했다.

"음, 만일의 경우를 대비해서 자동차나 강 근처는 피하고 있어." 나도 농담으로 맞장구쳤다.

"그래서, 걔가 혹시라도 그 남자애들 얘기 해? 다들 망가지는, 그 소문 얘기?"

"딱 한 번. 언젠가 공원에서 그네에 앉아 있는데 나더러 자기가 무섭냐고 했어."

"넌 뭐라고 했어?"

“‘내가 왜 무서워해?’ 그랬지.”

“그랬더니?”

“걔가 이러더라. ‘내 팔자가 사나워서.’”

“팔자가 사납다.” 루커스는 신의 계시라도 받은 듯 작은 목소리
로 말했다.

“근데 난 걔가 진심으로 그러는 건지 농담을 하는 건지 분간이
안 됐어. 그 말을 하고 나서 나한테 다가오더니 뺨에 뽀뽀를 했거
든. 잘 모르겠어. 걔 마음을 읽는 게 쉽지가 않아.”

루커스는 그 주 금요일 밤에 자기하고 메나, 나와 에이다가 모두
함께 나가서 데이트를 하자고 제안했다. 그렇게 놀면 ‘끝내줄’ 거
라고 했다. 루커스는 뭔가 내가 하고 싶어 하지 않는다는 걸 알면
서도 하자고 부추길 때 ‘끝내준다’는 단어를 쓴다. 자기 방 청소나
자동차 변속기 점검도 ‘끝내주는’ 일이다. 그래서 우리는 약속을
잡았다. 그런데 그날 저녁 준비를 마치고 나가려던 참에 집 전화벨
이 울렸다. 주방에서 엄마가 내게 수화기를 건네주었다.

“컬런?” 전화를 건 사람은 에이다였다.

“어?”

“너, 앨마 엠버하고 잤어?” 에이다는 분명하게 물었다.

“뭐?” 나는 어안이 벙벙했다.

“컬런, 잤냐고. 그것만 얘기해. 별거 아니야. 그냥 알아야 할 일
이 생겨서 그래.”

"잤어." 그래 봤자 잃을 건 없겠다 싶어서 그렇게 말했다.

"알았어. 음, 준비 다 됐어?"

"어, 루커스 차가 마당에 들어오고 있으니까, 5분이면 거기 도착할 거야."

"알았어, 이따 봐."

"이따 봐."

딸깍.

우리는 릴리의 건전한 10대들이 금요일 밤이면 찾아가는 자동차 극장에 갔고, 모두 함께 가게 앞에 줄을 서서 손으로 모기를 쫓으며 팝콘을 살 차례를 기다렸다. 영화 예고편이 나올 때 에이다가 내게 자꾸 앨마 엠버에 대해 물었지만, 나는 예고편에 집중을 하려고 최선의 노력을 다했다. 그런 나를 루커스가 곁눈질로 보았다. 녀석은 그 상황을 재미있어하고 있었다. 메나도 마찬가지였다. 쉼 없이 지껄이는 독특한 능력을 발휘해서 에이다로 하여금 내게 앨마 엠버에 대해 물어보도록 자꾸 부추겼기 때문이다.

"너희 둘, 사랑했어?" 에이다가 내 귀에 대고 속삭였다.

"아냐, 에이다."

"걔가 너 사랑했어?"

"에이다, 난 몰라. 다 지난 일이야." 나는 화가 났다.

"미안해." 에이다가 말했다.

"아냐, 괜찮아. 그냥 나중에 이야기하면 안 돼?" 에이다를 돌아

보며 내가 물었다.

"알았어."

영화가 꽤 재미있어서 집중할 만했는데 에이다가 먼저 내 몸을 더듬기 시작했다. 이게 릴리의 10대들이 금요일 밤이면 하는 또 하나의 일이었고, 루커스와 메나도 앞좌석에서 비슷한 걸 했다. 에이다가 내 셔츠를 벗기려고 할 때 내가 산책을 하자고 했다. 근처 언덕 위로 올라선 후 나는 땅바닥에 앉았다. 에이다도 내 옆에 앉았다.

"에이다."

"어?"

"이게 뭔지 알고 싶어."

"뭔지 알고 싶다니, 뭘?"

"우리 관계." 내가 말했다.

"모르는 게 더 낫지 않아? 그냥 서로 좋아하고 맨날 만나는 거야, 굳이 정의는 하지 말고."

"더 낫다고?" 나는 멍청한 표정으로 말했다.

"컬런, 너 나 사랑해?" 에이다가 불쑥 물었다.

"음." 나는 무언가 거짓말이 아닌 걸 말하려고 힘겹게 머릿속을 쥐어짰다.

"사랑해?" 에이다가 다시 물었다.

"사랑하는데?" 그래도 좋다는 허락이라도 구하듯 내가 말했다.

"너 나 사랑하지 않아." 에이다가 웃으면서 말했다.

"뭐?"

"넌 그냥 거짓말한 거야." 에이다가 일어서며 말했다.

"에이다, 그게 뭐가 중요해? 우리 사귄 지 몇 주밖에 안 됐잖아. 너무 진지하게 그러지 마." 멜로드라마 주인공처럼 굴다가 달라 보이고 싶어진 나는 짐짓 그렇게 말했다.

"진지한 건 너잖아. 거짓말이나 하고, 마을 여기저기에 몰래 섹스 파트너 만들어 놓는 것도 너고. 예전의 순진한 컬런 위터는 어떻게 된 거야?"

"누구 얘기야?" 나는 농담을 했다.

"그 주유소 알바생 있잖아, 창문 통해서 나 훔쳐보던."

"아, 걘 죽었을 거야."

"재미없거든?" 에이다가 다시 앉으며 말했다.

"재밌을 줄 알았는데." 내가 에이다의 어깨에 머리를 기대면서 말했다.

"넌 자기만 아는 바람둥이야." 에이다가 말했다.

"네가 만난 남자들 중에 최고로 친절한 애잖아. 잘 알면서 그래."

"그건 그렇다 치고." 에이다가 말했다. "그래도 이기적인 바람둥이야."

*

에이다 테일러네 집에서 일어나는 건 앨마 앰버네 집에서 일어나는 것과 아주 달랐다. 에이다가 내 귀에 대고 "일어나, 일어나." 하고 속삭이는 소리를 들으면서 나는 기지개를 켜고 늘어져라 한숨을 쉬었다. 일어나 앉는데 간밤에 끼고 잔 콘택트렌즈가 눈에 착 달라붙은 게 느껴졌고, 얼굴에 닿는 에어컨 바람은 불쾌했다.

"너 지금 가야 해." 에이다가 작게 말했다.

"어떻게?" 나도 속삭여서 말했다. "나, 차 안 가져왔잖아."

"걸어가. 나도 몰라."

"걸어가라고? 6킬로도 넘어." 내가 갑자기 크게 말했다.

"쉬—. 엄마 깨셔."

"몇 신데?" 나는 다시 목소리를 낮춰 물었다.

"5시 반."

"새벽?"

"그래. 얼른 일어나!"

"알았어, 알았어."

전날 밤 함께 잔 여자애 집을 창문으로 몰래 빠져나오는데 퍼뜩 떠오르는 기억이 있다. 방금 전 일어난 것과 비슷한 장면이 영화에 나올 때는 도무지 현실감이 떨어진다고 생각했던 기억. 그 생각을 하면서 혼자 웃다가, 6.5킬로미터가량 떨어진 집까지는 도저히 걸어갈 수 없는 거리라는 걸 깨닫고 웃음을 멈춘다. 마을에서 그 시간에 깨어 있을 유일한 사람은 바로 아빠다. 순간, 집으로 전화를 걸까 생각해 보지만, 마땅히 둘러댈 말이 떠오르지 않아 관둔다. '저, 아빠, 어떤 여자애 집에 있다가 하는 수 없이 몰래 빠져나왔거든.' 속으로 그렇게 말하면서 인도를 걷는데, 길가 어느 집 잔디밭에 놓인 장식용 플라스틱 거위와 사슴이 눈에 들어온다. 그러자 자연스럽게 떠오른 생각. 루커스 케이더에게 전화를 걸어 한 번만 더 구해 달라고 하자! 그거야말로 가장 손쉬운 해결책 같지만, 가던 길을 멈추고 보니 수중에 휴대 전화가 없다. 지금에 와서 에이다 테일러의 방 창문으로 다시 기어 들어갈 수도 없다. 아무 집에나 가서 현관문을 두드리고 질질 눈물을 짜면서 오도 가도 못하게 된 사정을 꾸며 댈 생각도 해 보지만, 그걸 진짜 해내지는 못하리라는 걸 스스로 잘 알고 있다. 결국 컬런 위터는 어쩔 도리가 없는 일은 좋게 받아들이기로 작정하고 걷기를 시작, 한 시간 15분 만에 집에 도착한다.

내 동생은 다른 사람들이 어법에 맞지 않게 말하는 걸 그냥 넘기지 못하는 버릇이 있었는데, 사실 그럴 때면 나도 무지 짜증이 났다. 걔는 사소한 것도 어김없이 지적하고, 고쳐 주고, 왜 틀렸는지 설명해 주었다. 상대가 설사 듣지 않아도 말이다. 그런데 그해 여름 문득, 내가 이상하게도 녀석의 그 버릇을 그리워하고 있다는 걸 깨달았다. 나는 방에 혼자 있을 때도 누군가 옆에 있는 것처럼

"우리들이 둘 다 안 갈 거야."라거나 "아까 오후에 잠깐 눈 좀 붙였었어."라고 크게 소리 내어 말했다. 방 안에 흐르는 정적을 느끼고서야 비로소 내게 틀린 부분을 바로잡아 줄 동생이 없단 사실을 새삼 깨달았다. 그럴 때면 나는 짐짓 동생인 척하며 "우리 둘 다 안 갈 거야.", "아까 오후에 잠깐 눈 좀 **붙였어.**"라고 고쳐 말했다.

나는 에이다네 집에서 사실상 내쫓긴 후 사흘 동안 에이다와 말을 하지 않았다. 나도 에이다도, 서로 전화하지 않았다. 둘 다 언제까지는 서로 말하지 말자고 약속이라도 한 것처럼. 마침내 에이다네 집으로 가려고 우리 집 진입로에서 후진으로 차를 빼다가 때마침 늘어서는 에이다의 차와 충돌할 뻔했다. 나는 에이다의 차에 기대서서 그 애가 하는 이야길 들었다.

"미안해, 근데 우리 엄마 장난 아니게 엄하거든. 내 방에서 남자애가 잔 걸 알면 날 죽이려 들었을 거야. 아빠는 우리가 속닥거리는 걸 들은 거 같은데 아무 말 없는 걸 보니 괜찮을 거야." 에이다가 계속 말했다. "다음번엔 우리 더 좋은 데 찾아보자."

"좋아." 나는 웃음을 참지 못하고 말했다.

"변태." 에이다가 내 팔을 치며 농담했다.

"니네 엄마가 변태야."

"나이 든 분이라 그러시는 거야."

"야한 장면 볼 나이 되셨지." 나는 키득키득 웃었다.

"컬럼."

"미안."

82. 새벽 5시는 연인들과 잔디밭 징직 인형들을 위한 시간.

앨마 엠버가 촌스럽게 사는 법

앨마 엠버가 서배너에 있는 할머니 집에 들어가 살기로 마음먹고 한 일이라고는 고작 전화 한 통이 다였다. 그런데도 할머니는 누런 마닐라지 봉투에 서배너 행 비행기 표와 택시비를 부쳐 줬다. 할머니 비벌리 엠버는 현관 앞에 나와 앨마를 맞이했다. 앨마가 알기로 할머니는 일흔여섯 살이었는데, 전혀 그 나이로 보이지 않았다. 할머니가 목을 감싸 안았을 때 앨마는 진한 향수 냄새 때문에 질식하는 줄 알았다. 할머니는 앨마를 안은 채 몸을 앞뒤로 움직이다가 양팔을 풀고 상체를 뒤로 뺀 채 앨마의 얼굴을 보고, 그러다 또 앨마를 안았다.

"어쩜 이렇게 예쁘니." 할머니가 하나뿐인 손녀에게 말했다.

"할머니 닮아서요." 앨마가 웃으며 답했다.

앨마는 곧 새집에 적응했고, 무얼 하고 어딜 갈지 할머니가 줄기차게 간섭하는 것에도 점차 익숙해졌다. 앨마는 전액 장학금을 제공하겠다는 아칸소 대학교에 입학하려다가 막판에 취소하고 그 대신 서배너 미술 디자인 대학에 다니기로 결정했다. 마침내 말로만 나불대지 않고 정말 사진작가가 되기 위해서였다. 세 번째 남편의 사망으로 예전에는 꿈도 꾸지 못한 금전적 풍요를 누리게 된 할머니가 앨마에게 든든한 지원자가 되어 주었다. 앨마는 이제 딱히 평온한 일상을 방해받을 일 없는 조지아 주의 한 도시에서 할머니와 살며 학업을 시작했다. 성가신 일이라고는 포트폴리오 마감일을 지키는 것과 컨트리클럽의 점심 식사 모임 참가하는 것뿐이었다.

대학 신입생 생활은 예상했던 것보다 힘들었지만, 첫 학기 마지막 날 앨마가 받은 학점은 평균 A였다. 그날 앨마는 한 걸음 한 걸음 내디딜 때마다 뒤로 묶은 머리와 함께 초록색과 흰색이 섞인 치마까지 출렁댈 만큼 기운 차게 걸어서 집에 돌아왔다. 그리고는 할머니 볼에 입을 맞추고 계단 위 방으로 올라가서 책가방을 벽장 아래 내던졌다. 침대에 벌렁 드러누워 팔다리를 좀 건들대다가 점차 힘을 빼고 늘어뜨렸다. 눈을 감았다. 깊은 한숨을 내쉬었다. 그리고 잠이 들었다.

캐벗이 대학을 졸업하자마자 아버지는 그간 좀 노력했으면 시간이나 돈을 덜 낭비했을 거 아니냐고 했다. 캐벗은 환하게 웃으며 아버지 오른쪽 귀에 얼굴을 바싹 대고 조금만 기다려 보라고 말했다. 캐벗은 벤턴 세이지가 죽은 후 3년 동안 에녹서에 대한 연구 논문을 네 편이나 쓸 정도로 연구를 계속했다. 스스로 현대 인간 존재에 감춰진 진실에 대한 '탐구'라고 부르는 일을 포기할 생각이 없었다. 신학 전공자들과 기진맥진할 때까지 논쟁을 벌이는가 하면 그 지역 목사 두세 명과 머리를 들이받으며 싸우기도 했고, 가톨릭 학생회장을 멍청한 소아 성애자라고 불렀다가 주먹다짐을 한 적도 있었다. 대학 생활 초반에는 다정하고 예의 바르고 매력적인 젊은이였지만, 이제는 캐벗이 영영 떠난다는 소식을 반기는 사람이 많았다.

"음, 앞으로 어떡할 셈이냐?" 캐벗의 졸업식이 끝나고 온 가족이 애틀랜타 도심 근처의 어느 식당에 모였을 때 제프 삼촌이 물었다.

"저, 대학원에 가고 싶긴 한데 학교는 아직 못 정했어요."

"이번에는 뭘 전공할 생각인데?" 코린 숙모가 물었다.

"고대 신학을 연구해 볼까 해요."

"목사님 되려고?" 여동생이 물었다.

"아니." 캐벗이 대답했다.

"어떻게 된 게." 아버지가 입을 뗐다. "돈 벌 궁리는 안 하냐, 캐벗?"

"있는 거 가지고 어떻게 살아 보려고요." 캐벗이 솔직하게 말했다.

"나한테 있는 건 빼고." 아빠가 조용히 말했다.

"리처드." 맞은편에 앉은 엄마가 아빠를 째려보며 작게 말했다.

"자……." 제프 삼촌이 잔을 치켜들며 말했다. "건배하죠!"

"뭘 위해서요?" 숙모가 물었다.

"자기 길을 찾아가는 캐벗을 위해."

쨍그랑.

앨마 엠버는 데이트하는 걸 좋아하지 않았다. 처음 만난 남자와 어색하게 마주 앉아 상대의 말에 관심이 있는 척하거나 관심을 끌 말을 하려고 머리를 쥐어짜야 한다는 생각만으로도 싫었다. 그래서 그런 자리라면 무조건 피했다. 커피 한 잔 하자는 것도 마다했고, 심지어 누군가 자기에게 관심을 보이기만 해도 그 즉시 몸이 뻣뻣하게 굳어 버렸다. 그래서 같은 수업을 듣는 남학생이 지나치게 관심을 보인다 싶으면 멀찌감치 떨어져 앉았다. 하지만 서서히 여름이 물러가고, 컨트리클럽의 수영장 가에 앉아 마티니 마시는 노인들이나 지켜보는 생활이 점점 지겨워지면서, 앨마는 일흔여섯 살 된 노인네와 함께하는 생활이 자신에게 어떤 해를 끼치는지 깨닫게 되었다.

앨마가 서배너에서 지낸 지 1년 만에 처음 사귄 남자는 그래픽 디자인을 전공하는 스물두 살의 니코였다. 콜로라도 주 애스펀 출신으로, 디자인 수업에서 본 적이 있는 남자였다. 6월 어느 날, 니코가 전화번호부에서 앨마의 번호를 찾아내 전화를 걸어왔다. 앨마는 잠시 거절할까 생각하다가 숨을 한 번 깊게 들이쉬고 고개를 젓고는, 수화기에 대고 토요일 밤 시간이 있다고 말했다.

두 사람은 어느 근사한 식당 발코니석에서 식사를 했다. 앨마는 그날 불편한 느낌을 딱 한 번 받았는데, 그것도 상대인 니코 때문이 아니라 남자 종업원이 앨마에게 자꾸 수작을 걸었기 때문이었다. 수업 때 입고 다니던 구겨진 티셔츠가 아니라 단추가 달린 멋진 셔츠를 입고 나온 니코가 그날따라 더 멋져 보였다. 게다가 니코는 여자들이 첫 데이트 날 기대함 직한 행동을 했다. 문을 열어 주고, 의자를 뒤로 당겨 주고, 닥치는 대로 칭찬을 해 주었다. 앨마의 농담에 웃어 주기도 했다. 그러면서도 정작 자신이 농담을 할 때는 웃지 않았다. 그는 앨마의 눈에서 단 한 번도 시선을 떼지 않았다. 자신감에 차 있었지만, 거만하지 않았다. 짐짓 예의 바른 신사처럼 굴었는데도 이상하게 매력이 있었다. 그는 미술과 음악에 대한 소양이 매우 깊었고, 하나를 얘기하고 나면 반드시 앨마의 의견을 묻고는 그녀가 하는 말을 경청했다. 그러곤 고개를 끄덕였다. 물도 조금씩 점잖게 마셨다. 앨마가 화장실에 가려고 일어서자 따라 일어서기까지 했다.

앨마는 거울을 보고 웃는 연습을 했다. 두 눈을 깜빡이면서 “좋아요, 당신이랑 결혼하겠어요.” 같은 말을 해 보았다. 소리 내어 웃어 보기도 했다. 손을 씻은 후 립스틱을 다시 칠하고 식탁으로 돌아갔다. 두 사람이 다시 마주 앉았을 때 니코가 물었다.

“왜 사진작가가 되려고 하나요?”

“어려운 질문이네요. 잘은 모르지만, 그게 맞는 것 같아서요.”

“그렇군요. 앨마 씨는 그걸 하려고 태어났다, 이런 거죠?” 니코가 물었다.

“아름다운 걸 보면 그때마다 저걸 사진으로 가지고 싶다, 뭐 그런 생각이 드는 거예요. 그래서 그때마다 찍어 두는 거고요.” 앨마는 자신이 한 말에 스스로 놀라 얼굴이 환해졌다.

“대단하네요.” 니코는 그렇게 말하고 물을 한 모금 마셨다.

“니코 씨는요?” 앨마가 물었다.

“저 뭐요?” 니코가 미소 지으며 말했다.

“왜 그래픽 디자이너가 되려고요?”

“돈 때문이죠.” 니코는 솔직하게 말했다.

“뭐라고요?” 앨마는 호호 웃었다.

“아, 재미도 있고요.” 니코도 앨마와 함께 웃었다.

그 후 3주 동안 앨마 엠버는 이틀 빼고는 매일 밤 니코의 아파트에서 잤다. 그래서 앨마가 타락하고 있다고 생각한 할머니와 요조숙녀다운 생활 태도를 놓고 잠시 언쟁을 벌이기도 했다.

"숙녀는 남자 집에서 외박하지 않아." 할머니가 말했다.

"나 잘못한 거 없어, 할머니." 앨마가 대꾸했다.

"내가 보기엔 잘못한 것 같은데."

"할머니 나 안 믿어?" 앨마는 크게 뜬 눈에 눈물이 그렁그렁해서 물었다.

"물론 믿지. 걱정돼서 그러는 거 알잖아."

"알아. 더 잘할게." 포크로 찍은 양상추를 한 입 물며 앨마가 말했다.

일주일 후, 앨마는 할머니에게 니코가 새 아파트를 구할 때까지 손님방에 들어와 살면 안 되느냐고 물었다. 니코의 룸메이트가 방세를 내지 않고 사라졌는데 혼자 감당하기가 힘들다는 것이었다. 할머니는 깊게 한숨을 쉬고 앨마를 올려다보더니 고개를 끄덕였다. 한 달 후 니코가 거실 소파에 앉아 있을 때 할머니는 주방에서 자신이 마실 아이스티를 잔에 따랐고, 앨마는 자기 방에서 전화에 대고 엄마에게 속삭였다.

"엄마, 나 다음 달에 결혼해."

그해 여름, 캐벗 시어시의 제프 삼촌은 자신이 운영하는 부동산 개발 회사에 캐벗을 고용해 심부름하는 일을 맡겼다. 일은 지겹고 따분했지만, 캐벗은 널찍한 삼촌 집에 살면서 남는 시간에 책을 읽고 글을 쓰는 건 좋아했다. 게다가 서배너는 자동차가 적고 조용했으며 차도 맛있었다. 숙모가 거실에서 친구들과 모여 우노 게임(카드놀이의 일종─옮긴이)을 하면서 웃고 떠들 때의 느낌도 좋았다.

"캐벗 너, 남은 인생을 삼촌한테 기대 살 생각일랑 마라." 아버지가 말했다.

"알아요 아빠. 직장 구하고 있어요."

"어디? 무슨 일 알아봤는데?"

"저, 구인광고 들여다보고 있는데 적당한 게 없던데요."

"이젠 좀 진지해져야지. 이건 말도 안 돼." 아버지는 언성을 높이기 시작했다.

"고민해 볼 테니까 시간을 좀 주세요. 아빠 낙담하신 거 알지만 제 맘도 편하진 않아요. 시간이 좀 필요해요."

어느 날 오후, 아직 고등학생인 사촌 동생 조시가 캐벗의 방에 들어와 침대에 앉았다. 캐벗은 구석에 놓인 책상에 앉아 있었는데, 조시가 침대보를 만지작거리다가 캐벗을 돌아보았다.

"형, 내 부탁 좀 들어줄래?"

"무슨 부탁?"

"오늘 밤에 영화 좀 보여 줄 수 있어?" 조시가 망설이다 물었다.

"당연하지. 다른 할 일도 없어."

"고마워." 조시가 자리에서 일어나 웃는 얼굴로 방에서 나갔다.

극장에서 둘은 한 손에는 팝콘을, 한 손에는 6달러짜리 음료수를 들고서 뒷자리에 앉았다. 둘 다 앞줄 빈 좌석에 발을 올려놓고 몸을 뒤로 젖힌 채 불이 꺼지고 영화가 시작되기를 기다렸다.

"이거 웃긴 영화야?" 캐벗이 조시에게 물었다.

"그런 장면도 있대. 어떨 땐 웃기고 어떨 땐 슬프고."

"처음 들어 보는 영환데." 캐벗이 말했다.

"엄청 재밌대."

앨마와 니코는 상영관 실내 조명이 꺼져 가고 있을 때 맨 앞줄 근처에 앉았다. 다행히 영화 시작 전이었지만, 좋은 자리를 찾기에는 늦은 시간이었다. 니코는 개의치 않는 듯했다. 앨마는 화가 나서 니코의 귀에 대고 "영화 보고 나서 척추 치료 받아야겠네." 하고 속삭였다. 니코는 이미 스크린을 밝게 채운 예고편에 정신이 팔려 있었지만 앨마는 그때까지 자리 투정을 하다가 팝콘을 반쯤 엎지르는 바람에 마음을 가라앉히려고 몇 초 동안 눈을 감고 있었다.

앨마 엠버는 딱 37분 만에 깨달았다. 오로지 니코가 보고 싶어 한다는 이유만으로 그 수면제 같은 독립 영화를 억지로 좋아할 준비가 되어 있지 않다는 걸. 그래서 니코에게 화장실에 가야겠다고 속삭이고는 좌석 사이를 서둘러 헤쳐 나왔다. 로비로 나온 앨마는 벤치에 앉아 셔츠에 붙어 있던 작은 팝콘 부스러기들을 떼어 냈다. 그러고는 휴대 전화를 꺼내 끔찍했던 영화 흉이나 볼 요량으로 친구에게 전화를 걸었다. 그쪽에서는 전화를 받지 않았다. 또 다른 친구에게 전화를 걸려는데 누군가 앨마의 옆에 앉으며 작은 소리로 중얼거렸다.

"뭐라고요?" 앨마가 쳐다보니 헝클어진 머리가 눈까지 내려오고 피부가 검게 그을린 젊은 남자가 따분한 표정을 짓고 있었다.

"저런 영화 나부랭이 본다고 더 앉아 있을 수가 없어서요." 남자가 웃으며 말했다.

"댁도요?" 앨마가 물었다.

"교통사고 나서 엉망진창이 된 자동차 보는 거 같았어요." 남자가 농담을 했다.

"것보단 치과 신경 치료 받는 거랑 더 비슷했죠." 앨마도 농담으로 맞장구쳤다.

"캐벗이라고 해요." 남자가 말했다.

"앨마예요." 캐벗이 내민 손을 잡아 흔들며 앨마가 말했다.

"우리 이모 이름이 앨마인데." 캐벗이 말했다.

"캐벗이란 마을이 있는데." 앨마가 또 맞장구쳤다.

"정말요?" 캐벗이 물었다.

"아칸소 주에 있는 작은 마을이에요."

"아칸소에서 왔어요?" 캐벗이 흥분해서 말했다.

"네, 릴리라고, 쪼그만 마을에서요."

"그러고 보니 남부 사투리가 있군요. 그렇다고 조지아 주까지는 아니고요."

"귀가 밝으시네요." 앨마가 말했다.

"뭘요."

니코가 앨마의 할머니 집에서 짐을 다 빼는 데는 친구 몇 명한 테 도움을 받고도 이틀이 걸렸다. 이제 약혼은 깨진 거라며 그 집을 떠나라는 앨마의 급작스러운 결정에 니코는 갈피를 못 잡고 넋을 놓은 채 방 한구석에 서 있었다. 앨마는 자리도 피할 겸 캐벗 시어시와 골프를 치면서 야생 동물 전문 사진작가가 되겠다는 꿈에 대해 이야기를 나누었다. 캐벗은 그녀와 인생 철학을 논하고 인류의 잠재력에 대한 자신의 이론도 조금 이야기했다. 앨마는 캐벗의 언행에 홀딱 넘어갔다. 니코는 앨마 앞에서 완벽해 보이고 싶어 했지만, 캐벗은 아니었다. 쓰잘머리 없는 대학교 졸업장에 대해선 말할 것도 없고. 삼촌에게 빌붙어 사는 것조차 부끄러워하는 기색이 거의 없었다. 그런 모습이 앨마에게는 근심 없이 편안해 보였는데, 그건 앨마 스스로도 원하는 바였다. 한편, 캐벗에게 앨마 엠버는 적당히 순진해서 사랑스러우면서도 적당히 모험심이 있어서 지루하지 않은 여자였다.

"양성이야?" 한 달 반 후, 캐벗이 욕실 문틈으로 물었다.

"보여 줄 테니까 1분만 기다려 줄래?" 앨마가 소리쳤다.

몇 분 후 문을 연 앨마는 캐벗이 다가와 마주 서자 흐느끼기 시작했다. 앨마가 캐벗의 가슴팍에 머리를 착 붙였고, 캐벗은 그녀를 두 팔로 감싸 안았다. 둘은 잠시 그렇게 있었다. 탁자 가장자리에 놓인 흰색 종이테이프 중앙에 선명한 파란색 표시가 있었다. 앨마는 울고 있었지만, 캐벗은 웃음을 참을 수 없었다.

"결혼하자." 몇 시간 뒤, 침대에 누운 채 캐벗이 말했다.

"이렇게 결혼할 순 없어, 이렇게."

"왜 안 돼?" 캐벗이 물었다.

"사귄 지 한 달 좀 더 됐어. 사람들이 어떻게 생각하겠어?"

"그럼, 앨마, 네 배가 산만 해 가지고 돌아다니면 사람들이 어떻게 생각하겠어? 둘째 애 가졌다고?" 캐벗이 웃으며 말했다.

"안 웃겨." 웃음이 나오는 걸 참으면서 앨마가 말했다.

"내일 법원에 가서 결혼 서약 하자. 그게 우리가 할 일이야." 캐벗이 앨마의 볼에 입을 맞추며 말했다.

"그래 그럼, 내일." 앨마는 받아들였다.

줄리아 이모와 사랑의 축제

　줄리아 이모는 엄마보다 10분 늦게 태어났다. 그해 여름, 이모는 은둔자처럼 집에만 틀어박혀 지냈고, 엄마 표현대로라면 '악취가 하늘을 찔렀'다. 물론, 오슬로 형이 살아 있고 가브리엘이 실종되지 않았을 때는 그렇지 않았다. 이모는 엄마가 부르지 않아도 아무 때나 우리 집 주방에 찾아와 엄마와 수다를 떨었다. 그럴 때면 아빠는 이모에게 낚일까 봐 눈치를 살폈고 우리도 방에 틀어박혀 집에 없는 척했다. 그 무렵 이모는 쿠키를 구워 오거나 아빠 드시라고 닭고기 캐서롤(무쇠 냄비를 이용한 서양식 찜 요리—옮긴이)을 가져와서는 데워 먹는 법까지 확실하게 가르쳐 주었다. 이모는 대개 우리가 모르거나 좋아하지 않는 사람들 이야기를 한도 끝도 없이 늘어

놓았고, 질문을 던지고는 우리가 제대로 대답하기도 전에 다시 이
야기를 이어 나갔다. 내가 열다섯 살쯤, 어느 날 이모가 다녀가고
나서 엄마와 나는 이런 대화를 나누었다.

"컬런." 이모의 차가 마당 진입로를 빠져나가자마자 엄마가 말
했다.

"왜?"

"방금 여기서 무슨 일이 있었는지 봤니?" 엄마가 물었다.

"아니."

"있잖아, 아들, 네 엄마는 아주 여우 같은 사람이거든. 드디어 저
아줌마 조용히 만드는 법 알아냈다." 엄마는 길을 따라 내려가는
이모의 차를 가리키며 말했다.

"어떻게?" 내가 물었다.

"그렇게 어렵지 않아. 문제는 타이밍이야, 정말."

"엄마, 어떻게 하는 건데?"

"이모가 갑자기 잠시 말을 멈추는 순간만 기다리면 돼. 알다시
피 이모가 이야기에 혼이 빠져 있을 때는 그런 순간을 찾기가 쉽
진 않지만. 그 순간을 잘 잡아서 네가 먼저 입을 열고 말을 안 멈추
는 거야, 절대."

"근데 그때 무슨 이야길 해?"

"아무거나. 근데 이모와 관련된 일은 피해야 해. 학교 이야기도
좋고, 방금 본 TV 이야기도 좋아. 이모가 뭔가 말할 틈을 주지 말

고 몇 분 동안만 하면 돼.”

“그럼 어떻게 돼?”

“응, 그럼 이모가 갑자기 네 말을 자르고 어디 갈 데가 있다거나 집에 찾아올 사람이 있어서 가 봐야겠다고 그럴 거야. 네 입장에선 이모한테 버릇없이 구는 거 아닌가 싶기도 할 텐데, 다른 수가 없어.”

오슬로 형이 없는 지금에 와서는 상황이 역전됐다. 엄마는 거의 매일 미장원 일을 마치자마자 샌드위치나 햄버거를 사 들고 이모를 찾아갔다. 이모가 온종일 아무것도 먹지 않고 지낼 게 뻔했기 때문이다. 어느 토요일, 그날따라 편의점 근무가 없어서 집에 있는데 전화가 걸려왔다. 엄마였다.

“여보세요?”

“컬런이지?”

“응, 엄마.”

“부탁 하나 들어줄래?” 부탁을 못 들어준다고 했다간 누구 하나 죽어 나갈 게 뻔한 말투였다.

“설마, 어디 가야 하는 건 아니지?”

“버크 햄버거 가게든 어디든 가서, 치즈 버거하고 감자튀김 좀 사다가 이모 갖다 드렸으면 하는데. 엄마 대신 해 줄 수 있지?”

“엄마가 집에 오는 길에 사다 드리면 안 돼?”

“여기 지금 손이 열 개라도 모자랄 지경이야. 이모는 아마 먹을

게 오길 기다리고 있을 거고. 제발 좀 가 주라.”

“알았어.”

“우리 착한 아들, 알러뷰.”

“나도.”

딸깍.

이모네 집에 함께 가자고 루커스를 꼬드겼지만, 이상하게도 녀석이 이모를 무서워해서 실패했다. 그리고 나도 자는 사람 깨우는 걸 이상하게 무서워해서 감히 아빠를 건드리지 못했다. 아빠는 단어를 잘 맞히지도 못하면서 소파에 누운 채로 「추첨, 단어왕!」(원판 돌리기와 단어 맞추기 방식으로 진행하는 TV 퀴즈쇼—옮긴이)을 보다가 깊이 잠들어 있었다. 나는 소파 앞 테이블에 놓인 차 열쇠를 살그머니 집어 들고 까치발로 거실을 지나 밖으로 나갔다. 아빠 트럭은 폭이 너무 넓어서 두 차로를 동시에 차지하는 느낌이 들기 때문에 운전하기가 영 달갑지 않았다. 나는 버크 햄버거 가게에 차를 세워 3번 햄버거와 감자튀김을 사 들고 이모네 집으로 향했다.

이모를 따라 식당방으로 들어가면서 보니, 이모는 돌아가신 할아버지 것으로 보이는 실크 나이트가운을 입고 있었다. 식탁에서 이모 옆에 나란히 앉아 이모가 얼룩말을 잡아먹는 사자처럼 치즈버거를 씹어 삼키는 모습을 지켜보았다. 또 나무판을 덧댄 벽과 연분홍 커튼, 구석에 놓인 황금 부엉이 상을 보았다. 6시가 돼서 그 가짜 새가 부엉부엉 시간을 알릴 때는 무섭지 않은 척하며 의자에서 몸을 좌우로 조금씩 흔들었다.

"감자튀김 좀 먹을래?" 입에 음식을 한가득 물고서 이모가 물었다.

"아뇨, 전 먹었어요."

"이거 다 못 먹을 것 같아서."

"어, 다 드실 필요 없어요. 그냥 버리죠 뭐."

"그럼 안 되지. 여기, 좀 먹어라." 이모가 감자튀김을 내게 밀어주었다.

"아뇨, 괜찮아요. 배 안 고파요."

"컬런, 이 염병할 감자튀김 좀 먹으란 말야!" 이모가 고함을 질렀다. 나는 얼른 하나 집어서 입에 넣었다.

나는 계속 먹었고, 이모는 나를 찬찬히 바라보았다. 나는 아무 말도 하지 않았다. 누군가 내게 고함을 지르고 언제 또 그럴지 모를 때 난 그렇게 반응했다. 그냥 계속 감자튀김을 하나씩 입에 집어 넣고 천천히, 그렇다고 너무 느리지는 않게 씹으면서 반들반들한 나무 식탁만 내려다보았다. 그때 이모의 손이 내 손 위에 묵직하게 와 닿았다. 올려다보니 이모가 웃고 있었다.

나도 웃었다. 이모는 일어나더니 거실을 지나 이모 방으로 들어갔다. 나 혼자 거실에서 10분 정도 앉아 있다가 막 나가려는데 이모가 방에서 나왔다.

"컬런, 너 아니? 우리 모두 여기 이렇게 남아서 썩어 가는 건 옳지 않아.”

“무슨 말씀이세요?”

“우리. 나랑 너, 네 엄마, 네 아빠. 우린 다 좋은 사람인데 여기 있어. 모두 이러고 살고 있어, 누구 마음에도 상처 주지 않으면서. 근데 하느님이 버린 이 지구라는 데 남아서 대체 뭘 하려는 거지?” 이모가 말을 멈추고 나를 보았다.

“할 게 없단 얘기예요, 아님 정말 저한테 뭘 할지 물으시는 거예요?” 나는 물었다.

“여기 앉아서 우린 무슨 짐승처럼 썩어 가잖아. 우리가 아무 문제도 없는 척하고 앞으로도 괜찮을 거라고 믿는 시늉을 하길 다들 바라고. 음, 근데 그게 아냐. 더 이상 괜찮질 않아. 난 이 집이 싫어. 이 마을이 싫고. 창문으로 이 집을 엿보는 그 우체부 놈도 싫다고!” 이모는 목을 쭉 빼서 현관을 가리켰다.

“이모, 제발.” 내가 차분하게 말했다.

“제발 뭐?”

“제발, 1분만 그냥 앉아 계세요.” 나는 가까이 다가가 한 팔로 이모의 어깨를 감쌌다.

“나 혼자 앉을 수 있어, 컬런. 난 늙은 게 아니고, 그냥 열받은 거라고.”

“알아요, 알아요.”

이모는 흔들의자에, 나는 맞은편 소파에 앉았다. 이모는 한동안 그 의자에서 잠을 잔 게 틀림없었고 옷도 내가 오기 직전에야 입은 것 같았다. 이모 나름으로는 나를 손님으로 생각하고 레이스 달린 블라우스와 치마를 차려입고, 후다닥 해치운 티가 나긴 했지만 화장까지 하고 있었다. 무릎에 턱을 괴고 보니 이모도 한때는 예뻤던 게 생각났다.

"그냥 당분간 우리 집에 계시는 건 어때요?"

"너희 식구도 다 할 일이 있잖아."

"그래도 이모와 함께 지내는 건 괜찮을 거예요."

"난 괜찮지 않아, 알겠니?"

"그치만 이모한테는 많은 일이 있었고, 그래서 여기 혼자 이렇게 계시는 게 맘에 걸려요. 그래서 그래요."

"컬런, 너희가 뭘 하고 지내건 난 늘 혼자야. 남편 죽고, 아들 놈 떠나보내고. 나만 남았어. 늙은이 줄리아로, (이모는 이 대목에서 목소리를 높였다) 셔우드 로(路) 미인으로 통하던 내가!"

"약은 드신 거예요?" 나는 솔직하게 물었다. 그런 용기는 처음이었다.

"아가, 내가 먹은 화학 약품이 주방용 세제 한 병보다 많을 거다." 이모는 소리 내 웃었다. 그것도 큰 소리로.

"가브리엘이 이모를 세계 최고의 요리사라고 그랬었는데, 아세요?"

"걔가 그랬니?" 이모는 바닥을 내려다보았다.

"네. 이모 쿠키를 서로 먹으려고 다투곤 했거든요. 그럴 때 아빠가 와서 '자, 이젠 남은 걸 내가 다 먹는 수밖에 없겠다.' 이러면서 낚아채면 우린 손도 못 썼고요." 나는 웃었다.

"정말?" 이모가 물었다.

"그렇다니까요. 요즘도 요리 자주 하세요?" 나는 빤히 알면서도 물었다.

"컬런, 내가 요즘 뭘 자주 하는 것처럼 보이니?"

"그다지요."

"근데 왜 물어?"

"음, 그럼 주방으로 돌아오시는 건 어때요?" 나는 짐짓 생기 가득한 얼굴로 말했다.

"뭐든지 하는 법을 다 잊어 먹었어. 너무 오래됐어. 이제 자러 가야 할 것 같은데, 너 나가면서 저기 불 좀 꺼 줄래?" 이모는 주방 전등 스위치를 가리켰다.

"필요한 거 있으면 전화하실 거죠?"

"그럴게, 아가."

그전까지 그래 본 적이 한 번도 없었는데, 나는 무슨 까닭에서였는지 뒤돌아서 이모를 안아 주었다. 그건 사람들이 식료품점에서 나이 든 할머니를 위해 문을 잡아 주거나 차를 세우고 남들이 길을 건너도록 하는 것과 비슷했다. 하는 사람 입장에서는 그런 행동이 꼭 특정한 누군가를 위해서가 아니라 그저 일상적인 것일지라도, 받는 입장에서는 그게 세상 전부인 것처럼 느껴진다. 나는 이모를 꼭 껴안았다. 방 안이 무척 조용해서 이모가 숨 쉬는 소리까지 들렸던 것 같다. 현관문으로 나가는 나를 이모가 거실에 서서 지켜보았다. 축 늘어진 어깨는 주저앉을 듯했고, 얼굴은 반쯤 죽은 사람 같았다.

83. 우체부는 언제나 두 번 엿본다.

이모가 내게 억지로 감자튀김을 먹인 다음 날 오후, 루커스 케이더가 내 방에 들어오더니 내 옆 방바닥에 앉았다. 얼굴에 밝은 미소가 감돌았지만, 가브리엘이 사라지기 전과는 느낌이 달랐다. 일종의 기분 좋은 척하는 연기였는데, 우리는 갈수록 그 연기에 익숙해져 갔다.

"뭔 일 있어?" 내가 못 참고 물었다.

"마을에서 놀랄 소식을 가지고 왔지."

"뭔데?"

"오늘 아침에 그 새 사진 찍었대."

"그럴 리가." 말은 그렇게 했지만, 한편으론 궁금하기도 했다.

"정말이야. 존 발링, 그 개자식이 엉덩이에 햇빛도 비치기 전에 나와 가지고 사진이 있다고 떠벌리고 다녔대. 진짜 쌩쌩하게 살아 숨 쉬는 나사로 딱따구리 사진 말이야."

"루커스, 우째 이런 일이. 신문사들 다 문 닫아야겠네!" 나는 손바닥으로 무릎을 치고 일어서면서 익살스럽게 말했다.

"다음 주 축제 때 그 사진 공개한대." 루커스도 따라 일어섰다.

"축제?"

"어? 릴리에서도 딱따구리 축제 열리는 걸 모른단 말이야?" 루커스가 내 등짝을 찰싹 쳤다.

"너 농담……."

"하는 거 절대 아냐. 진짜, 진짜야. 신문에 났다니까. 컬런, 오늘 혹시 나갈 일 없어?"

"응, 없어."

"오늘 알바 안 해?"

"그만뒀어."

"뭐 어쨌다고?" 루커스는 다시 침대에 앉았다.

"오늘 아침에 테드 아저씨한테 전화해서 그만두고 싶다고 했어."

"그 아저씨 화 안 내던?" 루커스가 물었다.

"아니. 그냥 '얘야, 너 이해한다. 근래에 이래저래 일이 많았잖아.' 그러더라. 짜증 나게."

"그래서 엄마는 뭐라셔? 아빠는?"

"딴 데 정신이 팔려 있으니까 얘기 안 했지. 그냥 이대로 묻어 두자, 알았지?"

"좋아. 근데 왜 그만뒀어?"

"가게에 들어오는 사람 중에 내 동생은 없는데, '딸랑' 하고 문 열릴 때마다 기대했다가 실망하는 거, 더는 못 하겠어서."

"아, 알았어. 그럼 지금은 뭐 하게?"

"지금은? 그냥 여기 앉아서 누군가 너보다 예쁜 애가 나 데리러 오면, 다행히 생각이 나겠지. 나한테 왜 손하고 입이 있는지." 나는 절반은 진심으로 말했다.

"에이다 기다리는구나, 그렇지?"

"응."

"걘 리쎌 거야." 루커스가 거정 어린 표정으로 말했다.

"그만 아 씨! 거라고?"

"이젠 그렇게 안 부를 거라고 생각했는데." 루커스가 속마음을 말했다.

아침이면 내 방에서는 존 발링이 풀턴의 집 현관문을 요란하게 닫을 때 방충문이 (탁 탁 탁) 닫히는 소리, 몇 초 후 그가 괴물 같은 트럭에 시동을 걸고 집 앞 자갈 도로를 빠져나가는 소리가 들리곤 했다. 어느 날 마당에서 나와 마주친 풀턴 듀머스는 어색하게 이야기를 꺼냈다. 그 작자가 손님방에서 지낸 지 2주 반쯤 됐는데, 대개 밤새 자지 않고 주방에서 책을 훑어보거나 녹음된 새소리를 듣고 중요한 내용은 소형 녹음기에다 녹음까지 한다고 했다. 그리고 어서 그 새를 찾아내서 떠나지 않으면 그 작자가 자고 있을 때 자기 손으로 먹을 따 주겠다고 했다.

"당장 하지 왜?" 내가 웃으며 물었다.

"엄만 그놈이 똑똑하다고 생각했었어." 폴턴이 대답했다. "내 생각엔, 이제 놈이 큰소리 땅땅 치는 걸 무지 싫어하기는 해도 그 새는 찾아내 줬으면 하는 것 같아."

"너도 그 사람이 똑똑하다고 생각해?" 내가 물었다.

"내가 아는 사람 중에서 최고 멍청이일 거야."

웨브 박사님에 따르면, 존 발링 같은 부류는 60센티미터짜리 딱따구리나 삶의 진정한 의미 같은 무언가를 늘 찾아다닌다. 무언가 비어 있는 걸 느끼며 살도록 타고났기 때문이다. 그런데 가만 생각해 보니 내가 아는 사람들도 저마다 다른 방식으로 무언가를 찾고 있었다. 루커스 케이더는 누구를 만나든 상대에게서 잃어버린 형을 찾고자 했는데, 특히 가브리엘과 나에게서 그랬다. 줄리아 이모는 오슬로 형이 죽은 후로는 사람들에게서 형을 찾아내려 했다. 엄마와 아빠 역시 앞으로 늘 실제로, 또 비유적으로 가브리엘을 찾을 것이다. 나로 말하자면, 음, 당시에 나는 여전히 내가 누구인지 찾고 있었다. 그래서 내가 한 행동과 말의 이유를 알아내려고 애썼다. 왜 에이다가 러셀 거라는 말을 듣고는 10분 만에 흐느껴 울었으면서 사촌 형이 죽었을 때는 눈물 한 방울 흘리지 않았는지 이해해 보려고 했다. 왜 책 제목은 90개 가까이 적어 놓고 책은 단한 권도 쓰지 못하는지 의아해했다. 그렇게 자주 방법을 고민하건

만, 실제로 동생을 돌아오게 할 일은 왜 1원어치도 못 하는지 자문
했다.

방바닥에 앉아 절대 나타나지 않을지도 모를 여자 친구가 나타
나 주기만을 기다리면서, 동생과 마지막으로 교회에 앉아 있던 때
를 떠올린다. 그날, 웰스 목사님의 설교가 끝난 후 신도들은 남은
기금으로 교회 건물 여기저기를 수리하는 일에 관해 토론했는데,
사실 대부분 안 해도 되는 것이었다. 이 사람 저 사람 눈치를 살피
다가 엄마를 봤지만, 엄마도 눈치를 살피기는 마찬가지였다. 그래
서 동생 귀에 대고 '교회에서 돈 가지고 다투면 안 된다.' 하는 취
지의 말을 소곤거렸다. 그때 어떤 머저리가 발코니석에서 아래쪽
을 향해 "2,000달러!" 하고 외치자, 동생이 고함까진 아니고 적당
히 큰 소리로 대뜸 "우리, 그 돈 가난한 사람들한테 주는 거 어때
요?" 하고 말했다.

거실에 갔더니 엄마가 혼자 소파에 앉아서 사진첩을 보고 있었
다. 실종된 자식을 둔 엄마의 표정이었다. 나는 엄마 옆에 앉았다.
엄마는 '듣고 싶지 않은데 무슨 얘길 하려고 그러느냐.'는 표정이
었지만, 나는 말을 꺼냈다.

"이건 왜, 엄마?"

"다른 건 아무것도 못 하겠으니까." 엄마는 머릿속으로 미리 연
습이라도 해 둔 것처럼 얼른 대답했다.

"이 사진들은 크리스마스 때 찍은 거야." 나는 내가 크리스마스

트리 앞에 서 있는 사진을 가리키며 말했다.

"게이브 사진은 별로 없구나." 엄마가 거리낌 없이 말했다.

"걘 카메라 보면 부끄러워해."

"우리가 몰래 걔 방에 들어가서 자고 있는 걸 찍은 기억이 나네. 학교에서 찍은 네 사진이랑 냉장고에 나란히 붙이려고." 엄마가 웃으며 말했다.

"맞아. 한번은 나한테 사진이 영혼 일부를 훔쳐간다고 이야기했어. 어떤 다큐멘터리인가에서 봤다면서."

"게이브답다." 엄마가 도리질하면서 말했다. "늘 이상한 이야길 해서 우릴 놀랬잖아."

"이제 8주 됐어, 엄마."

"훨씬 더 오래된 것 같아. 그렇지 않아?"

"8년은 된 것 같아." 나는 조용히 말했다.

"벌써 개학할 때 돼 가네. 준비물 사 놔야겠구나." 엄마는 한숨을 쉬었다.

그날도, 그다음 날도 에이다 테일러를 보지 못했다. 그 대신 내가 본 것은 그만 아 씨!네 집 앞에 서 있는 에이다의 차였고, 눈을 감았을 때의 내 분노였다. 운전을 하면서 그 차 옆을 지나갈 때 나를 웃기려고 최선을 다하던 루커스의 모습이었다. 그만 아 씨!보다 내 사정이 더 낫다고 말하는 메나 프레스콧의 모습이었다. 오후 3시에 침실에서 파자마 차림으로 TV를 보는 엄마와 아빠의 모습이었다. 삐죽삐죽 세운 머리에 헤드폰을 낀 채 지루해 죽겠다는 듯 앞마당 잔디를 느릿느릿 깎는 풀턴 듀머스의 모습이었다.

릴리에서 열린 첫 번째 딱따구리 축제를 생각하면 살짝 욕지기가 났다. 거기 간 건 오로지 루커스 케이더가 에이다 테일러를 만날 수 있는 확실한 방법이라고 설득했기 때문이다. 에이다는 나와 내 전화를 피하는 일에 점점 이력이 났다. 축제는 시에서 주최하는 다른 행사들과 마찬가지로 릴리 시립 공원에서 펼쳐졌다. 공원의 모습은 이랬다 그네 둘, 회전목마 하나, 금속 미끄럼틀 하나와 플라스틱 미끄럼틀 둘, 위험해 보이는 시소 하나, 가지각색으로 칠한 정글짐 하나, 토란대와 풀로 가득한 도랑 하나. 그중에서도 단연 최고는 흰 격자 모양 벽에 지붕이 뾰족한 육각 정자였다. 흙을 한 움큼씩 쥐고 노는 아이들을 믿지 말고 아이들이 겁쟁이라고 놀리며 부추겨도 높은 데서 함부로 뛰어내리지 말 것. 이 두 가지를 처음 배운 곳이 바로 이 공원이었다.

공원은 딱따구리 축제를 열기 위해 저 멀리 해리슨까지 가서 끌고 온 금속 트레일러들로 빙 둘러싸여 있었다. 공원 한가운데 정자 근처에는 울타리로 행인들을 차단하고 5달러에 한 번씩 말을 태워주는 곳과 동물이라곤 염소와 사슴, 얼룩송아지가 전부인 체험 동물원이 들어섰다. 그 왼쪽으로 트레일러 한쪽을 펼쳐 무대를 만들어 놓았는데, 루커스와 함께 도착했을 때 그 위에서 반짝거리는 옷을 입은 여자애들 무리가 홍키통크(컨트리 음악이 연주되는 허름한 주점―옮긴이) 어쩌구에 대한 노래에 맞춰 단체로 탭댄스를 추고 있었다. 무대 양쪽에는 조잡한 나사로 그림과 함께 '릴리는 이 새를 사랑합니다.'라고 적힌 좁다랗고 긴 깃발이 매달려 있었다.

시골 마을 축제에서 좋은 점 하나는 음식이었는데, 더 구체적으로는 핫도그였다. 축제에서 먹는 핫도그는 식용유, 옥수숫가루, 관중 속을 이리저리 헤집고 다니다 보면 생기는 허기, 15분 동안 줄 서서 기다릴 때의 기대가 합쳐져서인지 그것만의 독특한 느낌이 있었다. 겨자? 고맙지만 사양하겠다. 나는 소스를 하나도 뿌리지 않고 종이에 대충 싸 주는 핫도그가 좋다. 먹을까 말까 망설이다가도 일단 먹고 나면 두 개째, 세 개째 먹게 되는 반전도 좋다. 핫도그 메뉴 2번을 사 먹으려고 줄을 서서 기다리고 있을 때 목마를 탄 조그만 남자애가 "올라타, 카우보이!" 하고 소리치며 내 옆을 달려갔다. 나는 웃었다.

"내가 어릴 때는 목마를 타고 몇 킬로씩 뛰어다녔지." 내 뒤에서 한 할아버지가 앞쪽을 보며 말했다.

"정말요?" 내가 슬쩍 돌아보며 말했다.

"정말이고말고. 그러다 진짜 말을 타 보고 나니, 그땐 목마가 예전 같지 않더구나." 할아버지가 허허 웃으며 내 어깨를 툭 건드렸다.

나는 딱 그 순간에 갑자기 가브리엘이 목마를 타고 팔짝팔짝 집으로 들어오던 기억이 났다고 말하고 싶지만, 사실 그건 아니다.

하지만 그때 목마 타는 아이를 바라보면서 어쨌든 그런 상상을 했다. 아이는 양쪽 관자놀이에 땀을 뚝뚝 흘리면서 한 손을 번쩍 들고 내키는 대로 꽥꽥 고함을 지르다가 가 버렸다.

"어린 동생이 없어서 좋지, 안 그래?" 좀 전의 그 할아버지가 뒤에서 말했다.

"예, 그런 거 같아요."

"학생은 우리 손자 또래 같은데. 몇 살이야, 열다섯쯤 됐나?" 할아버지가 물었다.

"열일곱이요." 나는 동생 생각에 멍해졌다.

"그래? 더 어린 줄 알았는데. 좋겠어. 계속 그래야지. 언젠가 감사할 날이 있을 거야."

"그렇겠죠." 나는 다시 몸을 돌려 핫도그를 주문했다.

정자 계단에 앉아서 2번 핫도그를 거의 다 먹고 저만치 무대 위에서 침례 교회 성가대가 노래하는 모습을 물끄러미 보고 있는데 루커스 케이더가 다가왔다. 내 옆에 앉는 녀석의 손에는 햄버거가 하나 들려 있었다.

"이거, 별로 나쁘지 않네." 루커스가 말했다.

"뭐가?"

"나사로 햄버거."

"얼씨구."

"아냐. 축제도 그리 나쁘지만은 않아, 안 그래?" 루커스가 물었다.

"좋을 것도 없지."

"근데 걔 아직 못 봤어?"

"에이다? 아니. 너는?"

"못 봤어. 근데 러셀은 봤어. 저기, 얼굴에 그림 그려 주는 부스 옆에 있어." 루커스는 우리 교회에서 갖다 놓은 길 건너 탁자 주변을 가리켰다.

휠체어에 앉은 그만 아 씨!의 몸에는 산소 호흡기 같은 것이 연결되어 있었다. 부은 얼굴은 한쪽으로 일그러져 있었고 눈은 예전보다 커 보였다. 러셀의 엄마가 뒤에서 휠체어 손잡이를 붙잡고 서서 아들의 귀 쪽으로 바짝 고개를 숙이고 있었다. 그러더니 러셀을 밀고 좁은 인도를 지나 체험 동물원까지 갔다. 거기서 휠체어를 세우고 벤치에 앉았다. 그만 아 씨!는 이제 우악스러워 보이지 않았다. 더 이상 천박해 보이지도 않았다. 몸을 뒤덮고 있는 온갖 기계 장치 말고는 무서워 보이는 것도 없었다. 루커스가 살아 있는 뱀 전시장을 뒤져 보자고 제안하던 바로 그때, 에이다 테일러가 그만 아 씨! 곁에 나타나 그의 볼에 새처럼 입을 맞추었다. 러셀이 미소 지었다. 나는 그 모습을 고스란히 보고 있는 루커스를 팔꿈치로 쿡 쿡 찔렀다.

"드럽게 됐네." 루커스가 말했다.

"누가 아니래."

여자 친구라고 생각한 애가 전 남자 친구인 러셀의 귀에 대고 무언가 속삭인다. 그 꼬락서니를 보고 있으려니, 러셀이 갑자기 목에 연결된 고무관을 확 뽑아내고 휠체어에서 털고 일어나 한 손으로 휙 에이다 테일러를 들어 올리는 상상에 빠져든다. 그만 아 씨! 가 영화배우처럼 흐벅진 키스로 에이다의 입술을 뒤덮은 다음 껄껄 웃으며 에이다를 내려놓는다. 놈의 얼굴이 정상이었다가 좀비였다가 오락가락한다. 뒤에서 박수 치고 환호하던 사람들도 갑자기 얼굴이 뒤틀리고 변하기 시작한다. 침 흘리는 사람도 있고 상처가 난 사람도 있는가 하면, 입을 헤벌리고 아래턱을 늘어뜨린 채 여전히 웃고 있는 에이다와 러셀에게로 미끄러지듯 걸어가는 이들도 있다. 동생을 잃은 소년만이 정자 한복판에 혼자 서 있고, 좀비 군단이 그쪽으로 다가온다. 소년이 루커스 케이더로 보이는 형체 쪽으로 몸을 돌리지만, 거기에 루커스는 없고 나사로 딱따구리만 허공에 떠 있다. 진짜인지 확인하려고 소년이 내미는 손을 딱따구리가 쫀다. 소년은 피를 흘리면서 러셀과 에이다의 지휘 아래 좀비들이 더 빨리 다가오는 걸 본다. 에이다도 이제 좀비 무리의 일부가 되었다. 소년은 절망을 떨쳐 버리려는 듯 새를 보고 속삭인다. "내 동생 좀 찾아 줄래?"

"내가 보기엔 다른 딱따구리랑 똑같던데." 그날 저녁에 주방에서 내가 엄마에게 말했다.

"그래? 그런데 그게 어때, 많이 크든?" 엄마가 양손을 쫙 펼치며 말했다.

"크긴 한데 대단하진 않았어. 어쨌든 내가 보기엔 그랬어."

"루커스, 네 생각은 어때?" 엄마가 내 생각을 제쳐 두고 물었다.

"전 사진이 꽤 놀랄 만하다고 생각했어요. 자기가 아칸소 최대의 미스터리라는 걸 어떻게 아느냔 듯이 나무 두 그루 사이로 나는 모습이, 찍기도 상당히 잘 찍었거든요."

"멍청한 놈." 내가 식탁 밑으로 발길질하면서 말했다.

"컬런, 우리가 다 너처럼 생각해야 하는 건 아니야." 엄마가 말했다.

"난 그냥, 사람들이 별거 아닌 거 가지고 호들갑 떤다고 생각해. 그게 다야." 내가 대답했다.

"그 일로 인생은 새로운 희망을 가져다주기 마련이라고 믿게 된 사람들이 있는데, 그렇다고 누가 해를 입는 건 아니야. 요즘 우리한테 그런 게 더 많이 필요한 건지 누가 알겠니." 엄마는 조리대에 행주를 던져 놓고 주방에서 나갔다.

루커스는 자기 엄마 심부름을 하러 가 버려서 나 혼자 나가서 집 뒤에 있는 그네에 앉았다. 내가 여섯 살쯤에 아빠가 친구한테 용접을 시켜서 만든 그네였다. 거기서 보면 탁 트인 풀밭이 보였다. 풀밭 끝에 한 줄로 늘어선 나무들은 몇 킬로미터나 숲으로 이어졌는데, 나는 숲 가득히 울려 퍼지는 갖은 소리 때문에 밤새 잠 못 이루곤 했다. 나는 가브리엘이 종이 책갈피 안에 적어 놓은 노래를 휘파람으로 부르기 시작했다. 그때나 지금이나 나는 한 번 들은 노래도 휘파람으로 불 수 있는 걸로 유명했다. 열세 살쯤엔가, 전국 휘파람 경연 대회가 열린다는 얘길 듣고 로스엔젤레스 같은 도시로 날아가서 수백만 달러의 상금과 내 이름이 새겨진 트로피를 받고 잡지 표지에 실리는 꿈을 꾸기도 했다.

그때 풀턴의 집 방충문이 탁 탁 탁 닫히는 소리에 이어 누군가가 그 집을 돌아 나오는 소리가 들렸다. 곧이어 입에 담배를 물고 귀에 휴대 전화를 갖다 댄 존 발링이 나타났다. 그 사람은 풀턴의 집 뒤 한쪽 구석으로 가더니 전화기에 대고 고함을 지르기 시작했다.

"염병할, 캐시, 내 딸들하고 이야기하게 해 달란 말이야!"

그리고 또 내가 알아듣지 못한 무언가를 말하더니 전화를 땅바닥에 거칠게 집어 던지고는 집 건물 옆벽에 기대섰다. 잠시 그렇게 서 있더니 쪼그려 앉아서 사방으로 내팽개쳐진 배터리와 휴대 전화를 수습하기 시작했다. 그러고는 고개를 들다가 그네를 타던 나와 눈이 마주쳤다. 나는 어쩌다 엿듣고 움직임도 하나하나 주시했던 걸 굳이 감추지 않았다. 그 사람은 휴대 전화에 배터리를 끼운 후 담배꽁초를 손가락으로 한쪽에 튕겨 버리고 일어섰다. 나를 향해 다가오는 그의 얼굴에는 아무런 감정도 실려 있지 않았다.

"실례 좀 해도 돼?" 그 사람이 내 옆 그네를 가리켰다.

"그러세요." 더 좋은 말이 생각나지 않아서 나는 그렇게 말했다. 그 사람은 그넷줄을 꼭 잡고 앉더니 한 번 빠르게 구른 후 그네에 몸을 맡겼다. 나는 그냥 가만히 있었다. 잠시 후 그 사람은 속도를 늦추어 발로 바닥을 짚고 나서 뒤통수를 긁적였다.

"안사람이 애들하고 이야기를 못 하게 하네."

"아……." 나는 답했다.

"걔들이 나랑 이야기를 안 하려고 한다는데, 그건 말이 안 되지."

"애들이 몇 살인데요?"

"밸러리는 일곱 살, 수재나는 세 살 된 지 얼마 안 됐지."

"애들 본 지는 얼마나 됐는데요?"

"너무 오래됐어. 애들 생각을 많이 안 하려고 해. 형편없는 아빠지."

"아……." 나는 뭔가 불편할 때 이렇게 말한다.

"컬런, 너 이거 아냐?" 그 사람이 이야기를 시작했다. "마음은, 네가 잊고 싶어 하는 걸 잊지 못하게 하는 방법이 있어. 특히 사람에 대한 기억이 그래. 예를 들어서, 넌 맨날 사람들이 너한테 직접 한 얘기나 아니면 너에 대해서 했다는 이야기를 잊으려고 최선을 다해. 그런데도 넌 늘 그걸 다 기억해. 또, 누구도 봐선 안 되는 뭔가를 보고서 그걸 잊으려고 노력을 한단 말야. 그런데도 넌 잊을 수가 없어. 그리고 네가 누군가의 얼굴을 잊으려고 애쓰면 그 얼굴이 네 머릿속에서 지워지질 않아."

"요즘 동생 얼굴이 생각나지 않아서 힘들어요."

"정말?"

"동생이 뭘 하고 있는 모습을 떠올려 보려고 애쓰기도 하고, 마지막으로 본 모습을 기억하려고도 해요. 그런데 어떨 땐 개 얼굴이 텅 비어 있어요. 또 어떤 때는 제 방에 그냥 앉아 있는데 개 얼굴만 떠올라요."

"원래 그래. 네 마음이 절대, 네가 원하는 대로 기억을 불러들여 주질 않지."

"그런 것 같아요."

"이 마을에 내가 나쁜 놈이라고 생각하는 사람들이 있는 거 알아. 더 나쁜 짓도 할 수 있는데 그렇게 하지 않는 건 모르지."

"네?"

"뭔 소리냐면, 내가 떠돌이 약장수, 그러니까 사람들한테서 돈이고 뭐고 뺏어 먹는 사기꾼일 수도 있단 말이야. 살인자일 수도 있고. 그런데 그게 아니고, 내가 원하는 건 나사로 딱따구리가 지금도 살아 있다는 걸 세상에 증명해 보이는 것뿐이야. 살아 있는 거 확실해. 내가 봤거든. 소리도 들었어. 그 새가 불러서 내가 오리건에서 여기까지 온 거야. 이게 내 운명이지." 존 밸링은 손가락 하나를 하늘로 치켜들었다. 눈에 보이는 '운명'이 마치 그 손가락 바로 위를 떠다니고 있는 것처럼 말이다.

"아저씨 말이 맞았으면 좋겠네요." 내가 마침내 말했다.

"컬런, 네 운명은 뭐냐?" 그 사람이 고개를 돌려 나를 똑바로 보면서 물었다. 나는 어깨만 으쓱해 보였다.

"너 자신이 원하는 일을 하고, 그걸 찾을 때까지는 가족을 만들지 마." 그 사람이 콜록거리면서 말했다.

그 사람은 자리에서 일어나 담배를 하나 더 피워 물고 천천히 풀턴의 집을 향했다. 그러다 나를 한 번 돌아보고 윙크를 하고는 다시 몸을 돌렸다. 나는 휘파람을 마저 불면서 눈을 감았다. 동생 얼굴 말고는 아무것도 보이지 않았다.

84. 목마 타고 100만 킬로미터.

희망이 사라지는 곳

삶이 항상 예측 가능한 것은 아니고 인체도 그와 다르지 않아서 앨마 엠버와 남편 캐벗 시어시도 계획과 달리 아기를 얻지 못했다. 대신에 두 사람은 조그마한 아파트의 가구가 별로 없어서 썰렁한 거실 바닥에 앉아 서로 손을 잡고 TV를 보면서, 제각기 속으로 삶이 또 어떻게 흘러갈지 생각하고 있었다. 캐벗 시어시는 좀 무모하고 성급한 감은 있지만, 그래도 결혼 자체는 단 한순간도 후회하지 않았다. 반면에 앨마 엠버는 그간 자신이 내린 모든 결정들에 회의를 품기 시작했다.

"집이 쓰레기장이야." 앨마가 일어나 주방으로 가면서 말했다.

"뭐 좀 도와줘?" 캐벗이 일어서며 말했다.

"그냥 비켜만 주셔." 앨마는 분무기로 조리대에 오렌지색 세제를 뿌렸다.

"알았어." 캐벗은 소파에 앉아 리모컨을 집어 들었다.

앨마의 할머니는 그 몇 주 동안 자신이 손녀에게 고압적이었거나 사사건건 간섭했던 건 아닌지 자문한 끝에 그 아이의 인생에 끼어들지 않기로 마음먹었다. 하지만 그 후로도 음식을 사거나 집세 내는 데 보태 쓰라는 뜻으로 거의 매주 수표를 한 장씩 건네주었다. 그때마다 앨마는 죄스러운 표정으로 고맙다고 말하고, 할머니 볼에 입 맞추곤 했다. 캐벗 시어시는 앨마를 임신시켰을 때 제프 삼촌의 눈 밖에 나서 삼촌과 완전히 연을 끊었다. 그리고 앨마가 길거리 카페에서 복잡한 이탈리아식 이름에다 크기도 다양한 커피를 파는 동안 캐벗은 일자리를 구하는 척하면서 실제로는 놀고 먹었다.

캐벗은 위성 TV 외판원으로 취직했다. 그리고 넉 달 후 앨마 엠버는 할머니 집에 다시 들어가 살기로 결정했다. 할머니는 아주 좋아했다. 앨마는 마음이 좀 놓였지만 그래도 슬펐다. 캐벗 시어시는 다시 일자리를 잃었고 침대에 틀어박혀서 사흘 동안 앨마에게 전화를 쉰일곱 번 했다. 그게 일상이 되었다. 전화를 걸다가 또 어느 날은 장황하고 애처롭고 두서없는 편지를 썼고, 그 사이사이에 자신은 깨닫지 못하고 있었지만 실은 앨마를 떠나게 한 주범인 바로 그 주제, 즉 인류의 잠재력이라는 주제를 계속 연구했다. 고대의 글과 비밀 저술들, 열네 살 때 엄마가 준 성경을 읽으면서 캐벗의 호기심은 집착으로 바뀌었다. 매일 밤을 새우다시피 하며 책을 읽다가 흥미로운 부분을 베끼거나, 벤턴 세이지가 남긴 것과 아주 비슷한 공책에 자신의 이론을 써내려 갔다. 앨마와 헤어지기 전날에는 하느님이 만약 천사 그리고리들을 죽이지 않았다면 자신들의 아기가 살아 있었을 거라고도 했다. 앨마는 그날 밤 침대에서 숨죽여 흐느끼다가 까치발로 욕실에 들어가 욕조 가장자리에 걸터앉아서 머리를 두 무릎 사이에 파묻었다. 회색 장판이 깔린 욕실 바닥에 눈물방울이 떨어졌다. 앨마는 얼른 그 자국을 발로 문질러 없애고 일어서서 거울을 들여다보았다. 얼굴에 물을 끼얹고 거울을 보면서 물이 아닌 눈물의 흔적이 있는지 찬찬히 살폈다. 빨개진 눈으로. 며칠째 머리도 감지 않은 채. 두 손으로 세면기 양옆을 꽉 잡고서.

캐벗이 아기 잃은 일로 하느님을 비난한 건 이번이 처음이 아니었다. 사실 그는 세상의 모든 악을 목록으로 작성하고 있었다. 마치 성전(聖戰)을 치를 작정으로, 단어로 된 군대를 조직하는 것 같았다. 캐벗은 벤턴이 남긴 메모들을 곱씹어서 단어 하나하나 철자 하나하나에 원자 폭탄을 매단다 싶을 만큼 지나치게 의미를 부여했다. 앨마는 그것을 알았다. 그래서 떠났다. 캐벗이 자기 자신을 속이고 있다는 사실을 깨달을 거라는 믿음이 앨마에게는 거의 없었다.

캐벗은 하느님이 인류의 창조자인 동시에 가장 큰 압제자이기
도 하다는 점을 입증하고자 했다. 그 모든 게 앨마에게는 두통거리
였고, 한때는 지극히 정상적이고 매력적이던 남편이 종교와 관련
해 터무니없는 생각을 횡설수설 늘어놓는 일이 잦아지자, 앨마는
그를 점점 두려워하게 되었다.

지금이 세상의 종말일지도 몰라

    7월 중순 어느 때쯤 아빠가 대학 이야기를 꺼냈다. 이 점은 짚고 넘어가고 싶은데, 동생이 사라지고 에이다 테일러가 나와 잠자기 시작한 그해 여름에 대학은 내 안중에도 없었다. 한데 아빠는 갑자기 그 문제에 꽂혀서 나더러 대학들에 요청해 받은 모집 요강을 살펴보라고 닦달했다. 또 듣도 보도 못한 데다 우리 집에서 미국 땅 절반만큼은 떨어져 있는 대학들의 홈페이지에 들어가서 정보를 얻으라고도 했다. 그리고 별안간 내 관심 분야가 무엇인지 알고 싶어 했다. 원하는 전공 말이다. 평생의 꿈이 무엇인지, 실현할 계획은 어떤 것인지 말이다. 거기다 세상에 어떤 영향을 미치고 싶은지까지. 솔직히 처음에는 그 모든 것에 울화가 치밀었다. 나는 열일곱 살이 되도록 같은 자리에 그대로 있었는데 아빠가 처음으로 눈곱만큼이나마 관심을 보인 게 하필이면 내가 그걸 가장 원하지 않는 때라니. 그때 나는 최대한 남들 눈에 띄지 않고 싶었다. 아빠 그걸 몰랐단 말인가? 벽에 기대고 있다가 그 속으로 사라져 버리고 싶었는데? 아니면 소파에 누워서 쿠션이 나를 삼켜 주면 좋겠다고 생각했는데?

아빠는 그것도 모자라 엄마를 통해 나를 떠보기까지 했다. "넌 네가 우뇌형 인간이라고 생각하니, 아님 좌뇌형 인간이라고 생각하니?"라거나 "동해안과 서해안 중에 고르라면 어디에서 살고 싶니?" 하고 묻는 식이었다. 어느 해안이 되었건 내 동생이 숨어 지내거나 지하실에 갇혀 있거나 아니면 땅속에 묻혀 있는 곳을 택하겠다고 대답하고 싶었지만, 엄마에게는 결코 아무 말도 하지 않았다. 설사 내 꿈이 무엇인지 진짜 알더라도 아직은 릴리를 떠난다는 생각만으로도 참을 수가 없다는 걸 절대 이야기하지 않았다. 동생이 언젠가 다시 나타날지 모른다고 믿었기 때문이다. 나타나지 않는다면, 누군지는 몰라도 내 동생이 사라진 데 책임이 있는 어떤 놈이 지금도 어딘가에서 똑같은 짓을 저지르고, 또 저지를 기회만 노리고 있다고 믿었기 때문이다. 밤에 침대 곁에 서 있는 죽은 동생의 좀비를 보는 나, 컬런 위터가 수천 명이 될 때까지 말이다. 나는 동생이 돌아오는 곳에 있어야 했다. 거기서 녀석을 지켜 줘야 했다. 나는 대학 따위에는 털끝만 한 관심도 없었기 때문에 끄덕지게 그 문제를 생각하도록 유도당하는 데 지쳐 버렸다. 그래서 어느 날 집을 나왔다. 그 길로 에이다를 만나러 갔는데 집에 없었다. 루커스의 집에 가 봤더니 개가 현관 앞 계단에 앉아 있었다. 나도 녀석 옆에 앉았다. 녀석은 그냥 조용히 있었다. 내가 화난 걸 눈치챘던 거다. 루커스는 내가 화났을 때 어떻게 해야 하는지 알았다.

"개 또 개네 집에 갔어." 내가 말했다.

"진짜 짜증 난다."

"멀쩡한 나보다 휠체어 탄 개가 더 끌리나 봐. 참 슬프지 않냐?"

"너한테 무슨 문제가 있어서가 아니야."

"근데 꼭 그렇게 느껴져."

다음 날 아침, 나는 식탁에 앉아서 앞으로는 에이다 이야기를 꺼내지 않겠다고 루커스와 약속했다. 그때까지 사흘을 내리 이모 집에서 지낸 엄마가 주방에 들어오더니 조리대에 가방을 내려놓고는 우리가 앉은 식탁 쪽을 돌아보며 말했다. "내 할 일은 끝났다. 이제 이모 일은 이모가 알아서 할 거야." 그러고는 주방을 나갔다. 루커스는 씩 웃고 와플을 또 한 입 먹었다. 나는 자리에서 일어나 엄마 방으로 따라 들어갔다. 엄마는 침대에 걸터앉아 있었다. 울지도 웃지도 않았다. 게다가 아무 말도 하지 않았다.

"무슨 일 있었어?" 나는 '지금 말 걸어도 괜찮아?' 하는 투로 물었다.

"오슬로 이야기를 하다가 개가 아기였을 때 얼마나 귀여웠는지

애기가 나왔거든."

"광고판 같은 데도 나오지 않았어?"

"맞아. 태어난 지 몇 주 안 돼서 병원 광고판에 실렸었지."

"그래."

"어쨌든, 그런 얘길 하는데 이모가 천당 얘길 시작하잖아."

"천당?"

"응. 천당에 가면 우리가 다 아기였으면 좋겠다, 이런 얘길 했어."

"좋네."

"그러더니." 엄마 눈에 눈물이 고이기 시작했다. "자기가 이제 할 수 있는 거라곤 고작 오슬로하고 가브리엘이 저 위 천당에서 아기가 돼 가지고, 새하얀 바닥을 엉금엉금 기어 다니는 모습을 생각하는 것밖에 없대."

쓰레기를 버리러 밖으로 나가면서 나도 엄마처럼 속이 뒤집혔다. 가브리엘이 더 이상 이 세상 사람이 아니라니. 오슬로 형이 천당에 갔다니. 거기서 그 형을 받아 줬을까? 끈질기리만치 매사를 망쳐 놓기만 하던 사람도 자비를 얻었을지, 나는 궁금했다. 그러다 문득 내가 마약쟁이가 아니란 것 말고는 오슬로 형과 다를 바 없다는 생각이 들었다. 내게는 미래라고 할 만한 게 없었다. 목표도, 열정도 없었다. 그저 빈둥거리며 주변에서 무언가 큰 일이 터지기만을, 기적 같은 일이 일어나기만을 기다릴 뿐 다른 어떤 것도 할 생각이 없었다. 오슬로 형도 나와 똑같이 뭔가 좋은 일이 생기기만 기다리면서 기분이 좋아지는 마약을 포기할 이유가 뭐 있느냐고 생각했을 것 같았다. 하지만 형은 틀려먹었다. 그렇다면 나 역시 틀려먹었나? 불가능한 일이 일어나길 바라면서 대충 지냈으니까? 그리고 이모가 옳았나? 우리는 죽어서 모두 아기가 될까? 그렇게 처음 모습으로 되돌아가는 게 말이 되지 않나? 그럼 우리는 다시 완전히 순진해지는 건가? 슬픔이나 외로움, 권태 따위는 완전히 잊고?

"너 요즘 생각이 너무 많아." 다음 날, 화이트 강둑에서 루커스가 말했다.

"내가 생각이 너무 많다고?" 나는 언성을 높였다.

"그래. 그냥 느긋하게 앉아 있질 못 하고 꼭 사소한 것까지 죄다 분석을 하고 있잖아."

"사돈 남 말 하거든?"

"나야 어쩌다 그러지."

"내가 보기엔 너도 딱 내 수준이야."

"어쨌든. 그게 중요한 게 아니야. 핵심은 네가, 아니 미안하다, '우리'가 뭘 아주 자잘하게 다 분해하기 전에 일단 마음을 가라앉히고 전체를 있는 그대로 받아들일 줄 알아야 한다, 그 말이야."

"왜?"

"우린 맨날, 그렇게 하지 않아서 뭔가 시작되기도 전에 일을 망치니까."

　동생이 사라지고 9주째에 엄마는 일을 멈췄다. 빵과 우유 사는 일을. 샤워하고 이 닦는 일을. 바로 옆에서 울리는 전화 받는 일을. 엄마가 미장원에 나가지 않은 지 나흘이 넘자 아빠는 장부를 찾아 내 단골들에게 전화를 걸고 예약을 무기한 연기하게 되었다고 말했다. 어느 날은 내 방에 앉아 있는데 엄마가 주방 벽에다 통조림이며 시리얼 상자를 집어 던지는 소리가 났다. 그때 아빠가 맨 먼저 소리친 말은, "컬런, 거기 그대로 있어!"였다. 또 엄마는 거실에서 심야 프로그램 재방송을 보다가도 테드 댄슨(미국의 배우―옮긴이)에게 엄마 엉덩이에 뽀뽀하라거나 메리 타일러 무어(미국의 배우―옮긴이)에게 상스러운 짓 좀 해 보라는 등 입에 담지 못할 말들을 해 댔다. 내가 바로 옆에 있는데도 말이다.

　아빠는 참았다. 엄마를 진정시켰다. 거실의 모든 각도에서 엄마를 관찰했다. 작은 파란색 알약과 물을 엄마에게 가져다주었다. 아빠는 사람들이 장례식에서나 지을 법한 눈빛으로 나를 바라봤다. 그것은 방금 안 좋은 소식을 들은 사람을 대하는 눈빛이었다. 그러면서도 아빠는 나를 대학에 보내겠다는 목표를 버리지 않았고, 엄마의 흐느낌과 고함 사이로 새로운 학교나 전망 좋아 보이는 직업에 대해 잡지에서 본 것들을 나에게 전했다. 나는 그걸 듣는 것만으로도 지겨웠지만, 아빠를 완전히 무시할 용기가 없었다. 아빠는 노력하고 있었고 내게는 그러지 못하게 할 권리가 없었다.

"아칸소 대학에 입학하면 나하고 루커스하고 같은 방 쓰게 해 줄까?"

"잘은 모르지만, 그렇게 해 달라고 요청해 볼 수는 있을 거야."

"알았어. 내가 전화해서 물어볼게."

내 말에 아빠 얼굴이 밝아졌다. 오랜만에 보는 표정이었다.

"컬런." 거실을 나서는데 아빠가 말했다. "우수 학생 프로그램 있는지도 꼭 물어봐. 넌 분명히 자격이 될 거야."

나는 아칸소 대학교에 전화하지 않았다. 그 대신 전화기를 지나고, 주방을 지나고, 복도를 지나 내 방으로 갔다. 루커스 케이더가 바닥에 누워 자고 있었다. 녀석을 넘어서 침대 위로 올라갔다. 일기장을 꺼내 첫 번째 빈 쪽을 펼쳤다. 아빠와 방금 나눈 대화를 적은 후 다시 매트리스 밑에 집어넣었다. 눈을 감고 아주 넓고 사람들이 북적대는 대학 캠퍼스를 왔다 갔다 하는 상상을 했다. 나는 온통 사람들로 둘러싸여 있었다. 사람들은 새로 산 빨간색 혹은 흰색 운동복을 걸친 채, 웃으면서 서로의 친구들을 소개하고 전날 있었던 대단한 경기에 대해 떠들었다. 빠르게 움직이는 사람들 한가운데서 내 머릿속은 소음으로 꽉 찼고 근육은 그대로 굳어 버렸다. 지구가 태양 주위를 돌듯, 내 주변은 표정 하나 없는 나를 중심으로 돌아갔다.

잠에서 깨어 보니 루커스가 방 한가운데서 팔 벌려 뛰기를 하고 있었다. 나는 일어나 앉아서 내가 깼다는 걸 루커스가 눈치채기를 기다렸다. 녀석은 알아채고도 그냥 나를 내려다보고 싱긋 웃을 뿐, 양팔과 다리를 쭉쭉 뻗으며 펄쩍펄쩍 뛰기만 했다.

“대체 웬 난리야?” 내가 물었다.

“몸에 엔도르핀 좀 돌게 하려고.”

“왜?”

“우리 오늘 밤 딱따구리 계주 뛸 거거든.”

“딱따구리 뭐?”

“딱따구리 계주 말야, 컬런. 그것도 모르고, 너 원시인이냐?”

“맞아, 그렇게 살려고.”

“너랑 나랑 메나가 뛰는 걸로 신청했어. 4시 반에 시작하니까 옷 좀 갈아입어라.”

“아니, 난 그런 웃기는 데 안 가!”

“컬런, 너도 신청했다니까. 뛰어야 해.”

“싫어, 안 뛴다니까.”

“그러지 말고 같이 가자. 결국 재밌어하고 나중에 나한테 감사할 거면서 그런다.” 루커스는 계속 허공으로 뛰어 오르면서 말했다.

“아니, 안 그럴 거야. 거기 안 갈 거니까!” 나는 이렇게 말하고 방에서 나와 버렸다.

루커스가 가쁜 숨을 쉬며 복도로 따라 나왔다. 나는 냉장고 문을 열었지만 비어 있어서 그냥 닫았다. 루커스는 주방 문 바깥쪽에 서 있었다. 걔 얼굴에는 자기 요구가 좀 이상해도 내가 그냥 받아들이고 세상 흐름에 순응하길 바란다고 쓰여 있었다. 나는 몸을 돌려 식탁에 앉았다. 루커스가 다가와 내 맞은편에 앉았다. 녀석은 그때까지도 숨을 몰아쉬고 있었다. 이윽고 몸을 숙여 식탁에 턱을 괴고 내 얼굴을 똑바로 바라보았다. 그리고 고개를 까딱했다. 확신에 찬 표정이었다.

"죽어도 안 해." 내가 말했다.

"컬런, 진정해."

"루커스, 넌 그 뭐 같은 계주에나 가 버려, 나 혼자 내버려 두고!" 나는 소리 지르고 벌떡 일어나 거실로 갔다. 아빠가 리모컨으로 TV 채널을 돌리고 있었다.

"아저씨, 계주 나가면 재미있을 거라고 말 좀 해 주세요." 루커스가 아빠에게 말했다.

"컬런, 계주 나가면 재미있을 거다." 아빠가 로봇처럼 말했다.

"봐, 너네 아빠도 네가 나갔으면 하시잖아. 그러니까 가자."

그 말이 끝나자마자 나는 벌떡 일어나서 루커스 케이더와 불과 5센티미터 거리까지 얼굴을 바짝 들이대고 목소리를 최대한 낮추어 말했다.

"루커스, 재미있게 놀고 싶은 거 이해해. 가서 그 허튼 짓들 하고 낄낄대면서 일상에서 벗어나 한숨 돌리려는 거지. 네가 아무 일도 없는 것처럼 지내려고 최선을 다하는 거 알아. 하지만, 난 아냐. 난

이 집에 처박혀서 똥 씹은 얼굴로 슬퍼하면서 완전 개 같은 내 인생, 제대로 즐기고 싶어. 그러니까 넌 네 여자 친구나 데리고 계주나가든 말든 맘대로 하고, 이 집에서 당장 꺼져. 그리고 다시는 내 앞에 나타나지 마. 내 동생이자 네 친구이기도 한 애가 어딘가 아무도 모르는 곳에서, 누구한테 무슨 일을 당했는지도 모르는 지금 상황, 네가 까먹지 않았다는 거 보여 줄 수 있을 때까진, 절대로.”

루커스 케이더는 곧장 현관문을 빠져나갔고 아빠는 TV를 끄더니 나를 거실 한가운데 내버려 두고 나가 버렸다. 나는 무거운 몸을 끌고 방으로 돌아와 침대에 얼굴을 파묻었다. 내 뜨거운 숨이 얼굴에 느껴졌다. 침대보에서 면직물 냄새가 났다. 나는 소리가 침대에 파묻혀 들리지 않을 만큼만 비명을 질렀다. 애초에 아무 소리도 지르지 않은 것처럼 말이다.

웨브 박사님에 따르면, 가족 중 어느 누구보다 형제를 잃었을 때 가장 힘들어하는 경우가 많다고 한다. 박사님은 이렇게 말한다. “형제는 한 인간의 과거와 현재, 미래를 의미한다. 누군가 배우자를 잃더라도 그 사람에게는 결혼 전 혼자 지내던 시절의 기억이 있어서 배우자가 없는 미래의 삶을 비교적 쉽게 상상할 수 있다. 한편, 자식을 잃은 부모는 남은 자식을 돌보면서 그 자식을 위한 미래를 만들어 갈 수 있다. 그런데 형제를 잃게 되면 서로 공유했고 미래까지 지속될 수 있었던 평생의 관계를 잃게 된다.” 나는 죽었을 게 거의 확실한 동생을 둔 열일곱 살짜리였으므로, 내가 병신 같은 짓만 하고 다니는 데 웨브 박사님의 말은 아주 좋은 핑계가 되었다. 동생이 사라짐과 동시에 (이렇게 말하려니 닭살 돋지만) 내 존재의 일부도 소멸해 버렸다. 그때부터 한 사람의 관점에서만 이야기를 서술할 수 있게 되었다. 기억을 말할 수는 있었지만, 동생과 공유하는 기억이 아니었다.

엄마는 10주 만에 공식적으로 가브리엘의 방에 들어앉았다. 문은 거의 언제나 닫혀 있었고 아빠와 나는 대답을 들으려고 엄마를 부르다가 포기했다. 엄마는 하루에 한 번 정도밖에 밥을 먹지 않았지만, 우리는 엄마가 조금이나마 살려는 의지가 있다는 사실에 위안을 얻었다. 웨브 박사님은 슬픔에도 단계가 있다고 했다. 겨우 더듬지 않고 말을 하고, 한 시간가량 이상은 잠을 자지 못하고, 뭔가에 홀린 듯 가브리엘이 모은 책을 읽고 CD를 듣는 걸 보건대, 엄마는 빌어먹을 정신 이상 단계에 꼭 들어맞아 보였다. 가브리엘의 방을 차지한 다음 날, 엄마는 문을 열고 마침 복도를 지나가던 나를 안으로 이끌었다. 그리고 침대에 앉혔다. 엄마는 화장을 하지 않은 맨 얼굴에다 세로로 분홍색과 흰색 줄이 난 파자마를 입은 채였다.

"컬런, 이 노래 좀 들어 봐, 놀라워." 엄마가 가브리엘의 작은 오디오에서 재생 버튼을 눌렀고 나는 음악이 나오기를 기다렸다. 하지만 아무 소리도 들리지 않았다.

“염병할.” 오디오 앞에 책상다리로 앉은 채 엄마가 말했다.

“여기, 엄마. 내가⋯⋯.”

“아냐, 하지 마. 내가 할 수 있어.” 엄마가 내 말을 자르고 혀를 반쯤 내민 채 버튼을 두 개 더 눌렀다.

한 번도 들어 본 적이 없는 노래가 중간 부분부터 흘러나왔다. 나는 눈을 감고 단어 하나하나에 귀를 기울였다.

태양을 바라보다
아 이제 내 목소리로 나를 구할 수 없네
바다에 서서
한 번 더 숨 쉬고 물속으로 들어가네

엄마는 가사에 맞추어 입술을 움직이고 있었다. 엄마가 그날 몇 번이나 그 자리에 앉아서 그 노래를 들었는지 궁금했다. 엄마는 천장에 시선을 고정한 채 한 손을 몸 옆 허공에서 마치 보이지 않는 파리들을 쫓듯 움직이면서 몸을 앞뒤로 흔들었다. 노래가 끝나자 정지 버튼을 누르고 양팔을 축 늘어뜨리고는 내가 무슨 말이라도 하기로 되어 있는 것처럼 나를 보았다.

“좋네.” 내가 말했다.

“그럴 줄 알았지.”

“이런 걸 어디서 찾아냈을까?”

"그거야 난 모르지만, 노래가 좋아." 엄마는 한 손으로 카펫을 문지르면서 말했다.

"이제 곧 이 방에서 나올 거지?"

"너, 개랑 참 똑같이 생겼어, 알아?" 엄마가 내 얼굴을 보면서 말했다.

"엄마, 제발."

"정말 똑같아. 너희 둘이 여섯 살, 네 살쯤이었던가, 사람들이 쌍둥이냐고 묻고 그랬어. 쌍둥이처럼 똑같아 보였으니까."

"먹을 거니 뭐 좀 가져다줄까?" 내가 일어서면서 물었다.

"컬런, 넌 이 일이 잘 해결될 거라고 믿어야 해."

"엄마."

"이제 곧 학기 시작될 텐데, 언젠가 네가 집에 돌아와 보면 게이브가 바로 여기 앉아서 이 노랠 듣고 있을 거야."

에이다 테일러는 마을에서 하나뿐이고 서점이기도 한 커피숍에서 만나자는 내 제안을 받아들였다. 우리는 어색하게 마주 앉아서 상대가 먼저 말을 꺼내기를 기다렸다. 에이다는 뭔가 엄청나게 켕기는 표정이었다. 나는 내 얼굴도 비슷할 거라고 생각하면서 찔끔찔끔 커피를 마시다가 마침내 말문을 열었다.

"에이다, 난 좀 혼란스러워."

"알아."

“너하고 러셀 사이가 어떻게 돼 가는 건지.”

“그렇겠지.”

“그리고 네가 갑자기 내 전화 못 받고 나중에 전화하지 않는 거나 맨날 집에 없는 것도.”

할 말이 없거나 말할 방법을 모르겠다는 얼굴로 에이다가 나를 바라보았다.

“뭐, 할 말 없어?” 내가 물었다.

“러셀을 돌봐 줘야 해. 러셀한텐 내가 필요해. 빚진 게 있거든.”

“무슨 말이야? 빚진 게 있다고? 네가 러셀 목을 부러뜨린 것도 아니잖아!” 내 목소리가 너무 커졌다.

“무슨 뜻이냐면, 러셀이 처음부터 아예 나를 만나지 않았으면 플로리다에서 그렇게 술을 마시고 맛이 가지도 않았을 거고, 차 사고로 그 난리가 나지도 않았을 거란 말이야. 어떻게 생각해 봐도 내 잘못이야. 마지막의 그 두 가지 일은 내가 어떻게 해 줄 기회가 없었어. 그래서 이제 러셀 곁에 있어 줘야 해.”

“그럼 난 어쩌고?”

“넌 어쩌느냐고?” 에이다는 불만 섞인 목소리로 되물었다.

나는 에이다가 사과하기를 가만히 기다렸다.

“컬런, 넌 우리가 함께라는 상상을 하면 기분이 좋은 거고, 또 그 상상이 현실이 된다는 게 좋은 거야. 나 자체가 좋은 게 아니고. 진짜야.”

“너 자체가 좋은 게 아니다⋯⋯.” 나는 멍한 얼굴로 따라 말했다.

“미안해, 컬런. 정말 미안해. 나도 이러는 거 정말 아니라고 생각해. 하지만 어쨌든 네 사정이 더 나아. 앞으로도 좋을 거고. 네가 나를 필요로 하던 때가 있었지. 이젠 다른 사람한테 내가 필요해.”

에이다가 문 밖으로 나갈 때 나는 커피를 한 모금 마시고 옆자리에 앉은 남녀 한 쌍을 바라보았다. 두 사람이 ‘너 방금 차이는 거 봤지롱.’ 하는 표정으로 마주 봤기 때문에 그들 쪽으로 ‘건배’ 하듯 커피 잔을 들어 올린 후 다시 한 모금 마셨다. 그리고 탁자에 1달리짜리 한 장을 놓고 밖으로 나왔다

루커스 케이더는 내가 꺼져 버리라고 한 지 사흘 만에 돌아왔다. 녀석은 계주에 참가하지 않았고 턱 왼쪽이 푸르딩딩하게 부어 있었다. 녀석은 내가 앉은 소파에 와 앉더니 그 옆 흔들의자에 앉아 있던 아빠에게 안녕하시냐고 인사를 하고 TV를 봤다. 아빠는 동생 방에서 들려오는 음악 소리 때문에 잘 안 들리는지 TV 소리를 더 키웠다. 그러고는 몸을 앞으로 내밀어 나와 시선을 마주치고 손가락으로 자기 턱을 가리켜 보인 다음 루커스를 가리켰다.

“턱은 왜 그래?” 나는 밝게 미소 지으며 말했다.

“별일 아냐.”

“아니잖아. 대체 어쩌다 얼굴이 그렇게 된 거야?”

“별일 아니라고 했잖아. 그냥 내버려 둬.”

"좋아. 얼굴에 멍이 들어 가지고는 거실에 떡하니 나타나서 아무한테도 설명을 안 하겠다, 이거네."

"알았어, 말할게." 녀석이 말했다. 아빠는 TV 소리를 줄이고 고쳐 앉았다. 루커스가 웃으니까 얼굴이 반쪽만 정상인 인간 같았다.

"그때 여기서 너한테 한마디 듣고 나갔잖아."

"미안해."

"괜찮아. 어쨌든, 그날 여길 나가서는 메나를 태우러 갔거든. 근데 걔가 꾸물거린 통에 공원에 갔을 땐 이미 주자들이 다 출발선에 서 있는 거야. 게다가 그 하고많은 사람들 중에서 존 발링이 무대에 서서 허공에 권총을 치켜들고는 참석한 모두를 환영한다고 하고 카운트다운을 하잖아. 그 순간 메나는 출발선으로 뛰어갔고 나는 무대로 뛰어 올라갔어. 무대 한가운데에 서 있는 그 인간 코를 정통으로 갈겼지."

"뭘 어쨌다고?" 내가 물었다.

"저런." 아빠가 말했다.

"그냥 친 게 아니라 세게 쳤다고. 근데 그 인간, 생각보다 세더라. 내가 뭐 다른 걸 해 보기도 전에 주먹을 휘둘러서 내 입을 맞혔어. 그래서 내 얼굴이 지금 이 모양이고."

"저런." 내가 말했다.

"지금도 존나 아파." 루커스는 웃었다.

"왜 그랬는데?"

"뭐가 중요한지를 내가 잊지 않았다는 걸 너한테 보여 주고 싶었나 보지 뭐." 녀석이 우물우물 말했다.

"나한테 그냥 그렇다고 이야기하면 되는 거였는데."

다음 날 아침에 나는 루커스보다 먼저 일어나 발꿈치를 들고 방에서 나왔다. 주방에 가서 프루티 페블스 한 그릇에 우유를 부었다. 프루티 페블스는 그해 여름에 내 거의 모든 끼니를 대신한 시리얼이다. 그래서 내 입천장에는 늘 단맛 나는 얇은 막 같은 것이 붙어 있었다. 나는 식탁에서 아빠를 마주 보고 앉았다. 아빠는 십자말풀이를 늘여다보면서 전천히 기피를 저었다.

"그 학교 학생 주거 담당 부서에 전화했었다." 아빠가 고개도 들지 않고 말했다.

"정말?"

"응. 네가 정해진 양식만 채워서 제출하고 루커스도 똑같이 하면 기숙사에서 둘이 한방을 쓰게 된다더라."

"고마워, 아빠."

가브리엘과 나는 '만약에 게임'을 좋아했다. 우리가 지어낸 건데, 둘이 돌아가며 가장 말도 안 되는 상황을 가정해 제시하는 게임이었다. 동생이 사라지기 2주 전에도 함께 우리 집 지붕에 누워서 그 게임을 했는데 그날은 특히 재미있었다. 원래는 유성우가 내린다는 얘기를 듣고 그걸 보려고 지붕에 올라간 거였다. 유성우는 몇 년에 한 번 있을까 말까 했기 때문에 가브리엘은 한 차례도 놓치지 않으려고 했다.

"만약에 인간이 진화해서 날개가 생긴다면 어떻게 될까?" 가브리엘은 어두운 하늘을 뚫어져라 쳐다보며 말했다.

"만약에 나한테 벌써 날개가 있는데 그동안 숨긴 거라면 어떻게 될까?" 내가 받아쳤다.

"만약에 형이 거짓말쟁이여서 내가 형을 여기서 밀어 버리면 어떻게 될까?" 가브리엘이 웃으며 말했다.

"만약에 내 비밀 날개를 써서 날아가 버리면 어떻게 될까?" 나도 웃으며 받았다.

"만약에 날개가 없는 인간들이 재미 삼아 날개가 있는 인간들을 사냥하면 어떻게 될까?" 가브리엘이 물었다.

"릴리에서는 분명히 그럴 거야." 내가 말을 덧붙였다.

"만약에 우리가 인간이 그렇게 진화할 걸 예상해서 법안을 만들면 어떻게 될까?"

"만약에 그 법을 '날개가 생겼을 때의 어려움─최근에 날 수 있게 된 이들을 위한 규칙과 지침'이라고 하면 어떻게 될까?"

"완벽하네." 가브리엘이 한숨을 쉬었다.

여름이 조금씩 끝나 가고 있었고, 내 기분에는 아랑곳없이 미래가 계속 손짓하며 나를 괴롭히던 그 시절, 나는 혼자서 간단하게 '만약에 게임'을 하면서 위안을 얻기 시작했다. '만약에'의 주인공은 당연히 동생이었다. 나는 운전 중이거나 소파에 앉아 있을 때나 잠을 청할 때 스스로 이렇게 묻곤 했다. "만약에 가브리엘이 나사로 딱따구리처럼 어느 날 갑자기 아무 일도 없었던 것처럼 툭 나타난다면 어떻게 될까? 나사로 딱따구리가 진짜 있는 거라면 어떻게 될까? 이 끔찍한 마을에서 다시 모든 게 생기를 띤다면 어떻게 될까?" 그러다 보면 늘, 가브리엘이 왜 인류에 대한 믿음을 놓지 않는지에 대해 내게 했던 말들이 떠올랐다.

"형, 우리는 아직 인간을 포기해서는 안 돼. 누구한테나 새 출발의 기회가 있는 서 알아? 홍수가 난 다음의 노아처럼 다시 시작하면 돼. 인간이 아무리 악해지더라도 어떻게든 새롭게 출발할 기회는 있는 거야."

85. 하느님만이 아신다.

동생이 지구 상에서 흔적을 감춘 지 정확히 10주하고 사흘이 지난 날, 방바닥에 누워서 꽤 거창하고 화려한 장면을 상상하기 시작한다. 초인종이 울리고 검은 드레스를 입은 엄마가 문을 열어 줄리아 이모와 그 옆에 서 있는 이모부 제임스 포크 박사를 맞아들인다. 바닥에서 일어나 소파로 가면서 속으로 이모부가 죽은 사람 같지 않다고 생각한다. 이모 부부가 주방으로 가고 나서 초인종이 또 울린다. 벌떡 일어나 엄마보다 먼저 달려가서 문을 여니 넥타이며 옷이며 온통 깔끔하게 단장한 루커스 케이더가 오른쪽에 선 메나 프레스콧과 팔짱을 끼고 서 있다. 메나도 엄마와 같은 검은색 드레스를 입었는데, 어깨끈이 없고 훨씬 더 몸에 달라붙는 스타일이다. 두 사람에게 조용히 손짓해서 거실로 들어가라고 하고 문을 닫으려는 바로 그때 또 한 사람이 다가온다. 문을 연 채 기다리자, 에이다 테일러가 안으로 들어와서 볼에 입맞춤해 주고 거실로 들어간다. 그는 빙그레 웃는 얼굴로 머리를 살짝 흔들며 문을 닫고 천천히 걸어 주방으로 들어간다. 부모님, 이모, 이모부가 샴페인 잔을 허공을 향해 들고 있다. 쨍그랑.

거실로 가는데 또다시 초인종이 울려서 고개를 돌리고 본다. 그가 현관문에 닿기도 전에 밖에서 문이 열리고 흰 정장 셔츠에 검은 넥타이를 한 오슬로 포크가 웃는 낯으로 들어선다. 오슬로 형은 능글맞게 웃으면서 사촌 동생을 위아래로 훑어본 다음 악수를 청한다. 그러고는 마루 한쪽을 지나 거실로 가더니 소파에 앉은 루커스와 메나 옆자리에 앉는다. 루커스에게는 학교에 대해 묻고 메나의 드레스에 대해서도 뭐라고 한다. 형은 에이다 테일러에게 춤추자고 청하고 거실 한가운데로 나가 함께 몸을 흔드는데, 전혀 죽은 사람 같지가 않다. 그런데 두 사람 뒤로 또 누군가 걸어오는 것이 보인다. 누군지 보려고 애써 발끝으로 서서 사람들 너머를 본다. 가브리엘이다! 가브리엘이 반대편에서 거실로 들어온 것이다. 가브리엘은 오슬로 형을 보고 놀란 표정을 짓더니 스치듯 지나치며 그의 어깨를 토닥인다. 가브리엘이 뭐라고 말하는 게 보이지만, 소리는 하나도 들리지 않는다. 그제야 그는 다른 사람들이 말할 때도 마찬가지라는 걸 알아차린다.

앨마 엠버와 개 엄마가 도착해 곧바로 식당방으로 가는데 묘하게 익숙한 느낌이 든다. 식당방에서 아주 희미한 웃음소리가 들리는 것 같다. 식당방에 들어가자 릴리에 하나뿐인 가구점에서 할인 행사를 할 때 산 4인용 나무 식탁 대신 좌우로 의자가 여덟 개씩 놓이고 양쪽 끝에 또 하나씩 놓인 기다란 식탁이 보인다. 그 위에는 흰색 레이스 식탁보가 깔려 있고 뚜껑이 있는 큰 접시들, 포도가 담긴 그릇, 빵 바구니, 기품이 나는 액체가 담긴 유리잔들이 놓여 있다. 엄마와 아빠가 식탁 양쪽 끝에 앉아 있고 엄마 왼쪽에는 이모와 이모부가 앉아 있다. 엠버 모녀가 이모 부부 옆에 앉는다. 식당방을 다시 나오려는데 복도에서 친구들이 봇물처럼 들이닥쳐 식탁에 자리를 잡는다.

자리를 잡을까 하고 방 안을 둘러보는 참에 러셀 퀴트먼이 친구 닐을 데리고 들어와서 손을 내민다. 이번이 처음이라고 생각하며 러셀과 악수를 한 뒤, 그 둘에게 손짓해 식탁으로 안내한다. 걸어가는 그들의 뒷모습에서 멀쩡한 러셀의 두 다리가 눈에 띈다. 닐이 고개를 돌려 윙크를 하고는 짓궂게 권총으로 쏘는 시늉을 해 보인다. 식당방 문가에 서서 조금 더 기다리자 누군가 현관 계단을 걸어 올라오는 소리가 들린다. 존 발링, 셜리 아줌마, 풀턴이 집 안으로 몰려 들어와 웃고 악수하며 인사를 나눈다. 식당방으로 들어가

는 그들의 모습을 바라보며 혼란스러워 고개를 젓는다. 그대로 그
냥 문을 열어 두고 다른 모든 이들과 함께 식당방으로 들어간다.

그는 아빠 왼쪽에 앉는다. 아빠가 뭐라고 말을 하는데 들리지 않
는다. 집중해서 입술 모양을 살피지만, 무슨 말인지 알 수가 없다.
따분한 나머지 손을 뻗어 아주 큰 접시의 뚜껑을 연다. 그런데 누
군가 손바닥으로 그의 손을 쳐서 손대지 못하게 한다. 셜리 아줌
마가 그에게 미소 지으며 **아직 안 돼 학생,** 하고 말하듯 고개를 젓
는다. 그도 미소 짓고 잔에 담긴 뭔지 모를 액체를 한 모금 마신다.
하지만 맛이 느껴지지 않아서 내려놓는다. 식탁 맞은편과 좌우와
양끝을 살펴본다. 모두가 웃고 있다. 이야기하고 있다. 소리 내 웃
고 있다. 누군가 그의 양 어깨에 손을 얹어서 돌아보니 가브리엘이
기타를 메고 서 있다. 동생은 그를 내려다보고 빙그레 웃고는 엄마
가 있는 식탁 한쪽 끝으로 걸어간다. 엄마 옆의 빈 의자를 끌어내
더니 그 위에 올라서서 기타 줄을 맞추기 시작한다. 그는 가브리엘
에게서 시선을 돌려 주위를 둘러본다. 모두들 이야기를 멈추었다.
얼굴은 여전히 웃고 있지만.

동생은 솜씨를 발휘해 기타를 치기 시작하지만, 아무것도 들리
지 않는다. 동생이 언제 돌아와 기타를 배웠는지 의아스럽다. 하지
만 다시 자리에 앉아 들리지 않는 동생의 연주곡에 맞추어 모두가
천천히 움직이는 모습을 찬찬히 살핀다. 이윽고 동생을 올려다보
는데 걔 입술이 움직이고 있다. 이제 노래를 하고 있다. 눈은 감겨

있다. 그는 동생이 그 침묵의 노래에 흠뻑 빠져 있는 거라고 생각한다. 그리고 사람들이 동생을 바라보는 모습을 살펴본다. 메나는 루커스의 어깨에 머리를 기대고 있고, 오슬로는 라이터를 허공에 치켜들고 있고, 엄마는 행복에 겨운 눈물을 닦아 내고 있다. 그의 눈에서도 무언가 흘러나와서 보니 빨갛고, 검고, 희다. 그것이 볼을 타고 빠르게 흐른다. 여전히 기타를 치며 노래하고 있는 가브리엘을 올려다보니 걔 어깨에 키가 60센티미터쯤이나 되는 나사로 딱따구리가 앉아 있다. 주변을 돌아봐도 자기 말고는 아무도 개의치 않는 것 같다. 존 빌링을 똑바로 보며 소리쳐 보지만, 입 밖으로 한마디도 나오지 않는다. 존 빌링은 말없이 앉아 수염으로 꺼칠한 얼굴에 멍청해 보이는 함박웃음을 머금고 있고 그 옆에서 셜리 아줌마가 노래에 몸을 맡기고 있다. 그때 초인종이 울린다. 벌떡 일어나 식당방을 가로질러 현관에 나가 보니 방충문 뒤에 빌로니아 클라인이 서 있다. 안으로 들어오라고 손짓하자 그 여자는 미소 지어 보인다. 빌로니아는 컬런 위터의 앞으로 걸어 들어와 식탁에 자리를 잡고, 모두에게 손을 흔들다가 가브리엘이 연주하는 모습을 보고 탄성을 내지른다.

다시 식당방 뒤쪽 구석에 가서 선다. 친구, 가족, 잘 모르는 사람들과 보기 싫은 사람들의 얼굴을 뜯어본다. 그리고 벽에 등을 기댄다. 여전히 아무것도 들리지 않는다. **"안녕하세요!"** 하고 소리쳐 보지만, 이번에도 소리가 전혀 나지 않는다. 아빠가 돌아보더니 와서 앉으라고 손짓한다. 그는 자리에 앉는다. 다른 사람들과 함께 있는 동생을 쳐다본다. 동생의 노래가 들리면 좋겠다고, 동생의 목소리를 한 번만이라도 다시 들을 수 있으면 좋겠다고 생각한다. 그러다 새를 본다. 새도 그를 보고 과장되게 한 번 날갯짓을 한다. 날카롭게 번뜩이는 두 눈이 그의 눈을 보고 있다. 소리를 내려는 것일 수도, 아닐 수도 있다. 도무지 알 수 없다. 새의 큰 부리가 동생의 목에 너무 가까워 보여 순간 움찔한다. 어서 날아가 버리기를 바라지만 새는 날아가지 않는다. 그 자리에 그대로 있으면서 들리지 않는 노래에 맞춰 자기 식으로 춤을 추는지 머리를 위아래로 움직인다. 식탁 맞은편의 닐과 러셀을 차례로 보는데, 러셀의 턱이 기괴하게 처지고 있다. 그가 자신의 턱을 가리켜 보이며 러셀에게 알리지만, 러셀은 손사래를 치고 가브리엘을 가리킨다. 오슬로 형을 보니 형 턱도 마찬가지다. 형은 눈도 처지기 시작한다. 얼굴은 완전히 뒤틀린다. 러셀을 보니 러셀의 눈에도 똑같은 일이 벌어지고 있다. 주변 사람이 모두 아주 이상하게 보이기 시작하는 걸 깨닫고는 자리에서 일어나 식탁에서 물러난다. 등이 벽에 부딪히자 몸을 바닥으로 낮춘다. 그의 앞에 있던 사람들이 모두 좀비가 되어 천천히 자리에서 일어난다. 모두 왼쪽이나 오른쪽으로 몸을 기우뚱한 채 눈을 밑으로 내리깔고, 입을 헤벌리고, 시체 같은 모습으로 몸을 흔든다. 그들은 제자리에서 온통 가브리엘에 집중하고 있다. 가브리엘만은 아직 멀쩡한 모습으로 기타를 치며 노래하고 있다. 가브리엘이 그를 내려다본다. 동생의 입술은 계속 노래하고 있지만, 얼굴은 겁에 질려 있다. 루커스 케이더를 보니 그 애 또한 방금 있던 자리에서 좀비로 변해 있다. 그가 일어나 동생에게 손을 뻗는다. 동생은 움직이지 않는다. 동생의 어깨를 흔들자 기타가 한쪽으로 떨어진다. 그러자 새가 동생 어깨에서 날아올라 방을 가로지르더니 오슬로 형의 머리에 앉는다. 동생은 넋이 나간 얼굴로 오슬로 형을 쳐다본다. 그때까지도 유일하게 멀쩡한 동생은 겁에 질린 눈으로 형의 이름을 부르려 입을 떼려다, 결국 식탁으로 곤두박질치고 만다. 그걸 보며 그는 뒤로 물러서서 문으로 가려다가 무언가에 부딪힌다. 몸을 돌려 보니 집 안은 온통 똑같은 모습을 한 인간이 아닌 존재들로 가득하다. 그것들이 일제히 다가온다. 양팔을 쫙 벌리고 머리를 위아래로 들썩이면서 다리를 질질 끌고 온다. 그는 식탁 위로 올라가 가브리엘의 머리를 붙잡고 바로 세우려고 한다. 그런데 양손에는 동생의 빈 옷만 남아 있다. 비명을 지르기 시작하지만, 전혀 소리가 나지 않는다. 또 한 번 비명을 지른다. 여전히 조용하다. 눈을 감는다. 두 주먹을 불끈 쥔다. 입을 최대한 크게 벌리고 젖 먹던 힘까지 내어 크게 소리 지른다. 눈을 뜨자, 그는 어느 낯선 방의 식탁 위에 앉아 있다. 의자를 세어 보니 이번에는 한쪽에 네 개뿐이다. 그는 식탁에서 뛰어 내려와 고개를 가로젓고 한 손으로 헝클어진 머리를 매만진다. 그리고 주방으로 걸어 들어가 아침 식사 식탁에 있는 동생 옆에 앉는다. 동생이 그를 보더니 속삭인다.

"이렇게 끝날 거야."

86. 좀비들의 만찬.

더 좋은 남자 찾아봤자 없을 거야

앨마는 릴리로 돌아가는 것이 자신에게 제일 이로울 거라는 사실을 쉽게 받아들이지 못했다. 하지만 입덧이 심해져 세 번째 학기에 두 과목에서 D학점을, 한 과목에서는 F학점을 받고서 학교를 그만둔 상태였다. 또 서배너보다 릴리에서 살기가 더 편할 것도 같았다. 그곳이 앨마에게 더 익숙했고 더 우호적이었다. 무엇보다, 릴리에 가면 캐벗 시어시를 덜 볼 수 있어서 좋았다. 캐벗은 앨마가 떠난 후, 밤늦게 전화를 하고 꽃이나 사탕, 큰 곰 인형을 들고 나타나거나 친구나 지인을 통해 자기 생각을 전하는 등 계속해서 앨마를 괴롭혔다. 그 모든 게 헛수고였다는 건 캐벗이 칼인지 조인지 이름도 기억나지 않는 땅딸막한 사내한테서 이혼 서류를 송달

받았을 때 분명해졌다.

앨마의 할머니는 고향으로 가는 비행기 삯을 대 주었다. 그리고 앨마를 꼭 껴안아 주었다. 울기도 했다. 외동 손녀의 귀에 대고 이렇게 속삭였다. "넌 참으로 사랑스러운 아이야." 앨마는 생애 두 번째 비행기를 탔고 두 시간 만에 아칸소 공항에 도착해 짐 찾는 곳 근처에 서서 엄마가 에스컬레이터를 타고 올라오기를 기다렸다. 엄마가 나타났을 때는 한없이 좋기만 했고 세상 사람들이 다 즐거워 보였다. 주위로 많은 사람이 오갔다. 재회하는 사람들, 아이들에게 뒤처지지 않으려고 바삐 걷는 엄마들, 아내에게 서두르라고 말하는 남편들. 짐수레가 끽끽 소리를 내며 굴러 다녔고 구내방송은 출발이 지연된 비행기 편을 안내했다.

캐벗 시어시는 아칸소로 돌아간 앨마와 한 번밖에 통화하지 못했고, 그마저도 앨마한테서 자신이 원하는 대로 살 수 있도록 이혼 서류에 서명해 달라는 이야기를 들은 게 다였다. 캐벗이 왜 자신을 떠났는지에 대해 끊임없이 질문을 해 대자 앨마는 전화를 끊어 버렸다. 바로 그날 캐벗은 꿈속에서 이후 천국의 환영이라고 부르게 될 것을 보았다. 주변에 살아 있는 거라곤 없고 나무 밑동과 죽은 가지들만 흩어져 있는 들판에 캐벗은 홀로 서 있었다. 그런데 하늘에서 살짝 초록빛이 나는 광선이 내려와 캐벗의 몸을 비추었다. 그러자 그의 몸에서 광채가 났다. 이때 어떤 목소리가 들려와 하늘을 쳐다보았다. 잠에서 깼을 때, 캐벗은 조금이나마 기억나

는 부분을 반복해 읊었다. 신약 성서에 나오는 에녹 관련 부분이었
다. "에녹은 죽음을 맛보지 않도록 옮겨졌다. 그리고 발견되지 않
았다."

"그 새를 찾든 못 찾든 그게 왜 중요한데?"

몇 주 후, 앨마 엠버가 엄마에게 물었다.

"음, 우리 딸내미, 왜냐하면, 이런 일이 있으면 마을에 돈벌이 같
은 게 많이 생길 수 있잖아. 외지에서 많이들 오니까 그 사람들을
다 활용할 수 있다 이거야. 알겠지?"

"그렇긴 하네." 앨마는 어깨를 으쓱했다.

"게다가, 없어진 줄 알았던 게 되돌아온다니까 흥분되지 않아?"

"그래서 그 새가 몇 년 동안이나 여기서 그냥 숨어 지냈다는 거
야?"

"그렇지."

"발견되기 싫은가 보네." 앨마가 줄로 손톱을 다듬으면서 말했다.

그날 밤 침대에서 앨마는 자신과 나사로 딱따구리가 꽤 비슷하
다고 생각했다. 둘 다 떠났다. 둘 다 되돌아왔다. 둘 다 가능하면
눈에 띄지 않고 싶어 한다. 앨마는 화이트 강가에 앉아서 하늘에
수백 마리의 새가 사방으로 날아다니는 걸 올려다보는 자신을 상
상했다. 마을 사람 모두에게 큰 희망을 주고 있는 놀라운 새를 거
기서 보고 있다고 생각하니 웃음이 나왔다. 그리고 그 새를 보게

되더라도 아무한테도 말하지 않기로 마음먹었다. 그냥 미소 짓고, 고개를 끄덕이고, 하던 일을 계속하기로 했다. 그렇게나마 그 새를 구하고 싶었다.

그날 앨마는 식료품점에서 우연히 옛날 교회 친구를 만났다. 그 남자애는 앨마에게 잘 지내냐고 묻고 좋아 보인다고 하더니, 아무 거리낌 없이 앨마가 결혼했다는 소문이 사실이냐고 물었다. 앨마 는 아무것도 숨기지 않았고 대화 내내 깔깔거리고 웃었다. 캐벗에 대해서는 '미친 놈'이라는 것 빼고는 이야기하지 않았다. 그때 고향에 돌아온 후 처음으로 평가받는다는 느낌 없이 사람을 대했다. 바보가 돼 버린 느낌 없이 결혼에 대해 이야기한 것도 처음이었다. 이 모든 대화의 상대는 졸업한 후로 만나 본 적이 없는 고등학교 친구였다. 그렇다. 루커스 케이더가 그날 하루를 즐겁게 만들어 준 것이다. 그리고 몇 분 전에 대화가 끝났는데도 루커스는 주차장에 서 또 다가와 뜻밖의 질문을 던졌다.

"컬런 위터 알지?"

"아는데, 걔는 왜?

"어, 이야기할 게 있어서. 컬런 걔, 참 괜찮은 애거든. 내가 세상 에서 제일 좋아하는 애고. 더 좋은 남자 찾아봤자 없을 거야. 그래 서 내 생각엔, 너도 갑자기 고향에 돌아왔고 하니까 오늘 밤에 우 리랑 데이트하면 좋겠다 싶어서."

"너하고 컬런, 둘하고?" 앨마가 황당해하며 물었다.

"아니, 아니. 나, 컬런, 메나 이렇게."

"메나 프레스콧?"

"맞아, 우리 사귄 지 좀 됐거든."

"와, 진짜 잘됐다, 루커스. 걔 진짜 예쁘잖아."

"그럼 오늘 밤에 데이트하는 거다?"

"음, 진심이야?"

"친구들하고 그냥 영화 보자는 거야. 너, 벌써 이 마을이 지겨워 죽겠는 거 다 알아."

"맞아. 그럼 나도 낄게."

"6시 50분쯤에 태우러 갈게. 7시 15분 영화 볼 거니까." 루커스는 온 길을 돌아가며 말했다.

"준비하고 기다릴게."

"그때 봐."

"안녕, 루커스. 고마워."

*

캐벗 시어시는 리틀록 공항에 발을 딛기 전까지 아칸소 주에 한 번도 와 본 적이 없었다. 또 진초록색 포드 타우루스를 타고 주간 고속 도로 진입 경사로를 오르기 전까지는 자동차를 빌려 본 적도 없었다. 길 찾기에 젬병이어서, 그 길 하나만 쭉 따라가면 아칸소 주 릴리에 도착한다는 사실에 안도했다. 거기서 도망간 아내를 찾아 불화를 수습하고 싶었다. 라디오를 크게 틀어 놓고 노래를 따라 부르며 손가락을 튕겨 딱딱 큰 소리를 내면서 고속도로 출구를 하나하나 지나고, 이정표가 전조등 빛을 받아 번뜩일 때마다 대충 번호를 확인했다. 이번에는 앨마를 앉혀 놓고 손을 붙잡고 필요하다면 울기라도 할 작정이었다. 자신이 한 행동에 대해 사과할 생각이었다. 새 출발을 약속하고 완벽한 삶을 보장해 주리라 마음먹었다.

주간 고속 도로를 빠져나와 20킬로미터쯤 달리자 나무로 된 표지판이 나타났다. 그 바로 아래 땅에 박힌 기둥의 조명 하나가 표지판을 밝히고 있었다. 크고 선명한 붉은색 글씨로 '릴리에 오신 것을 환영합니다!'라고 적혀 있었고, 그 밑에 초록색과 검은색 글씨로 좀 더 작게 '나사로 딱따구리의 고향!'이라고 쓰여 있었다.

"뭔 일이래." 캐벗은 라디오를 끄면서 혼잣말을 했다.

전날 밤 캐벗은 앨마에게 전화로 이혼 서류에 서명해서 서배너에 있는 앨마의 변호사에게 발송하겠다고 말했다. 물론 거짓말이었다. 그러고는 곧바로 삼촌에게 찾아가 비행기 삯을 구걸했다. 침침한 조명이 우울한 느낌을 주는 마을에 들어선 후 캐벗은 군데군데 불이 꺼진 네온 간판을 보고 작은 모텔 앞에 차를 세웠다. 가진 돈에 맞춰 하루 숙박료만 지불한 후 16호실 자물통에 열쇠를 끼워 돌리면서 오른쪽을 흘끔 보니 건물 옆면에 기대 놓은 새 네온 간판이 보였는데, 아직 불이 들어오지 않은 간판의 상호는 이랬다.

'나사로 모텔'

잠에서 깨어난 캐벗 옆에는 성경이 놓여 있었다. 왼쪽 눈의 콘택트렌즈를 매만지며 일어나서 바닥에 무릎을 꿇고 양 팔꿈치를 침대 위에 세웠다. 그리고 하느님에게 자신이 그렇게 간절히 찾아 온 응답을 내려 주십사 조용히 기도했다. '앨마는 왜 돌아오지 않는 것인가요? 제가 벤턴 세이지의 일기장을 발견한 일의 의미는 무엇인가요? 저는 왜 이렇게 아칸소 주 릴리까지 오게 되었나요?' 캐벗은 콜록거렸다. 아멘, 하고 말한 후 욕실에 들어가 샤워를 했다.

앨마의 집을 찾아낸 것은 정오쯤이었다. 우편함에 앨마의 결혼전 성이 금색과 검은색 글씨로 작게 적혀 있는 걸 보고 찾아냈다. 캐벗은 호기심이 생겨 우편함을 열고 우편물들을 꺼내 샅샅이 살핀 후 다시 집어넣었다. 집에는 차가 한 대도 없었다. 간이 차고로 다가가 옆문 위에 난 창문을 통해 눈에 힘을 주고 안을 들여다보았다. 불 꺼진 주방 말고는 아무것도 보이지 않았다. 뒤돌아서 다시 자신이 타고 온 차로 걸어가려는데 뒤에서 문이 열리는 소리가 들렸다. 돌아보니 앨마의 엄마가 방충문은 열지 않은 채 집 안에서 이쪽을 보고 서 있었다.

"무슨 일이세요?"

"장모님, 저 캐벗입니다. 앨마 남편이요." 캐벗이 문 가까이 다가가면서 말했다.

"알아요. 여긴 웬일이에요?"

"앨마를 보고 싶습니다. 안에 있나요?" 캐벗은 더 가까이 다가가면서 말했다.

"더 오지 말고 거기 서 있어요. 앨마, 집에 없어요."

"그럼 기다려도 되나요?"

"아니, 그러지 마요. 이혼 서류 있죠?" 앨마의 엄마는 방충문을 살짝 열고 겨우 손바닥만 내밀었다.

"어제 부쳤어요, 변호사한테."

"잘했어요. 그럼 이제 돌아가죠? 우리 애는 얼마간 안 들어올 거예요. 내겐 둘이 완전히 끝났다고 했고. 안되긴 했지만, 끝난 건 끝난 거죠."

"장모님, 좀 들어가게 해 주십쇼. 부탁드려요."

"캐벗 시어시, 뒤돌아서 차에 타고 당장 여길 떠나요." 앨마의 엄마는 다시 방충문을 닫았다.

"앨마를 꼭 만나고 싶어요." 캐벗이 말했다. "꼭 만나야 하고요. 그냥 작별 인사만 할게요."

"그럼 저기 길가 당신 차에 가서 기다려요. 내가 그러라고 하지 않으면 여기까지 오지 말고. 알았어요?"

"예, 장모님. 감사합니다." 캐벗은 차로 가서 37분을 기다렸다. 시계만 쳐다보고 기다린 앨마의 엄마가 정확히 알고 있었다.

앨마는 엄마 소유의 적갈색 혼다를 몰고 모퉁이를 돌아 마당 진입로로 들어섰다. 차에서 내려 길 건너편을 보다가 초록색 차에 탄 채 자기를 보고 있는 남편을 발견했다. 이쪽으로 걸어오기를 기다리고 서 있었지만, 그는 움직이지 않았다. 엄마가 문을 열고 소리쳤다. "앨마, 내가 허락할 때까지 거기 있으라고 했다!" 앨마는 몸을 돌려서 엄마를 보고 집게손가락을 세워 보이며 1분만 시간을 달라고 하고 길 건너편으로 다가갔다. 차 옆에 이르러서 보니 캐벗이 이미 조수석 창문을 열어 놓고 있었다. 앨마는 한 손으로 차 문 한 쪽을 짚고 섰다. 그리고 몸을 숙여 캐벗을 들여다보았다. 그는 울고 있었다.

"대체 왜 온 거야?"

"앨마, 우리는 더 좋아질 수 있어. 내가 알아." 캐벗은 차 문 손잡이 쪽으로 손을 뻗었다.

"안에 그대로 있어, 캐벗."

"난 그냥……. 당신 보니 좋네. 정말 좋아 보이고, 나는 그냥……."

"당신 집으로 돌아가. 가서 서류들 부치고 이런 짓 그만해야지."

"앨마, 나, 당신 사랑해." 캐벗은 차창으로 몸을 더 기울이고 말했다.

"캐벗, 다 끝났어. 그리고 나 지금 할 일 있어. 준비해서 어디 가야 해. 이곳에서도 내 삶이 있다고. 그러니까 당신은 조지아에 가서 당신 삶을 살라고."

앨마는 차에서 멀어지면서 캐벗에게 그동안 했어야 했는데 하지 않은 말들을 떠올렸다. 심리 상담사를 만나 보라고 말했어야 했다. 캐벗이 친절하고 착한 사람이지만, 자기중심을 제대로 잡지 못하는 것 같다고 말했어야 했다. 자기 마음은 되돌리기 힘들어졌고 자기는 이미 다른 사람을 만나고 있으며 캐벗은 완전히 잊고 지낸다고 말했어야 했다. 캐벗이 문제의 핵심을 확실히 받아들일 때까지 새빨간 거짓말이라도 했어야 했다. 그래서 앨마는 몸을 돌려 아직도 자리에 앉아 양손으로 운전대를 꽉 잡은 채 고개를 푹 숙이고 있는 캐벗을 바라보았다. 앨마는 다시 차창 앞으로 가서 안으로 머리를 들이밀고 말했다.

"캐벗, 당신이 세상에서 제일 나쁜 남편은 아냐. 좋았어. 좋은 점이 많았어. 하지만 난 다 끝났다는 거 알았고, 그래서 그냥 떠나야 했어. 미안해. 이미 그렇게 돼 버렸고 되돌릴 방법은 아무것도 없어. 그러니까 난 집에 들어가서 데이트 준비할 거야. 당신은 리틀록으로 돌아가서 비행기 타고 당신 집에 가, 알았어?"

"사귀는 사람 생겼어?"

"응."

"누군데?"

"캐벗, 어차피 말해도 모르잖아. 그리고 누군지가 왜 중요해?"

"이름만 말해 줘. 그럼 갈게. 약속해. 갈게."

"컬런이야. 좋은 사람이야. 당신도 좋아할 만큼. 이젠 제발 가."

캐벗 시어시는 그 말을 듣고 차에 시동을 건 후 곧 앨마의 눈앞에서 사라졌다. 앨마가 남편을 본 건 이때가 마지막이었다. 캐벗 시어시는 모퉁이를 돌면서 그때까지 살아온 인생을 되짚어 보았다. 고등학교 때 그 주변에 들끓던 여자 친구들을 떠올렸다. 친구들에게 자랑 삼아 떠벌린 하룻밤 상대들을 떠올렸다. 쉬운 만남들을 떠올렸다. 대학 생활을 떠올렸다. 자신이 세상을 지배한다고 느꼈던 처음의 그 몇 달. 벤턴 세이지와 그가 해 준 정직한 말을 생각했다. 벤턴의 짐을 꾸리던 기억이 났다. 일기장을 읽던, 학교 도서관에서 책장 한구석에 적힌 메모를 발견하던 기억들. 캐벗은 식료품점에 차를 세우고 시동을 껐다. 안으로 들어가서 도움이 될 만한 사람을 찾아 넓은 매장을 둘러보았다. 계산대 근처를 어슬렁거리다가 껌 한 통을 집어 가까운 계산대 위에 던져 놓고 손가락으로 계산대를 톡톡 두드리며 기다렸다. 상점을 나오는 길에, 물건 담아 주는 일을 하는 키 크고 머리를 짧게 깎은 남자 알바생을 보고는 이름을 물었다.

"닐인데요."

"응, 닐. 뭐 하나만 물어보자. 컬런이라는 남자 알아?"

"알아요. 컬런 위터."

"그래? 친구?"

"같은 학교에 다녔어요. 근데 걔가 나보다 한 살 어려요."

"아." 캐벗이 대답했다. "걔한테 말할 게 있거든."

"근데 왜요?"

"음, 10달러 줄 테니 개 주소 좀 알려 줄래?" 캐벗은 지갑을 꺼내며 말했다.

"그러죠 뭐. 8번가 자갈길 도로 근처에 사는 거 같아요." 닐은 무심하게 말했다.

"8번가?" 캐벗은 그곳 지리를 잘 모른다는 표정을 지었다.

"맞아요."

"닐, 엄청 큰 도움이 됐어." 캐벗은 닐의 손바닥에 10달러짜리를 찰싹 붙여 주었다.

캐벗은 차로 돌아가다가 행인 두 사람을 그냥 지나쳐 보내고 세 번째 행인을 붙잡아 세운 후 아주 순진하고 난처해하는 표정을 지으며 8번가로 가는 길을 물었다.

"8번가라면." 여자가 말했다. "중앙 대로를 쭉 가면 마첸 로(路)가 나와요. 거기서 우회전해서 더 가다가, 교차로를 지나자마자 바로 거기예요."

"포장 도로인가요?"

"네."

"고맙습니다."

캐벗이 모텔 방에 있는데 쨍그랑 소리, 탕탕 두드리는 소리, 강력한 모터 소리가 들렸다. 바깥에서 인부가 모텔 간판을 새것으로 교체하는 소리였다. 낮잠을 자려고 해 보았지만, 너무 시끄러웠다.

TV나 볼까 했지만 두통이 나서 그마저 포기했다. 그래서 밖으로 나가 식료품점에서 『릴리 일보』를 한 부 사 가지고 들어와 작은 책상에서 불을 켜고 읽기 시작했다. 머리기사는 나사로 딱따구리 이야기였다. 물론 나사로라는 이름을 듣고 성경을 떠올리지 않을 수 없었다. 교회 주일 학교에서 들은 나사로 이야기가 생각났다. 예수님이 나사로의 무덤에서 돌을 굴려 치우자 그 안에서 매장 당시 입었던 옷을 입은 채 나사로가 걸어 나왔다. 그 광경을 실제로 목격했다면 이런 기분이었을까, 하고 생각했던 기억도 났다. 기사는 몇몇 사업체들이 최근 릴리에 불어닥친 관광 열풍을 어떻게 활용하고 있는지를 다루고 있었다. 나사로 딱따구리가 목격되어 시작된 열풍이었다. 캐벗은 나사로 햄버거 이야기에 소리 내 웃었고 딱따구리 헤어스타일을 선보인 미용사 이야기에는 더 크게 웃었다. 하지만 그 순간에도 캐벗은 앨마를 생각하고 있었다. 더 구체적으로는 앨마와 그날 밤 데이트를 하기로 되어 있는 그 불량한 애송이를 어떻게 할지 생각하고 있었다. 몇 시간 동안 한편으로는 여기서 모든 걸 끝내고 그냥 비행기 타고 집에 가 버릴까도 생각해 봤지만, 자신이 이 긴 여행을 소득 없이 끝낼 사람이 아니라는 걸 누구보다 잘 알고 있었다. 그래서 짐을 꾸리고 모텔 방문을 잠근 후 차를 몰고 거리로 나갔다. 가리켜준 대로 가 보니 이내 깜빡이를 켜고 자갈길 도로로 접어들게 되었다.

가브리엘 위터는 컬런 형이 복도에서 자기 방으로 뛰어가면서 소리친 것을 생각하며 웃었다. 그리고 이제껏 들어 본 적이 없는 기묘한 단어 조합을 혼자 되풀이해 보았다. "조류의 동족상잔." 그러고는 TV를 끄고 작은 초록색 공책을 펼쳤다. 거기에는 노랫말이 가득 적혀 있었다. 가브리엘은 아무것도 쓰지 않은 첫 번째 쪽을 펴고 손을 뻗어 책상에서 펜을 집어 햄버거를 먹는 딱따구리를 그렸다. 다 그리고 흐뭇해하는데, 집 앞에 차가 멈춰 서더니 차 문이 닫히는 소리가 들렸다. 밖을 내다보니 루커스의 차는 온통 뿌연 먼지를 일으키며 달려가고 있었다. 옆 마당 너머를 보니 아빠의 작업용 트럭은 자리에 없었다. 가브리엘은 복도를 지나 주방으로 가다가 엄마가 거실 소파에서 잠들어 있는 걸 보았다. 그래서 주방으로 가 프루티 페블스를 윤이 나는 흰색 그릇에 붓고 큰 소리 내지 않으려고 조심하면서 냉장고 문을 열었다. 거의 빈 우유병을 꺼내 들고 냉장고 문을 열 때처럼 살금살금 닫았다. 그리고 아침에 아빠가 읽다가 놔둔 신문을 집어 들고 찬찬히 읽다가 나사로 딱따구리를 길게 다룬 기사를 보고 고개를 저은 후 곧바로 광고 지면을 펼쳤다. 가브리엘은 드럼 세트를 구하는 중이었다. 한데 매물 광고가 없었다. 개수대에 가서 먹다 남은 시리얼 그릇을 물로 닦았다. 흰 그릇 가장자리에 들러붙은 알록달록한 시리얼 찌꺼기를 꼼꼼히 닦다가, 뜨거운 물에 손을 델 뻔했다. 수건에 손을 닦은 다음 조리대에서 빈 우유병을 집어 들었다. 쓰레기통 뚜껑을 열자 쓰레기 몇 개가 넘쳐서 밖으로 떨어졌다. 쓰레기들을 다시 주워 담고, 뚜껑을 쓰레기통에서 분리했다. 쓰레기통 안에서 쓰레기 봉지를 끄집어내면서 시끄러운 소리를 내지 않으려고 진땀을 뺐다. 마침내 우유병까지 봉지에 넣고 샛노란 비닐 끈으로 묶은 후, 조용히 뒷문을 열었다. 가브리엘은 집 오른쪽 벽에 기대어 있던 커다란 녹색 쓰레기통에 봉지를 던져 넣었다. 그러고 나서 그 통을 붙잡아 바닥 모서리에 달린 바퀴로 서도록 힘주어 기울인 후 자갈이 깔린 기다란 진입로를 내려가기 시작했다.

캐벗은 천천히 자갈길을 따라 가다가 오른쪽에 있는 두 집을 지나친 후에야 식료품점 아이에게 컬런 위터의 집을 제대로 물어보지 않은 게 생각났다. 하지만 우편함이나 대문 근처에 이름이 붙어 있겠거니 하고 그냥 계속 갔다. 모퉁이를 돌자 10대로 보이는 아이 하나가 큰 녹색 쓰레기통을 거리로 끌고 오는 게 보였다. 그래서 차를 진입로 안쪽으로 바짝 붙여 세우고 빛바랜 검은 티셔츠를 입은 그 소년이 가까이 오길 기다렸다. 소년은 한 손으로 저물어 가는 햇빛을 가리고 실눈을 뜬 채 쓰레기통을 끌고 다가왔다. 그러더니 쓰레기통을 세운 다음 말을 걸어왔다.

"누구 찾으세요?" 가브리엘이 예의 바르게 물었다.

"위터 맞아?" 캐벗이 불안한 표정으로 겨우 말을 꺼냈다.

"그런데요?" 소년이 대답하고 자기 집 쪽을 보았다.

"어······. 뭐 좀 도와줄 수 있어?" 이 게임을 어떻게 진행할지 머리를 굴리느라 안간힘을 쓰면서 캐벗이 물었다.

"그럼요." 소년이 대답하고 운전석으로 다가갔다.

"아, 그냥 거기 있어." 캐벗이 문을 열고 밖으로 나오며 말했다.

"뭐 잃어버리셨어요?" 소년이 물었다.

"그런 거 같아. 모르겠어. 아마." 캐벗은 고개를 돌려 자기 차 안을 들여다보았다.

"아, 전화기 필요하세요?"

캐벗은 얼른 뒷자리 차창으로 손을 넣어 D형 건전지가 네 개나 들어가는 금속 손전등을 집었다. 그걸 꺼내 가슴팍에 들고 초조한 듯 이마에서 땀을 뚝뚝 흘리며 서 있었다. 소년은 여전히 햇빛 때문에 눈을 가늘게 뜨고 영문을 모르겠다는 얼굴로 손전등을 바라보았다. 소년이 사내가 차를 타고 온 거리 쪽을 본 순간, 캐벗은 앞으로 튀어 나오면서 유리가 붙은 금속 손전등을 휘둘러 소년의 옆머리를 정통으로 맞혔다. 소년은 바닥에 쓰러졌다. 캐벗은 얼른 사방을 둘러보았다. 주변은 캐벗이 평생 있어 본 어떤 곳보다도 인적이 없고 고요해 보였다. 소년은 움직이지 않았다. 캐벗은 손전등을 차 안에 밀어 넣고 차 뒤로 돌아가 트렁크를 열었다. 안간힘을 써서 소년을 트렁크 높이까지 들어 올린 다음 최대한 조심스럽게 그 안에 밀어 넣었다. 의식이 없는 소년을 내려다보면서 캐벗은 작은 목소리로 말했다. "컬런 위터, 오늘 데이트는 취소다." 그러고는 트렁크를 닫고, 차에 타고, 그것을 천천히 몰아 마을로 돌아갔다.

캐벗은 주간 고속 도로 근처의 작은 편의점 주차장에 차를 대고 몇 분 동안 앉아서 다음 단계로 무얼 할지 정신없이 생각했다. 초조한 눈으로 백미러를 들여다보니 유유자적 지나가는 차들과 불 꺼진 편의점만 보였다. 소년이 몸을 움직이거나 도와달라고 소리를 치는지 바싹 귀를 기울여 보았다. 아무 일도 없었다. 아무 소리도 들리지 않았다. 자신의 흔들리는 숨소리만 들렸다. 불안한 심장 소리만 들렸다. 캐벗은 앞으로 할 일들을 따져 보다가, 컬런 위터를 겁줘서 앨마 엠버와 떼어 놓으려면 개를 기질시키는 걸로는 충분치 않다고 판단했다. 제대로 충격을 줘야 했다. 그 아이에게 자신이 초래한 상황의 심각성을 느끼게 해 줘야 했다. 캐벗 시어시는 그런 생각을 하면서 주간 고속 도로로 접어들어 리틀록으로 향했다. 라디오 볼륨을 높이고 손가락을 딱딱 튕기며 노래를 따라 불렀다.

정신을 차린 가브리엘 위터는 칠흑 같은 어둠을 마주했다. 똑바로 앉으려다 단단한 금속 같은 것에 머리를 세게 부딪쳤다. 머리 한쪽을 감싸 쥐고 누웠는데, 사방에서 무언가 빠르게 지나는 소리와 함께 어딘가 가까이에서 희미한 음악 소리가 들리는 것 같았다. 잠시 후 어둠에 익숙해지자 좁은 실내 한구석으로 새어드는 빨간 빛이 눈에 들어왔고, 그제야 자신이 있는 곳이 어디인지 알아차렸다. 그 짧은 순간에도 가브리엘은 지금 자신처럼 차 트렁크 안에 갇히는 일이 현실에서 결코 흔치 않다고 생각했다. 또 실제 당해 보니 어릴 적 도둑잡기 놀이할 때 상상했던 것과 정말 많이 다르구나 생각했다. 소리칠 생각도 해 보았으나 그래 봤자 긁어 부스럼일 게 뻔했다. 자신 앞에 서 있던 사내가 떠올랐다. 사내가 달려들고 손전등을 휘두르던 것도. 그 모든 일이 왜 벌어졌는지 도무지 알 수 없었다. 하지만 가브리엘은 단 한 순간이라도 꾀를 부려 탈출 계획을 꾸밀 만큼 순진하지 않았다. 그저 머리 통증이 덜하기만을 바라며 땀으로 흠뻑 젖은 몸을 움직이지 않으려고 애썼다.

갑자기 움직임이 멈추더니 끼익 하고 차 문이 열리는 소리가 들렸다. 이어 커다란 발소리가 사방에 메아리치듯 울렸다. 소리가 얼마나 큰지 몇 걸음인지 정확히 셀 수 있을 정도였다. 갑자기 쏟아지는 빛 때문에 가브리엘은 악몽을 꾸다가 깨어난 사람처럼 튕겨 일어나 앉았다. 자신을 서서 내려다보는 포획자 뒤로 콘크리트로 된 천장과 벽, 양옆에 켜진 전등이 보였다.

"일어설 수 있겠냐?" 사내가 가브리엘을 트렁크에서 잡아 일으키며 말했다.

"네, 아마." 가브리엘은 밖으로 나와 차에 몸을 기댔다.

"벌써 내가 누군지 알 거 같은데."

"모르겠는데요." 가브리엘은 옆머리를 문지르며 말했다.

"앨마 알지, 그렇지?"

"엠버 말이에요?" 가브리엘은 텅 빈 주차장을 둘러보았다.

"시어시야. 개 성은 엠버가 아니라 시어시라고." 캐벗이 을러댔다.

"같은 교회 다녔었어요. 마지막으로 봤을 때는 엠버였는데."

"넌 내가 등신으로 보이냐?" 캐벗은 목소리를 좀 높였다.

"전 아저씨에 대해 아는 게 없어요. 손전등 큰 거 있다는 거 빼고는요."

"컬런, 너 오늘 일진이 안 좋아."

"컬런이라고요?"

"그럼. 난 벌써 너에 대해 다 알고 있어." 캐벗은 웃는 듯한 얼굴로 말했다.

"전 가브리엘이에요. 가브리엘 위터."

"웃기지 마, 새꺄."

"컬런 아니에요, 정말."

"진짜?" 캐벗은 얼굴이 벌게져서 되물었다.

"컬런은 제 형이에요."

"이런 염병할."

"전 도무지 뭐가 어떻게 된 건지 모르겠어요."

"염병할. 염병할. 염병할."

"이제 집에 데려다 주실 거예요?"

"염병할. 염병할. 어떻게 이런 일이, 이런 일이 어떻게." 캐벗은 고개를 저었다.

"아저씨, 뭔가 심각한 일 처리하다가 이렇게 된 것 같은데요, 절 집에다 데려다만 주시면 다 잊을게요. 그게 좋지 않으세요?" 가브리엘이 물었다.

"빌어먹을. 이제 난 유괴범 신세가 된 거라고. 넌 몇 살이냐?"

"열다섯이요. 그래도 절 보내 주세요. 그건 중요하지 않아요. 보내 주시기만 하면 돼요."

"그랬다간 네놈이 누군가한테 애길 하고 내가 별안간 뉴스마다 도배질되고, 사람들한테 잡혀서 수갑 차고 감방에 처박힌단 말이지. 아, 하느님. 어쩌다 이런 일이."

"잠깐만요, 아저씨. 전 아저씨 이름도 몰라요, 그렇죠? 그러니까 아저씨가 그냥 아저씨 차 타고 가 버리면 그걸로 우린 끝 아니에요?" 가브리엘이 애원했다.

"말로는 아주 쉽지. 그 속에 꿍꿍이가 있어. 네가 날 포기하고 난 널 포기한다? 그런데 누가 자길 패서 기절 시키고 트렁크에 쑤셔 넣은 놈을 감옥에 안 보내고 배기겠어? 미친 짓이지! 난 엿 된 거야."

"이 차 몰고 얼른 가 버리란 말이에요." 가브리엘은 애써 위압적으로 말했다.

"넌 도로 여기 들어가 줘야겠다." 캐벗은 놀랄 만큼 태연하게 말했다.

“싫어요.”

“당장 들어가.” 캐벗이 한 발 더 다가오며 말했다.

“집에만 가게 해 주세요. 정말 간단해요. 그냥 제가 가도록 내버려 두시면 돼요.”

“안 돼. 타.” 캐벗은 낮에 썼던 손전등을 치켜들었다. 가브리엘이 그때까지 누구에게서도 본 적 없는 분노의 그늘이 캐벗의 얼굴에 드리워 있었다. 먼저 맞은 자리 때문에 현기증도 났고 달아나려 했다가는 또 얼굴을 처박고 나가떨어지리라는 걸 알고 있었기 때문에 가브리엘은 명령에 따랐다.

캐벗이 두 번째로 가브리엘을 처넣고 트렁크 문을 닫을 때 가브리엘의 셔츠에 그려진 그림이 눈에 띄었다. 흰색 남자 그림이었는데 뒤쪽에 길게 양 날개가 달려 있었다. 한 손은 머리 위 하늘 쪽으로 쭉 뻗고 있었다. 캐벗은 다시 운전석에 앉아 운전대를 붙잡고 그 위에 머리를 기댔다. 소년이 어쩌면 진심을 말하는 걸 수도 있다는 생각에 제안을 받아들일까도 생각해 보았다. 소년은 어쩌면 아무에게도 말하지 않을지도 몰랐다. 말한다 해도, 캐벗 시어시라는 이름을 알지 못했다. 하지만 소년은 캐벗한테서 들은 걸 모두 조합할 것이고 모든 걸 파악할 것이다. 그러면 캐벗은 세상을 바꾸지도 못한 채 감방에 홀로 앉아 볼로냐 샌드위치나 먹으며 뚜껑 없는 변기나 쓰게 될 것이다. 그럴 수는 없었다. 캐벗은 차에 시동을 걸었다. 소년의 셔츠에 대해서 생각해 보았다. 날개 달린 흰색 인물. 소년의 이름에 대해서도 생각해 보았다. 하느님의 왼손, 가브리엘. 캐벗 시어시는 길게 이어진 퍼즐을 맞추듯 지난 5년간의 삶을 종합해 보기 시작했다. 벤턴의 자살. 에녹서. 파수꾼들. 천국의 환영. 새. 그리고리라는 타락한 천사들을 연구하며 보낸 시간들. 바로 하느님이 인간의 잠재적 위대함을 억눌렀다는 이론을 제시하고 논쟁하며 보낸 시간들.

그 모든 것이 이런저런 방식으로 작용해 결국 자신을 그 보잘것없는 곳으로 이끌었다. 죽음에서 희망이 되살아나고, 실수를 만회하고, 인생을 다시 시작할 수 있을 것 같은 곳이었다. 그리고 길모퉁이를 돌자마자 빨간색 신호등에 걸려 멈춰 섰을 때, 캐벗 시어시는 자신의 운명을 깨달았다.

사치스러운 여행

    존 발링의 눈가에 주먹을 날린 루커스 케이더는 내게 영웅이었다. 그 사람은 결국 돈과 명예를 좇는 서글픈 중년에 불과한 것으로 드러났지만 말이다. 그는 우리가 살던 소도시에 불필요한 지질한 변화들을 일으켰고, 난 그걸 금방 잊지 못할 것 같았다. 그날의 전투로 입은 부상을 고려하면 루커스도 마찬가지일 것 같았다. 사건이 일어난 다음 날, 메나는 내게 루커스가 무대에서 끌려 내려왔으며, 고소를 당하지 않은 것만도 천만다행이라고 말했다. 나는 도무지 믿기지 않았다. 루커스 케이더가 새에 미친 남자를 두들겨 팼다는 사실 말이다. 그건 애초에 우리 마을에 새에 미친 남자가 들어온 것 못지않게 황당한 일이었다.

“너 셔츠 멋지다.” 어느 날 오후 우리 셋이 함께 버크 햄버거 가게로 들어서는데 메나가 내게 말했다.

“가브리엘 거야. 걔 옷장을 뒤졌지.”

“어? 나도 네가 원래 이렇게 멋진 애 아니란 거 알고 있었어.” 메나는 내 팔을 툭 치며 농담을 했다.

“얼어터진 네 남친보단 더 멋지지.” 나도 농담으로 맞받아쳤다.

“뭐? 야, 다시 한번 말해 봐.” 루커스가 손등으로 내 팔을 찰싹 때렸다.

“한 번만 봐주세요, 에이해브 선장님(허먼 멜빌의 소설『모비딕』의 주인공—옮긴이). 그냥 농담한 거예요.” 내가 웃으며 말했다.

버크 씨, 그러니까 버크 햄버거 가게 주인아저씨는 동생이 실종된 후로 무슨 이유에서인지 내게 공짜 햄버거를 주면 도움이 될 거라고 생각했다. 그날도 버크 씨는 우리 자리로 와서 몸을 숙이더니 계산은 자기가 하겠다고 속삭였다. 벌써 두 번째였다. 우리는 이유는 묻지 않고 고맙다고만 했고, 아저씨가 돌아가고 나서 나는 루커스와 메나를 번갈아 보며 눈짓을 했다. 사람들은 대개 우리 가족처럼 이상한 상황에 처한 이들에게 어떻게 반응해야 할지 잘 모른다는 걸 나는 그해 여름 깨달았다. 어떻게 도와줘야 하는지, 심지어 어떤 말을 하고 어떤 말은 하지 말아야 하는지조차 잘 모르는 것 같았다. 사람들은 우리에게 물건을 주거나 충고를 하고 싶어 했고, 우편함에 여러 가지 책도 넣어 주었다. 반면, 우리를 피하는 사람들도 있었는데, 내 신경에 제일 거슬리는 부류였다. 그 사람들은 우리 가족과 마주치기라도 할까 봐 어떻게든 시선을 피하거나 식료품 진열대 뒤로 숨거나 우리를 아예 보지 못한 척했다. 왜들 그러는지 도무지 이해할 수 없었다. 엄마는 사람들이 우리와 이야기를 나눠야 하는 불편한 상황에 놓이는 걸 싫어한다고 했다. 나는 그건 말도 안 된다고 했다. 사람들은 무언가 현명하거나 도움이 되는 말, 사려 깊은 말을 생각해 내야 하는 상황을 꺼린다. 또 우리가, 그리고 내가 원하는 건, 그저 석 달 전과 똑같이 대해 주는 것뿐이라는 걸 깨달을 만큼 영리하지 못하나. 나는 왕따를 당하더라도 내 동생 때문이 아니라 별난 내 행동 때문이길 바랐다. 사람들이 나를 진심으로 걱정하는 마음에 도와주길 바랐지, 사교상 도와줘야 할 것 같다는 이상한 의무감 때문에 그러지는 않기를 바랐다. 나는 사람들이 잠자코 앉아서, 사람들이 슬프고 절망적일 때 절대로 이 세상에서 자신들만 그렇다고 느끼게 해서는 안 된다는 내 얘기에 귀 기울여 주기를 바랐다. 그러니 만일 여러분에게 누군가가 안됐다 싶은 마음이 생기면, 그 앞에서 행복한 척은 하지 말라. 자신은 근심이 없는 척하지 말라. 사람들은 그렇게 멍청하지 않다. 적어도 사람들 모두가 그렇지는 않다. 그러니 누군가 남동생을 잃었을 때 기분 좋게 해 준답시고 공짜 햄버거를 주는 일 따윈 하지 말라. 뜻대로 되지 않을 테니까. 물론 햄버거는 맛있을 테지만, 그 이상 아무 의미도 없다. 의미가 있다면, 세상의 버크 씨들에게만 있다. 한데 사람들은 그런 짓들을 하기 마련이다. 그 여름 내내 그랬다. 공짜 식사 제공하기, 플로리다의 콘도에서 공짜로 숙박하게 해 주기, 심지어 공짜 배관 작업까지. 우리는 그냥 내버려 두었다. 우리는 도움이 필요하지 않았지만 **그들**에게 그 일이 필요했기 때문에 내버려 두었다. 인간 내면에는 이름 없는 어떤 욕구, 자신이 이 세상에 쓸모 있는 사람이라고 생각하려는 욕구가 있다. 자신에게 무언가 중요한 것이 있어서 세상에 기여한다고 느끼고 싶어 한다. 그래서 할머니들은 남의 집 문 앞 계단에 캐서롤을 갖다 놓기도 하고, 할아버지들은 바깥세상에 심드렁한 10대들에게 그릴에 구운 햄버거를 주기도 한다. 그런다고 세상이 달라지진 않지만 적어도 세상을 뜯어 고치고 싶은 자신의 욕구만큼은 만족시킬 수 있다.

87. 이런 기분으로 세상에 혼자.

*

웨브 박사님이 말하기를, 우리 가족을 만나지 못했다면 루커스 케이더도 자신의 아빠와 형을 끝장낸 것과 같은 삶에 빠져들었을 가능성이 매우 높다고 했다. 어느 날 밤, 우리 집 차고 밖에서 루커스와 농구를 하다가 문득 그 말이 떠올랐다. 내 형편없는 농구 실력과 루커스 케이더가 그걸 잘 알면서도 계속 나와 놀아 준다는 사실도 함께 떠올랐다.

"나, 메나하고 결혼할 거 같아." 루커스가 자유투를 던지려고 걸어가면서 말했다.

"뭐?"

"서로 잘 맞는 것 같은데, 안 그래?"

"사실 그렇지. 나도 그렇게 생각해." 잔디밭에서 튄 농구공을 낚아채며 내가 대답했다.

"그리고 컬럼 넌 당연히 신랑 들러리지." 루커스가 웃었다.

"어, 물론이지."

"그리고 우리한테 애가 생기면 대부는 누가 할지 뻔하지." 루커스가 드리블하면서 말했다.

"혹시, 컬럼 워터?" 내가 나를 가리키며 말했다.

"아니, 너보다 가브리엘이 어울리지. 하지만 갠 너한테도 하라고 할 거야, 꼭." 루커스가 공을 던졌다.

나는 가만히 서 있었다. 루커스는 내 동생이 그 순간에도 집 안에서 음악을 듣거나 TV를 보거나 노랫말을 적고 있는 것처럼 말했는데, 그 태도가 확신에 차 있었고 전혀 어색하지 않았다. 나는 바닥에 주저앉았다. 두 손으로 바닥을 짚어 몸을 세우고 하늘을 올려다보았다. 별 하나 보이지 않았지만, 하늘을 향해 미소 지었다. 내 동생이 양팔에 아기를 안고 있는 모습을 그려 보면서 미소 지었다. 동생은 재미난 동요를 불렀다. 우스꽝스러운 춤을 추었다.

다음 날 아침, 나는 루커스에게 화이트 강에 가서 '멀의 유명한 나사로 보트 투어' 중 하나에 참가해 보면 어떻겠느냐고 물었다. 얼마 전에 내가 루커스를 내쫓는 바람에 개가 우리 가족에 대한 충성을 증명하려고 조류학자 한 명을 공격했던 일에 대한 죄책감을 그렇게라도 덜고 싶었다.

"농담하는 거 아냐?" 루커스가 시리얼을 먹다가 고개를 들고 물었다.

"아냐. 가자. 재미있을 거야." 나는 신발을 신으려고 몸을 숙였다.

"이거 뭐 속임수 아냐? 날 강에다 밀어 버리려는 거?" 녀석이 농담을 했다.

"맞아. 근데 오늘은 아니야. 오늘 우린 전문 여행 가이드 멀 하지와 함께 아칸소 주의 습지들을 호화롭게 여행하면서, 그 찾기 힘든 나사로 딱따구리를 찾아 나서는 거야." 나는 두 손을 허공으로 과장되게 치켜들며 말했다.

"음, 일개 어부가 60년 동안 아무도 본 적 없는 딱따구릴 갑자기 얼마나 알게 되었는지 들어 보는 것도 재밌겠는걸?" 루커스가 말했다.

"그렇겠지?" 나는 벌떡 일어서서 문으로 향했다.

멀 하지가 어쩌다 '멀의 유명한 나사로 보트 투어' 사업의 사장이자 하나뿐인 종업원이 되었는지는 다음과 같다. 멀은 그전에 '멀의 유명한 고기잡이 체험 투어'의 사장이자 하나뿐인 종업원이었다. 전미 어류 야생 동물 구호 기구가 릴리 주변 전역을 캐시 강 야생 동물 보호 구역의 일부로 지정하기 전까지는 그랬다. 그 결정으로 많은 사냥꾼들과 어부들이 거의 평생 동안 야영하고 낚싯줄을 던지며 활보하던 땅과 강을 잃게 되었다. 사정이 이렇다 보니 반대하는 움직임도 만만찮아서 신문에 매주 존 발링과 그를 친구로 아는 조류 탐사객 무리를 비난하는 기명 논평이 실렸다. 이는 나사로 딱따구리에 대한 반발로는 가장 널리 알려졌음 직한 움직임이었다. 심지어 조류 혐오자 연맹이라는 단체의 비밀 회동이 열렸다는 소문까지 들렸다. 나도 한 차례 그 노임에 참가할지 진지하게 고민한 적이 있다.

캐시 강 국립 야생 동물 보호 구역 여행에 필요한 비용이 모두 포함된 그 호화 투어는 약 세 시간짜리였고 요금은 1인당 25달러였다. 우리는 저마다 군복 무늬 구명조끼와 양끝을 모두 쓸 수 있는 노를 갖추고 개인별 카약에 올라 출발했다.

세 시간짜리 보트 투어에 참가한 지 한 시간 15분이 지났다. 그 지역에 대해 투어 가이드만큼은 안다는 걸 깨달은 뒤로는 맑고 차가운 강물 속을 내려다보기 시작한다. 한낮의 태양이 강바닥에 반사되는 모습만 뚫어져라 바라본다. 멀 하지는 나사로 딱따구리에 대해 말도 안 되는 이야기를 하는 것도 모자라 이야기 도중에 문법을 네 번인가 다섯 번이나 틀린다. 가브리엘 위터가 카약을 타고 태연하게 흘러와 노 끝으로 형의 카약을 툭툭 치면서 '불쌍한 아저씨 비웃지 마.' 하듯 눈짓한다. 곧장 손을 뻗어 동생을 자신 쪽으로 당겨서 진짜인지 확인하려는 순간, 짙은 그림자가 둘을 완전히 뒤덮는다. 하늘을 올려다보니 그 오랜 세월 사라졌다가 나타난 나사로 딱따구리가 양 날개를 쫙 펼쳐서 태양을 다 가린 채 부리로 더 위쪽을 가리키고 있는데, 마치 부리로 푸른 하늘을 뚫어 버리기라도 할 것 같다. 다시 아래를 보자 동생은 사라지고 없다. 똑똑한 척 딱따구리에 대해 몇 마디 하면서 우쭐해하고 멀 하지를 조롱하려는 형을 막을 동생이 사라지고 없다. 투어 가이드한테 대답 못 할 질문을 하거나 멀리서 큰 새가 보인다고 거짓말할 생각이나 하고 있는 형을 막을 동생이 사라지고 없다. 컬런 위터를 끊임없이 바른 길로 인도해 줄 사람이 거기에 더 이상 없다.

"사람들이 과연 가브리엘을 찾아낼까?" 그날 저녁, 차를 타고 집에 오면서 내가 루커스에게 물었다.

"그럼. 꼭 찾아낼 거야." 루커스가 자신 있게 말했다.

"근데 너 그렇게 말할 때 진심이지? 무슨 말이냐면, 넌 정말 그렇게 믿는 거야, 그렇지?"

"컬런, 난 진짜로 믿어." 루커스가 시선을 앞쪽 도로에 고정한 채 퉁명스럽게 말했다.

88. 어떤 재미난 동요.

침묵을 부른 아이

차 트렁크에 실렸던 지 2주쯤 지난 후 가브리엘 위터는 비교적 편안한 침대에 걸터앉아 갈색과 주황색이 섞인 이불을 덮고 있었다. 가브리엘은 유괴당하기 전에 들어 본 노래를 흥얼거리면서 잠시나마 자신이 정말 대천사 가브리엘이 환생한 것이 아닐지 생각해 보았다. 캐벗 시어시는 그게 사실이라고 했다. 가브리엘은 자신이 호기심 넘치는 10대 소년 이상의 어떤 존재라는 생각에 즐거웠다. 바로 그때 휑한 방 저편에서 문이 열리는 바람에 가브리엘은 긴장한 얼굴로 자리에서 일어났다.

"다시 앉아." 캐벗 시어시가 열린 입구를 막고 서서 말했다.

어디인지 모를 그곳에 도착한 후, 캐벗은 그 좁고 창문 하나 없는 방에 가브리엘을 가둬 놓고는 하루에 한 번쯤 들렀다. 그때마다 맞은편 의자에 앉아서 불안하고 망설이는 눈빛으로 가브리엘을 바라보며 "천국은 어때?"라거나 "내가 지금 잘하고 있는 거냐?"라는 둥 이상한 질문을 하곤 했다. 가브리엘은 거의 대답을 하지 않고 대개는 포획자를 멍하니 바라보거나 공손하게 자신을 풀어 달라고 말했다. 캐벗 시어시는 가브리엘과 손이 닿을 만큼 가까운 거리까지 절대 다가오지 않았다. 손전등이나 권총 같은 것도 절대 방 안에 가지고 들어오지 않았다. 그저 조용히 들어와 앉아서는 정신 나간 생각들을 늘어놓을 뿐이었다.

가브리엘은 갇힌 지 3주째에 여기가 어디냐고 물었다. 캐벗은 일어서서 원래 있던 자리로 의자를 밀어 놓고 몸을 돌려 밖으로 나가려다가 이렇게 간단하게 말했다. "방이지." 가브리엘은 애초부터 소리를 지르거나 벽을 세게 두드리거나 쿵쾅거리며 팔짝대서 밖에 있는 사람에게 도움을 요청할 수 있을 거라고 기대하지 않았다. 탈출이 쉬운 일이라고 믿을 만큼 멍청하지 않았다. 그 대신 그냥 조용히 앉아서 친구들에 대해 생각했다. 사랑하는 여자 친구 리비 트루엣. 모노폴리(보드게임의 일종—옮긴이) 게임에서 유일하게 자신을 이길 수 있는 루커스 케이더 형. 그리고 미장원에서 나이 든 아줌마 머리를 파마용 컬러로 천천히 말면서 흐느끼고 있을 엄마를 상상했다. 실종 포스터를 붙이는 아빠를 떠올렸다. 포스터엔 학교에서 찍은 멍청해 보이는 자신의 사진이 나오고 그 밑

에 약소한 사례금이 적혀 있을 것이다. 컬런 형에 대한 생각에 이
르자, 가브리엘은 그곳에 와서 처음으로 울컥했다. 형이 어떻게 지
내고 있을지 뻔했다. 모든 일을 사소한 것까지 시시콜콜 따지고 있
을 게 뻔했다. 누군가 한마디 하면 꼭 그걸 생각해 봐야 아무런 의
미도 없을 때까지 잘게 분해하고 있을 게 뻔했다. 형이 동생인 자
신의 방에 있는 물건들을 쓰지는 않고 연구하고 있을 거라는 걸
가브리엘은 알고 있었다. 절망하고 있을 거라는 것도 알았다. 혼자
서. 실제로 무슨 일이 일어났는지는 알지도 못하면서 자신을 탓하
고 있을 거라는 것도 알았다.

"5주 지났어요." 캐벗 시어시가 햄과 치즈가 든 샌드위치가 놓
인 종이 접시를 건네줄 때 가브리엘이 말했다.
"더하기 하루지." 캐벗이 의자에 앉으며 말했다.
"그러면." 가브리엘은 샌드위치를 한 입 물고 이야기하기 시작
했다. "제가 천사라면 왜 여기서 날아서 나가지 못하는 거죠?"
"그렇게는 안 되나 보지."
"하지만, 그건 말이 안 되잖아요. 제게 그런 능력이 다 있으면,
제 생각엔 무언가를 위해 그걸 쓰고 있을 게 분명하단 말이에요.
최소한 여기에 TV라도 갖다 놓는다든가 말이죠."
다음 날 캐벗 시어시는 검은색과 은색의 작은 TV 하나를 힘겹
게 들고 와서 방 한쪽 모퉁이에 내려놓고 전원을 연결했다. 그리고

는 "자, 봐." 하더니 다시 걸어 나가 밖에서 문을 잠갔다. 가브리엘은 거의 몸을 내던지듯 바닥으로 내려와 TV 앞으로 바짝 다가갔다. 울음이 나올 것 같았다. 그런데 전원을 켜자 화면에는 구불구불 일렁이는 흰색과 검은색 선들만 나타났다. 채널을 돌려 보았다. 아무것도 나오지 않았다. 머리를 가까이 대고 TV 뒤쪽을 보니 TV에서 나온 전원 선만이 벽에 연결되어 있었다. 유선방송 케이블은 없었다. 한 채널도 볼 수 없었다. 하지만 가브리엘은 전원을 끄는 대신 소리를 최대한 키워서 벌레가 수백만 마리 날아다니는 소리, 비행기가 이륙하는 소리, 자동차가 충돌하는 소리, 종이 구기는 소리, 터널을 지나는 자동차 소리 같은 게 방 안을 온통 채우게 내버려 두고 바닥 한가운데 앉았다. 그리고 한 손으로 귀 하나를 막았다가 다시 열고 그 손으로 반대쪽 귀를 막았다. 그런 식으로 같은 불협화음을 가지고 다양한 소음을 만들어 보았다. 이때 캐벗 시어시가 방 안으로 들어오더니 TV를 끄고 가브리엘을 내려다보았다.

"대체 무슨 짓이야?"

"케이블이 없어요." 가브리엘은 꼼짝하지 않고 앉은 채로 말했다.

"노력하는 중이야. 됐어?" 캐벗은 거칠게 밖으로 걸어 나가서 쾅하고 문을 닫았다.

"노력하는 중이라니." 가브리엘은 혼잣말을 하고 바닥에 누워서, 전등 불빛이 금가루처럼 흩뿌려진, 이제는 너무도 익숙해진 하얇고 거친 천장을 바라보았다.

형으로 오해받은 지 6주하고 닷새째 되던 날, 가브리엘은 침대에 누워 TV 리모컨으로 여기저기 채널을 바꿔 보고 있었다. 캐벗 시어시가 머리를 쥐어짠 끝에 가브리엘은 어디인지도 모르는 문 너머의 어느 방에서 검은색 케이블을 끌어다 문 밑으로 빼서 TV에 연결해 준 결과였다. 그러고 난 다음 캐벗은 수건 같은 걸 가져다 문과 바닥 사이 틈에 쑤셔 넣었다. 완전한 어둠 속에서는 잠을 잘 수 없었던 가브리엘은 TV가 설치되고 난 후 마침내 휴식을 취할 수 있게 되었다. 뉴스 채널이 나오자 가브리엘은 리모컨을 멈추고 자기 얘기가 나올까 싶어 기다렸다. 그 전주와 마찬가지로 가브리엘 얘기는 어디에도 나오지 않았다. 하지만 우연히 애틀랜타 지역 뉴스 방송을 접하고 자신이 있는 곳이 조지아 주 어디쯤이라는 건 알아냈다. 시 경계 안인지 바깥 어디인지는 알 수 없었다. 아픈 척하며 몸부림치는 것부터 TV를 들고 문 뒤에 숨어 있다가 그걸 캐벗의 머리에 던지는 것까지, 몇 시간 동안 여러 가지 탈출 방법에 대해 생각해 보았다. 하지만 그중 어떤 것도 영화처럼 잘 풀리지 않으리라는 걸 가브리엘은 알고 있었다. 자신은 길 건너편이나 이웃집까지 가는 데 성공하지 못할 게 뻔했다. 자신에게는 거기까지 갈 시간을 벌 만큼 캐벗에게 큰 상처를 입힐 용기가 없었다. 캐벗은 자신을 붙잡아 돌아올 것이었다. 그리고 그땐, 캐벗이 아니라 자신이 상처를 입을 터였다.

10주째 되던 날, 캐벗 시어시가 방에 들어와 예의 그 자리에 앉았다. 그는 잠에서 막 깨어나는 가브리엘을 보고 미소 짓더니 무슨 중요한 이야기를 기다리기라도 하는 것처럼 빤히 바라보았다.

"왜요?" 가브리엘이 눈을 비비며 말했다.

"이 모든 게 날 위한 시험인지 아닌지 말해 줄 거지?" 캐벗이 물었다.

"뭐가 다 시험이라고요?"

"내가 널 데리고 와서 여기에 있게 한 거, 그리고 그전에 책이며 이것저것 발견한 거. 그게 다 하느님이 날 시험에 들게 하려고 그런 건지 아닌지. 어, 네가 말해 줄 거잖아. 아니야?"

"좋아요. 딱 한 번만 더 이 이야기할게요. **전 그냥 평범한 애예요.**" 가브리엘은 노인이나 어린애 대하듯 천천히 말했다.

"마―아―자." 캐벗이 끄덕였다.

"알았어요. 전 가브리엘이에요. 하느님의 오른손 노릇을 하는 사람이에요."

"왼손이야." 캐벗이 바로잡아 주었다.

"어느 쪽이건. 알았어요. 그럼 이젠 어떻게 되나요?"

"음, 그 문젠 내가 그동안 많이 생각해 봤는데."

"그런데요?"

"그런데 일을 순리에 맞게 되돌리려면, 넌 가야 할 것 같아." 캐벗이 다소 망설이면서 말했다.

“집에요? 그런 뜻이에요?”

“꼭 그런 건 아니고. 천국에 있는 집이지. 하느님하고 함께 있는 거. 무슨 말인지 알겠어?”

“알았어요.” 가브리엘은 바닥을 보면서 말했다. “괜찮으면, 우리 그동안 있었던 일을 간단히 정리해 봐요.”

“좋아.”

“아저씨가 대학교에 갔는데 크리스마스 날 룸메이트가 자살했어요.”

“맞아.”

“그리고 아저씬 그 친구의 일기장에서 시를 발견하고 그것 때문에 학교 도서관에서 고대 성경을 보게 되었어요.”

“맞아, 에녹서지.”

“그리고 거기서 그 친구가 남긴 메모를 읽고, 책도 읽고, 결심을 했는데 그건 가브리엘이…….”

“너야! 가브리엘.” 캐벗이 말을 끊었다.

“저한테 하느님이 그 타락한 천사들이 인간과 살지 못하도록 막으라고 명령했을 때 제가 그걸 따르지 않았다면 사람들이, 그러니까 우리 모두가 하느님만큼 똑똑해지고 막강한 힘을 가지는 법을 배웠을 거라는 말이죠?”

“빙고, 정답이야.”

“그럼, 아저씬 정말 그 천사들이 그렇게 영리했다고 생각하세요?”

“영리했지만, 이해받지 못했지. 그 천사들은 우릴 여기서 돕고 싶어 했어. 그런데 네가 그걸 못 하게 막았지.”

“하지만 하느님이 그러라고 하신 거잖아요.” 가브리엘은 장단을 맞춰 주었다.

“하지만 지금은 하느님이 나한테 이러라고 하셔. 내가 이 상황까지 오게 된 건 하느님이 인도하셨기 때문이야. 학교로, 벤턴 세이지에게로 인도하셨고, 그 책들을 발견하게 하셨어. 서배너에서 앨마와 결혼하게 하셨고, 릴리로 이끄셔서 예기치 않게 너를 붙잡게 하셨어. 그런데 그게 우연이 아니었어. 그 모든 게 처음부터 그렇게 되도록 정해져 있었던 거야. 서로 아귀가 딱딱 맞아. 놀랍지 않아?”

가브리엘은 캐벗 시어시를 바라보며 환상을 깨 주기 위해 이런 얘기를 할까 저런 얘기를 할까, 잠깐 동안 여러 가지를 떠올려 보았다. 성경에서 인용을 할까 생각해 보았지만, 마음을 바꿨다. 자신이 천사가 아님을 한 번 더 부정해 볼까 싶었지만 관두었다. 캐벗이 미쳤다고 말해 주고 싶었다. 잘못 알고 있다고. 갈피를 못 잡고 있다고. 하느님은 결코 어떤 남자로 하여금 어느 소년을 가족한테서 빼앗게끔 인도하지는 않을 거라고 악을 쓰고 싶었다. 하지만 그러지 않았다. 그 대신 일어나서 양손을 허공에 치켜들고 최대한 진실하고 설득력 있게 외쳤다.

"오, 하느님. 당신의 뜻에 저를 맡기나이다!"

그 말을 듣고 나서 캐벗 시어시는 자리에서 일어나 밖으로 걸어 나가더니 문을 닫았다. 이윽고 다른 방에서 벽을 치는 소리가 들렸다. 짧은 고함도 두 번 들렸다. 마치 두 사람이 서로, 아니면 한 사람이 자기 자신과 다투고 있는 것 같았다. 가브리엘은 깊고 크게 숨을 쉬면서 두 눈을 감고 문에 귀를 갖다 댔다. "이런 빌어먹을", "염병할", "저 좀 도와주세요." 같은 말들이 들려왔다. 몇 차례 쾅쾅거리며 캐비닛 문 닫는 소리, 구둣발로 바닥 타일 구르는 소리, 천장에서 윙윙 선풍기 돌아가는 소리가 들렸다. 그리고 캐벗 시어시가 말하는 게 들렸다.

"저는 죄를 저질렀습니다. 저는 죄를 저질렀습니다. 오 하느님, 저 좀 도와주세요. 저는 죄를 저질렀습니다."

가브리엘은 다시 빠르게 다가오는 발자국 소리를 듣고 침대에 몸을 던지고는 문에 시선을 고정했다. 벌컥 열린 문이 옆벽을 쾅 치더니 다시 튕겨 나왔다. 캐벗이 침대로 다가와 가브리엘을 내려다보았다. 그의 호흡은 가빴다. 얼굴은 눈물 같아 보이는 걸로 젖어 있었다. 그런데 갑자기 캐벗이 무릎을 꿇었다. 한 손을 가브리엘의 어깨 위에 올리더니 두 눈을 감고 이렇게 말했다.

"가브리엘, 내게 진실을 말해 주었으면 해. 난 하느님이 네 입을 통해 내게 진실을 말씀해 주실 거라고 믿어. 그러니까 말해 줘. 내가 뭘 해야 하는지 말해 줘."

“아저씨가 뭘 해야 하는지 전 몰라요.” 가브리엘은 최대한 차분하게 말했다. “아직도 모르겠어요?”

“넌 알아야만 해!” 캐벗은 벌떡 일어서서 소리치기 시작했다. “숨을 쉴 수가 없어. 생각도 할 수 없어. 이건 더 쉽게 풀릴 줄 알았는데. 앨마하고 컬런, 그리고 서배너에서 있었던 일. 그게 다 연결돼 있어. 그래야만 해. 연결돼서 말이 돼야 해. 지금 이런 일이 있으려고 벤턴이 자살한 거야! 걔가 그냥 가 버렸어! 그냥 그렇게! 그냥 포기해 버렸어! 너무 힘들어서! 하지만 내가 알아냈어. 알아? 내가 해냈다고. 알아? 내가 주인공이야! 이 일을 마무리할 주인공. 잘못된 걸 바로잡을 사람이 나란 말이지!”

“아저씨 가족은 어디 있나요?” 가브리엘이 침대에서 똑바로 앉아 말했다.

“뭐?” 캐벗의 얼굴에 눈물이 흘러내렸다.

“아저씨 가족 말이에요. 어디 있나요? 아저씨가 어떤 사람인지 가족이 아나요? 얼마나 소중한지 아나요?” 가브리엘은 자리에서 일어나려고 했다.

“입 닥쳐! 정신 산란하게 하지 마!”

캐벗은 자신의 화난 얼굴을 두 손으로 움켜쥐었다. 뇌리에서 어떤 생각들을 떨쳐 버리려고 애쓰는 듯 보였다. 가브리엘은 일어섰다. 그대로 문으로 달려갈까도 생각했지만, 그 대신 바닥에 무릎을 꿇고 두 손을 모아 기도하기 시작했다.

"주님. 이 사람이 자신과 그 누구도 해치지 않고 제 길을 찾도록 도와주시옵소서. 이 사람이 자기 마음을 찾을 수 있도록 도와주시옵소서, 주님. 제게 음식과 온기를 주었던 그 마음 말입니다. 부디 그를 도와주십시오. 멈추고 생각할 수 있도록 부디 그를 도와주십시오."

"그만해, 그만, **그만해!**" 캐벗이 자신의 얼굴을 쥐었던 두 손을 들어 후려치자 가브리엘은 그의 옆으로 쓰러졌다. 그는 가브리엘의 등과 다리를 발로 찼다. 훌쩍거리다가 소리 내 울었고, 손을 뻗어 가브리엘을 일으켜 세우더니 방을 가로질러 내팽개쳤다. 가브리엘은 TV 옆면에 머리를 세게 부딪치고 나가떨어져 타일 바닥에 대자로 누운 채 꿈쩍도 안 했다.

"너는 그냥 사실대로 말했어야 해." 캐벗이 가브리엘에게 천천히 다가가며 말했다.

가브리엘은 차가운 바닥에 얼굴을 댄 채로 차분하면서도 확신에 찬 목소리로 무언가 속삭였다.

"뭐라고? 크게 말해 봐!" 캐벗이 고함쳤다.

"아저씬 주인공이 아니에요." 가브리엘은 고통스러운 목소리로 또박또박 말했다.

그 말을 듣고, 캐벗은 아무 말 없이 침대에 걸터앉아 가브리엘의 몸과 피 흐르는 머리를 내려다보았다. 그 너머 TV를 보니 뉴스 화면에 아칸소 주 릴리가 나오고 있었다. 습지 숲 앞에 선 기자의 모

습 아래로 작은 자막이 보였다. '아칸소 주 릴리, 새 출발의 기회는 없었다.'

캐벗은 웃기 시작했다. 더 크게, 점점 더 크게. 그러더니 갑자기 뒤돌아서 바닥에 쓰러져 움직이지 않는 몸을 바라보며 중얼거렸다.

"작별 인사를 할 때가 됐어, 가브리엘." 캐벗은 일어서서 TV를 껐다.

이 모든 것의 의미는 여러분을 구해 주고자 함이 아니다

나는 현관에 서서 존 발링이 커다란 갈색 군용 가방을 트럭 짐 칸에 싣는 걸 지켜보았다. 그 사람이 무언가 작게 웅얼거리길래 무슨 말인지 알아내려고 애써 입 모양을 살폈지만 한마디도 알아낼 수 없었다. 어쨌든 교회에서 들음 직한 말은 아닌 듯했다. 그는 뒷문을 닫고 나를 보더니 오른손으로 휙 경례를 붙인 후 운전석에 뛰어올라 부릉부릉 큰 소리를 내며 시동을 걸고 곧 사라져 버렸다. 풀턴 듀머스가 자기네 집 옆에서 뛰어나와 도로 쪽으로 돌멩이를 한 움큼 집어던지면서 **"아, 이제 됐네! 자알 됐어!"** 하고 외치는 게 보였다. 풀턴은 나를 흘끔 보고는 한 손을 들어 어색하게 인사하고 다시 집으로 들어갔다.

나사로 딱따구리는 몸무게가 대략 740그램 가까이에다 키는 60센티미터가량이고 양 날개를 편 몸 전체의 폭이 81센티미터쯤 되는, 앞서 말한 대로 현존하는 가장 큰 딱따구리이다. 그 새가 살아 있다면 이게 모두 맞는 말일 텐데, 그렇지가 않다. 1940년대에는 살아 있었지만, 아칸소 주 릴리에는 살아 있지 않았다. 내 동생이 실종된 여름에도 살아 있지 않았다. 화이트 강 근처 숲에도 살아 있지 않았다. 존 발링이 찍은 허접스러운 사진 속에도 살아 있지 않았다. 고속 도로에서 목격된 새도 그 새가 아니었다. 어떤 여자애와 그 애의 개가 발견해서 전국 오듀본 협회가 DNA 검사를 한 깃털도 나사로 딱따구리의 것이 아니었다.

뉴스에서 한 과학자는 도시 전체에 희망과 큰 꿈들을 심어 주었던 그 새는 나사로 딱따구리가 아니라 도가머리 딱따구리라 불리는 알비노 딱따구리 종의 희귀한 아종이라고 했다.

"큰 새 맞습니다." 과학자는 기자에게 말했다. "나사로 딱따구리만큼 크지 않을 뿐이죠."

완전히 다른 종이라는 사실 외에도 나사로 딱따구리와 도가머리 딱따구리는 중요하고도 미묘한 차이점이 하나 있는데, 도가머리 딱따구리의 부리가 눈에 띄게 짙은 색이라는 점이다. 우리 집 근처나 도시 전역에서 목격되었다고 추정되는 새들이 알비노 종이었다는 걸 감안하면 그 딱따구리들의 부리는 나사로 딱따구리와 약간 비슷한 정도에 불과했다. 여기에다 사람들이 그 새의 실물을 사로잡지도 기록을 남기지도 못했다는 사실과 부정적인 DNA 검사까지 근거 삼아 판단하면 릴리 사람들이 거의 넉 달이 되도록 진실을 알고도 모른 체했다는 결론에 이르게 된다. 그래서 모든 진상이 밝혀진 그 주에 릴리의 건물 창가에 서서 귀를 기울였다면 어느 곳에서나 그 안의 불편한 침묵과 실망의 기운을 느낄 수 있었을 것이다.

"오늘 가게 아저씨한테서 재밌는 얘기 들었어." 루커스가 나와 함께 현관 앞에 앉아 노닥거리다가 말했다.

"무슨 얘긴데?"

"사람들이 나사로 딱따구리를 '어이쿠 하느님 새'라고 했었대."

"진짜? 무슨 이름이 그래?"

"인디언들이 그랬대."

"인디언들이 왜?"

"그 새가 하늘이나 나무 사이로 날아다니는 걸 보면 '어이쿠 하느님'이라는 말밖에 안 나와서. 너무 크니까." 루커스는 히죽거리면서 고개를 젓더니 두 팔을 쫙 벌려 보이며 그 새가 엄청나게 크다는 시늉을 했다.

어느 날 오후, 나는 엄마 차 조수석에 앉아서 우리 가족이 함께 있는 시간을 모조리 잠식해 버린 침묵이 잠시라도 걷히는 때가 오기는 할까 생각했다. 그 여름의 몇 달을 보내는 동안, 그전까지 웃고 떠들며 깊은 대화를 하거나 사소한 말다툼을 하던 우리 사이에 어느새 어색함이 자라나 있었다. 나는 루커스 케이더가 정말 메나 프레스콧과 결혼하고 가브리엘이 그 둘의 아이를 안게 될까를 생각했다. 러셀 퀴트먼이 다시 걷는 일이 있을까, 혹은 에이다 테일러가 평생 러셀 가까이서 그 애의 손발 노릇이나 하겠다고 스스로 형벌을 내린 것일까 생각했다. 어찌 되건 나하고는 아무 상관없는 일이었다.

웨브 박사님에 따르면, 인생은 혼란과 문제투성이여서 인간들은 자주 어쩔 줄 몰라 한다. 그래서 열차에 몸을 던지고, 가진 돈을 다 써 버리고, 친척과 인연을 끊고, 크리스마스 날 고향에 가지 않고, 초콜릿이 들어간 건 아무것도 먹지 않는다. 박사님은 인생이 그렇게 늘 나빠야 할 필요는 없다고 말한다. 모든 걸 그렇게 근심할 필요는 없다. 그냥 있는 그대로 받아들이면 된다. 잠자리에서 일어나 오늘도 아마 좋은 순간이 몇 번, 나쁜 순간이 몇 번 있으리라고 예상하고 그냥 그걸 처리하면 된다. 그 모든 걸 받아들이고 최대한 잘 해결하면 그만이다. 메나 프레스콧을 사랑할 수도 있고, 러셀 퀴트먼 같은 사람들이 좀비가 되는 상상을 할 수도, 하루 종일 에이다 테일러에 대해 공상을 할 수도 있다. 또 자신이 좀 더 루커스 케이더와 비슷했으면 하는 생각을 할 수도 있다. 삶은 언제나 투쟁이기 마련이라는 사실에서 위안을 얻을 수도 있다. 거짓 희망은 언제나 있기 마련이다. 나사로 딱따구리 같은. 존 발링 같은 이들이 우리로 하여금 길을 잃게 할 수도 있지만, 오슬로 포크 같은 이들이 있어서 우리가 그래도 잘 살고 있다는 걸 깨닫기도 할 것이다.

내가 삶의 의미가 무엇이냐고 묻자 웨브 박사님은 한참을 침묵하더니 인생에 하나뿐인 의미는 없으며 우리가 각자 삶에 부여하는 모든 게 의미가 있다고 했다. 여러분에게 말하는데, 나는 아직 내 인생의 의미를 모른다. 루커스 역시 그 좋은 지능과 재능에도 불구하고 자기 삶의 의미를 모른다. 하지만 이 모든 이야기의 의미만큼은 확실히 말해 줄 수 있다. 어떤 새가 출현하고, 어떤 소년은 사라지고, 여러분이 그 모든 걸 알고 있는 이 이야기의 의미 말이다. 이 이야기를 들려주는 것은 여러분에게 구원이 아니라 경고를 보내기 위해서다. 혼돈과 오해, 잘못된 가정을 조심하라는 경고다. 물리학과 좀비들, 사라진 동생의 유령을 조심하라는 경고다. 에이다 테일러와 그녀의 동정심, 진공청소기 소리로 당신을 깨우는 아줌마들을 조심하라는 경고다. 말로만 도와주겠다고 할 뿐 결코 그러지 않는 키 60센티미터의 새를 조심하라는 경고다.

방에 앉아 있다가 문득 창밖을 내다보니 동생이 마당 진입로를 천천히 걸어오고 있다. 자리에서 벌떡 일어나는 바람에 옆에 쌓여 있던 잡지 더미를 무너뜨리지만 그대로 문밖으로 튀어나가 복도를 내달린다. 현관문만 벌컥 열고 나가려다 방충문에 부딪힌다. 방충문이 탁 탁 탁 닫히는 소리를 뒤로하고 현관 앞 계단을 뛰어내려 진입로를 달린다. 그리고 동생의 몇 미터 앞에서 멈춰 선다. 달려갈까 생각하지만, 그러지 않는다. 두 팔과 다리가 떨린다. 아랫입술을 깨물고 조심조심, 소리 없이 걸어간다. 그리고 멈춰 서서 한 팔을 뻗어 집게손가락으로 가브리엘 위터의 왼쪽 어깨를 쿡쿡 찌른다. 보일 듯 말 듯 미소 지으며.

89. 희망은 어디에서 되살아날까.

번역하는 동안 가끔 이 책을 읽게 될 우리 청소년들의 모습이 어른거렸다. 이른바 '사교육 1번지'라는 곳에서 본 모습들이었다. 주말 내내 학원을 옮겨 가며 수업을 듣느라 교재가 담긴 바퀴 달린 여행용 가방을 끌고 횡단보도를 건너던 초등학생. 수업이 끝나는 밤 열 시쯤이면 사방에서 물밀듯 쏟아져 나와 삽시간에 거리를 메우던 학생들. 도로에서는 차들이 뒤엉키고 경적 소리가 요란했다. 그리고 얄궂은 연상인지 진부한 연상인지, 양계장이 함께 떠올랐다. 정글짐처럼 차곡차곡 쌓인 닭장들에 갇힌 채 밖으로 내민 머리를 들썩거리며 꼬꼬댁거리는 닭들. 우리 아이들은 양계장의 닭처럼 살고 있는 게 아닐까.

현재 우리나라에서 달걀을 얻을 목적으로 사육하는 닭(산란계)들의 대부분은 A4 용지 한 장의 3분의 2를 넘지 않는 공간에 산다. 법률로 고시된 적정 사육 면적이 그 정도이다. 날개를 움직이는 따위의 자연스럽기 그지없는 움직임에 필요한 그 네 배가량의 공간을 확보하는 것은 요원하기만 하다. 고기를 얻기 위해 사육하는 닭(육계)의 경우도 별로 다를 바 없다. 우리 아이들도 별로 다를 바 없다. 닭은 단기간에 적은 비용으로 많은 달걀과 고기를 얻기 위해 최적화된 삶을 산다. 아이들은 정해진 시간 안에 최대한 지식의 근육을 얻기 위한 삶을 산다. 얼핏 이렇게 볼 수도 있긴 하다. 달걀과 고기는 양계장 주인의 것이 된다. 한데 지식은 학생의 것이 되지 않는가? 그렇지 않다. 그사이 실로 중요한 것을 잃어 가며 산다는 점은 두 삶이 똑같다.

닭은 자연 상태에서 필요한 시간의 6분의 1, 한 달도 안 걸려서 잡아먹힐 만한 크기로 살찐다. 또는 자연 상태에서보다 열 배나 많은 알을 쑥쑥 잘 낳는다. 하지만 그 대신, 생명의 자연스런 본능을 실현할 기회들을 철저히 빼앗긴다. 날갯짓을 하고 싶은 본능, 바닥의 먹이를 쪼며 앞으로 나아가고 싶은 본능. A4 용지 한 장의 3분의 2와 푸드덕거리는 그 동물을 떠올려 보라. 더 자세히 말하지 않아도 알 것이다. 아이들은, 교과서와 참고서의 바깥에 있는 것들을 잃는다. 생생한 체험과 그 속의 사유, 정신의 자유를 잃는다. 대개의 아이들이 틀에 박힌 대입 자기 소개서를 쓰는 건 그들이 학교와 학원에 갇혀 있고, 그래서 정신의 닭장에 처박혀 살기 때문이다. 그들은 자기 소개서에 직면하여 비로소 자기 삶의 의미를 묻는다. 그 전에는 그걸 생각할 수도, 넉넉히 독서를 할 수도 없다. 진정한 우정과 공감에 대해 진지하게 생각하게 하는 관계를 맺을 수 없다. 학교나 학원을 벗어나 세상을 향해 가장 멀리 나아가는 곳은 기껏해야 형식적인 자원봉사의 공간뿐이다.

미국 대통령이 한국 교육을 칭찬하는 소리가 몇 차례 신문 지상에 오르내렸다. 맞다. 우리 교육은 청소년들의 지식을 압축적으로 성장시켰다. 육계에 성장 촉진제를 주입하는 양계장 주인처럼, 그렇게 국가적으로 압축 성장을 도왔다고 할 수 있다. 하지만 어느 나라의 아이들에게서도 '진지하게 삶을 생각할 시간'만큼은 빼앗아서는 안 된다. 미국 청소년 문학이 깊이와 다양성을 갖출 수 있었던 건 우연이 아닐 것이다. 그곳에는 그런 문학적 가치들을 향유할 수 있을 만큼 삶에 여유를 가진 아이들이 있다.

『모든 것이 돌아오는 곳』 역시 삶에 대한 만만치 않은 질문들로 생활의 여유를 값지게 채워 줄 작품이다. 우선, 이 작품은 우리가 어디서 삶의 희망을 찾을 수 있느냐고 묻는다. 그 희망은 세상 물정 모르는 철부지의 터무니없는 첫 희망이 아니다. 꿈이 깨진 후 난관을 헤치며 삶의 진상을 목도한 끝에 겨우 기회를 얻어 새 삶을 향해 날아오르는 자의 희망, 부활의 희망이다. 작품은 살아가는 길 어디쯤에서 어떻게 새 희망의 단초를 발견할 수 있는지, 나사로 딱따구리와 직간접적으로 관계된 인물들을 통해 실마리를 제공한다. 하지만 최종 답안을 찾는 것은 온전히 독자 자신의 몫일 것이다.

작품의 주제 의식과 관련하여, 원문의 Lazarus Woodpecker를 '나사로 딱따구리'로 번역한 이유를 밝힌다. Lazarus에는 '절망을 이겨내는 자'라는 뜻이 있다. 그리고 그 의미의 유래는 성서에서 예수에 의해 죽음에서 되살아나는 인물인 '나사로'이다. 멸종된 줄 알았다가 다시 발견한 생물군을 '나사로 분류군'(Lazarus Taxon)이라 부르는 이유도 마찬가지다. 저자 역시 이런 점들을 염두에 둔 것으로 보이므로, '래저러스 딱따구리'보다 '나사로 딱따구리'가 더 적합하다고 판단했다.

이외에도 삶의 의미, 신앙, 가족, 우정 등 묵직한 주제들이 조금만 호미질을 하면 모습을 드러낼 귀한 약초 뿌리처럼 작품의 여러 층들 속에 파묻혀 있다. 그럼에도 독자는 작품의 주제에 조금도 짓눌리지 않고 흥미를 더하며 읽을 수 있다. 스토리의 반전이 매력적이고, 구성은 절묘하고도 심오하다. 인물 묘사는 친근하다. 청소년들에게 삼촌뻘 나이인 작가 특유의 위트가 웃기는 형, 오빠, 친구의 입담처럼 독자를 킥킥대게 한다. 값지면서도 유쾌한 독서 경험이 아닐 수 없다.

작가 존 코리 웨일리는 미국 루이지애나에서 태어나고 자라 그곳에서 중학교 교사 생활을 했다. 이 작품이 발간된 2011년 봄, 『퍼블리셔스 위클리』는 그를 '촉망받는 신인 작가'로 선정했다. 작가는 또한 2012년 모리스(William C. Morris) 청소년 문학상 소설 부문 신인상을 받았고, 청소년 부문 작가로는 최초로 전미 도서 재단(National Book Foundation)이 선정한 '35세 미만 최고 작가 5인'에 들기도 했다. 2012년에 이 책은 전미 도서관 협회(American Library Association)가 수여하는 청소년 부문 문학상인 프린츠 상(Michael L. Printz Award)을 수상했는데, 협회는 "오직 문학적 장점만을 평가하여 최고의 작품에 수여하는 상"임을 밝히고 있다.

삶에 대한 생각은 공부가 다 끝난 다음 여유 있을 때에나 할 일이 아니다. 그런 때는 영원히 오시 않는다. 공부는 중요하지만 삶의 부분 집합에 불과하다. 삶이 전체 집합이다. 가족과 친구가 있지만 그들에 대해 생각해 보지 않고, 종교를 가지고 있지만 그 진정한 의미를 생각지 않고, 사람을 만나지만 공감에 대해 생각해 보지 않고, 살고 있지만 어떤 삶이 의미 있는지 생각지 않던 습관을 잠시 멈춰 보기 바란다. 자기 삶의 주인으로 서려는 자유의 본능을 따르고자 한다면, 공부의 여집합이 얼마나 소중한지 가끔 생각해 보기 바란다. 방목되고 있는 냉소적인 컬런, 현명한 가브리엘, 잘생기고 사람 좋은 루커스, 타산지석의 견본 캐벗이 주저 없이 친구가 되어 줄 것이다.

그 길에 나의 부족한 번역이 걸림돌이 되지 않기를 바란다.

2013년 8월

이석연

창비청소년문학 52

모든 것이 돌아오는 곳

초판 1쇄 발행 • 2013년 8월 30일
초판 3쇄 발행 • 2014년 11월 17일

지은이 • 존 코리 웨일리
옮긴이 • 이석연
펴낸이 • 강일우
책임편집 • 정편집실
펴낸곳 • (주)창비
등록 • 1986년 8월 5일 제85호
주소 • 413-120 경기도 파주시 회동길 184
전화 • 031-955-3333
팩시밀리 • 영업 031-955-3399 편집 031-955-3400
홈페이지 • www.changbi.com
전자우편 • ya@changbi.com

한국어판 ⓒ (주)창비 2013
ISBN 978-89-364-5652-8 43840